Cuentos erróticos

Ismael Sambra
Manuel Gayol Mecías

Cuentos erróticos
(Compilación)

2018

Palabra Abierta Ediciones
Neo Club Ediciones

Cuentos erróticos 2018

©Ismael Sambra
IsmaelSambra@NuevaPrensaLibre.com
©Manuel Gayol Mecías
mu.gayol3@gmail.com

Edición de textos: Palabra Abierta Ediciones
Diseño: Neo Club Ediciones
Colección: Compilación/Narrativa/Relatos

Reservados todos los derechos de la presente edición. Esta publicación no puede ser reproducida, ni en todo ni en parte, ni registrada en, o transmitida por, un sistema de recuperación de información, en ninguna forma ni por ningún medio, sea mecánico, fotoquímico, electrónico, magnético, electroóptico, por fotocopia o cualquier otro, sin el permiso previo por escrito del titular del derecho de autor *(copyright)*, bajo las sanciones establecidas por la ley. Solo pueden tomarse de este libro breves fragmentos para citas con la correspondiente referencia de la autoría.

Los personajes o hechos de este libro, que parezcan corresponderse con personas o situaciones del mundo real, objetivo e histórico, no son sino puras coincidencias. En caso de que algo de ello ocurriera, sería una circunstancia imaginaria ligada a las posibilidades del azar.

ÍNDICE

1 – Insomnios/Omar Cerit Beltrán 19

2 – El verbo/Laura Fernández Campillo 24

3 – Incendio en la línea 71/David Garrido Navarro 27

4 – Último tango en La Habana/Ingrid Brioso-Rieumont 39

5 – Distancias/José M. Fernández Pequeño 52

6 – Al calor de las mujeres largas/Armando Añel 59

7 – El despertar/Rafael Cerrato 69

8 – Lugares inhóspitos/Maritza Vega Ortiz 83

9 – El ojo diplomático/Manuel Gayol Mecías 87

10 – De dónde ella viene/Rebeca Ulloa Sarmiento 97

11 – La casa vacía/Lilo Vilaplana 104

12 – Magnolia en la eternidad/Néstor Leliebre Camué 110

13 – Un pedacito de cielo/Roberto Leliebre 117

14 – La fractura del espejo/Ismael Sambra 133

15 – Sacrificio materno/Leo Silverio 140

16 – Suéter verde, falda plisada/Gerardo Cárdenas 151

17 – Mitomanía/Francisco Laguna Correa 159

18 – La santa/Chicho Porras 168

19 – El despojo de Marina Pumarol/Bolívar Mejía. **178**

20 – La Perra/Ángel Santiesteban-Prats. 190

21 – Señora Equis/Félix Luis Viera 205

22 – El cuento de Hada/José Hugo Fernández 214

23 – Y sin embargo/Pedro Crenes Castro 223

24 – Manojillo de escarcha/Claudio Rodríguez Morales 232

25 – Boca amarga/Rosa Marina González-Quevedo 239

26 – Fantasía de un alacrán/Erwin Dorado 245

27 – Adonis Pardo/Alfredo Villanueva-Collado 248

28 – El hueco/Raúl Ortega Alfonso 254

29 – Tan amigos/Odette Alonso. 260

PRÓLOGO

(APUNTES PARA UNA DEFINICIÓN DEL CUENTO *ERRÓTICO*)

Se sabe que los orígenes del cuento se remontan al Lejano Oriente. El llamado cuento erótico irrumpió en esta parte del planeta en países como Grecia, Egipto, Arabia, la India. El tema sexual se convirtió en algo importante y atractivo, primero en las civilizaciones orientales y después en las occidentales. Los autores, que se atrevieron a publicar sobre las prácticas sexuales, llenaron un espacio cotizado y algunos pagaron sin remedio su osadía.

Desde la obra *Lisístrata*, del griego Aristófanes, siglo IV a. C., pasando por *Los diálogos de las cortesanas,* el libro pornográfico más antiguo, atribuido a Luciano, siglo II a. C., así como por el *Libro de buen amor,* del Arcipreste de Hita, obra cumbre de la literatura española, siglo XIV d. C. hasta llegar a nuestros días, el tratamiento del tema erótico ha seguido su curso, a pesar de las censuras y las prohibiciones, como una literatura de opción que muchas veces tocó fronteras con la pornografía. Por eso, no dejamos de reconocer que, en distintos momentos de la historia de la narrativa, la pornografía se confundió mucho con la literatura erótica. Pero estamos hablando de "géneros" diferentes, aun cuando interrelacionados.

Como autores que suscribimos este libro, nos queda bien claro que hay importantes diferencias entre lo que es pornografía y lo que se ha dado en llamar erotismo. Entre uno y otro dista una gama de matices que demeritan aspectos al primero y agregan valores al segundo. Es decir, la pornografía anda por los vericuetos animalescos de nuestros instintos, que es el hecho de la búsqueda desmedida del placer carnal, así como el placer de la posesión y la sumisión.

Por su parte, el erotismo nos brinda una serie de posibilidades creativas como son los movimientos de la danza, los sentidos de la música y los olores exóticos, el reconocimiento del cuerpo en la pareja a través del tacto y el sabor indescriptible que se encuentra en los besos y la piel del otro. Todo esto, y posiblemente mucho más, lo constituye el erotismo, además de provocar amor, y asimismo proponernos la belleza íntima y figurativa de alguien que nos seduce. El erotismo así es el triunfo de la conciencia humana en sus funciones de inteligencia y belleza.

Si se nos pidiera establecer otras diferencias, podríamos responder, sin temor de que se nos acuse de simplistas, que el erotismo es literatura; es decir, recreación, regodeo, poesía, elegancia, tropo, interpretación del momento sexual; y la pornografía no. Cualquiera puede escribir pornografía, pero cualquiera no puede hacer literatura erótica. La palabra pornografía es sinónimo de obscenidad, impudicia, descomedimiento, desvergüenza, grosería, rudeza, escabrosidad. Por su parte, el erotismo es sensualidad, lubricidad, pasión, castidad, fruición. El término "erotismo" viene del griego, y alude al amor romántico, relativo a Eros el dios del amor, el sexo y la fertilidad. Aunque lo erótico se centra en la sexualidad, no se limita únicamente al acto sexual *per se*. Un joven escritor nos comentó alguna vez que no le interesaba en absoluto leer pornografía, "esa —dijo— la experimento por mí mismo cuando quiero ser materia sin espíritu". Y creemos que esta expresión nos sirve para definirla: la pornografía es materia sin espíritu; el erotismo es materia y espíritu a la vez.

◆◆◆

Muchos pueblos del Asia se inspiraron en estos temas, no solo para narrar historias y experiencias; sino también, para ilustrar posturas y posiciones del acto y las prácticas sexuales. En los siglos II y I a. C. aparecieron los primeros manuales del sexo en China. En el siglo I d. C. apareció en la India el más conocido de todos, el *Kamasutra*.

El tema erótico llegó a Occidente más para ser censurado que para ser proclamado, y en la Edad Media sufrió los embistes de la religión. Muchas obras pioneras fueron totalmente destruidas y hasta sus autores quedaron encarcelados. Cabe mencionar al poeta griego Sótades, al grabador italiano Marcantonio Raimondi y al francés marqués de Sade, uno de los más célebres exponentes del erotismo, quien fuera encerrado en un manicomio a causa de sus escritos.

De allá hasta hoy en día, han surgido diferentes formas de mostrar las experiencias sexuales a través de dibujos, grabados, textos, fotografías, películas y videos que a veces incluyen diálogos insulsos escritos para los llamados *pornostars,* pero donde se presenta claramente el sexo con el momento de la penetración y la eyaculación. Esto es pornografía.

Sin embargo, el lector ordinario prefiere la pornografía y paga por ella, mientras que el lector avisado apenas quiere pagar por la literatura erótica. Parece una paradoja. Afortunadamente estos conceptos se han ido depurando y cada uno fue creando su propio espacio.

Para llegar a la literatura erótica no hay que pasar necesariamente por lo ordinario y ramplón del acto sexual; o sea, por la pornografía. Simplemente se necesita dejar volar una imaginación que perturbe los sentidos. Algunos escritores utilizaron este recurso en sus novelas para mover el interés de los lectores y mostrar ciertos alardes descriptivos. Eso también pasó con el cine que como séptimo arte abusó no solo del desnudo, sino también del sexo. Recordamos que algunos amigos comentaban sobre lo buena que estaba una película por las escenas de sexo que aparecían, y mientras más explícitas o cercanas a la vulgaridad, pues se consideraban mejores, a pesar de que estas ya habían sido recortadas expresamente para su exhibición.

Entonces intentamos proponer este nuevo concepto en la literatura erótica en el que el sexo no aparece como asunto principal de la obra, sino como un pretexto para llegar a otros asuntos implicados y relacionados con este e insertados en la complejidad del individuo y la sociedad. A esto le llamamos cuento *errótico* (así, con "rr").

Asimismo, apuntamos otra diferencia entre el erotismo y la pornografía, y es la potencialidad de la comunicación, cuando la sensualidad y la belleza, reflejada en los cinco sentidos del ser humano, se convierte en vehículo transmisor de numerosos, diferentes y profundos conflictos existenciales. Y es en este sentido de la comunicación cuando descubrimos la existencia del cuento *errótico*. En otras palabras, el *errotismo* no solo refleja la belleza, y la inteligencia de esa belleza para la seducción y la atracción, sino además la proyección de una esencialidad existencial muy humana, que ha venido sucediéndose en la historia desde que el ser de carne y hueso dejó de ser primitivo para convertirse en un ser civilizado.

Por eso, llegamos a la idea de publicar una convocatoria dirigida a los escritores que hayan tratado de alguna manera el tema del erotismo y exhortamos a crear nuevas obras tomando en consideración estos parámetros. Después de un preámbulo explicativo como introducción a la convocatoria, fuimos directamente a definir lo que a nuestro juicio es un cuento *errótico:*

El sexo no debe ser tema central. Es una circunstancia más de las tantas existentes. Aquí lo erótico forma parte del asunto y no es el asunto en sí, sino una mediación para abordar otros temas que involucran la existencia y lo esencialmente humano. No es solamente el sexo, es además el sexo. Es el hecho válido de que lo erótico adiciona importancia a otros aspectos o sentimientos relevantes de la vida.

El cuento *errótico* nunca es pornografía. Aquí el sexo no es la tosca descripción del acto sexual del que ya se ha abusado demasiado. Sabemos que lo erótico se confunde y se pierde cuando se mezcla con la pornografía. No es lo burdo de una relación, ni lo a veces abusivo o grotesco del acto como tal en el hecho de la posesión; no es el sentido de la posesión como relación de poder ni mucho menos el de la perversión y el masoquismo.

El sexo no se presenta en forma deliberada. Se trata del diamante que exige laboriosidad y entrega. Por eso buscamos esos cuentos que son *erróticos* a nuestro entender; es decir, una combinación en la que el erotismo se une también con lo gótico del "misterio, la fantasía y el terror", con los conflictos que existen a través de lo sexual, y que por error o por exceso nos marcan y/o definen la vida. Intentamos dejar ver que para estos tiempos ya la literatura erótica —además de brindar el mero gusto y lo saludable del placer— es un importante hecho existencial que canaliza otros muy variados e inquietantes significados de lo esencialmente humano. Así se presentan situaciones que pudieran tener como marco o color la relación sexual.

El *cuento errótico* puede ser también un resultado de lo antierótico. El sexo no es el tema central, es algo más, independientemente de cualquier alienación y orientación sexual. La presentación de este acto físico-mental —y en el mejor de los casos espiritual—, puede no despertar deseos sexuales, sino más bien abatimiento, contrariedad, indefensión, rabia, dolor, el sabor de lo que pudo ser y no fue por violación y abuso, por los excesos, faltas o errores cometidos.

Si queremos darle un sentido a lo que llamamos hoy cuento *errótico,* en el que el error o lo bajo del acto sexual es presentado con sus implicaciones humanas y sociales, tenemos que citar a Donatien Alphonse François de Sade, conocido como el marqués de Sade (1740-1814), autor de *Los crímenes del amor, Aline y Valcour, Justine o los infortunios de la virtud, Juliette o las prosperidades del vicio, Las 120 jornadas de Sodoma* y *La filosofía en el tocador,* y otras numerosas novelas, cuentos, ensayos y piezas de teatro.

El cuento *errótico* es lo opuesto, porque en muchos de los escritos del marqués de Sade, los malos justifican sus actos y el vicio triunfa sobre la virtud. Del marqués de Sade surgió en el siglo XIX la palabra sadismo. *"El vicio divierte y la virtud cansa"*, afirma Juliette, la protagonista de *Juliette o las prosperidades del vicio,* publicado en 1796. Juliette, quien ha visto el amargo final de su hermana Justine —la heroína de *Justine o los infortunios de la virtud*—, se entrega sin escrúpulos al vicio y al crimen. El "divino marqués", como le llamara el padre del surrealismo André Breton, en una carta que le escribió a su esposa desde la prisión, donde le dice que *"el objetivo de esta novela es el de presentar por todas partes al Vicio triunfante y a la Virtud como víctima de sus sacrificios, a una desgraciada vagando de desventura en desventura cual juguete en manos de la maldad…"*. El filósofo, poeta y novelista francés Georges Maurice Bataille (1897-1965), entre otros, calificó su obra como "apología del crimen".

◆◆◆

Para esta selección, además de la calidad literaria, tomamos muy en cuenta que en las obras presentadas estuvieran reflejados estos preceptos de lo que consideramos es el cuento *errótico*. La nunca extinta moraleja, la lección desprendida, el mensaje positivo, el rechazo a los excesos, el repudio a los actos abusivos, son, entre otros muchos, elementos que detonan en la consciencia de los lectores después de la lectura: la desidia, la perversión, la indefensión, la ignorancia, la inocencia, la corrupción, el error de apreciación, el desequilibrio emocional, el engaño, los choques de la adolescencia, los traumas de la niñez, la confusión, la superstición, la adicción, las bajas pasiones, son algunos de los temas aquí tratados. Muchos de estos realmente turbulentos, impactantes y hasta desconcertantes en su vasto desarrollo. Así se sintetizan algunos de nuestros objetivos.

En esta muestra, el lector puede encontrar de todo un poco. Y se podrá embelesar con cada uno de los pasajes narrados o situaciones presentadas, situaciones que ocurren en la vida real, pero que a veces ignoramos o, simplemente, no pensamos en ellas.

Reunimos aquí autores conocidos, no tan conocidos y autores aún desconocidos. No hemos querido hacer diferencias ni establecer lugares. No existe aquí un orden privilegiado. De hecho, fuimos colocando las obras y los autores en el mismo orden en que fuimos recibiendo las colaboraciones. Todos respondieron con entusiasmo a nuestra convocatoria y enviaron sus obras y sus deseos de participar en este proyecto, lo que nos demuestra que fuimos bien entendidos y acogidos.

Celebramos en los escritores participantes las posibilidades de escribir con destreza y absoluta comprensión tomando en cuenta nuestras consideraciones. Algunos de los cuentos habían sido ya publicados y/o premiados en concursos. Otros eran completamente inéditos. No todos los cuentos enviados fueron aceptados. Unos pocos resultaron rechazados no por su baja calidad, sino porque de alguna manera caían en la pornografía o se alejaban demasiado de nuestros objetivos.

Algunos de los autores aquí presentes habían ya escrito cuentos *erróticos* sin saberlo o sin tener conciencia del término, y nos fue más fácil su aceptación. Otros fueron seleccionados de la publicación digital *Palabra Abierta* de mayo de 2011. Otros escribieron sus cuentos expresamente para este libro en concordancia con nuestras directrices.

Todos, en general, pasaron por un mismo filtro que buscaba lo novedoso, la calidad y la originalidad, así como también el adecuado uso de las técnicas y modos de expresión. Todos aceptaron nuestras sugerencias en aras de la perfección, y algunos reescribieron sus obras para lograr una mejor redacción, comunicación y claridad.

Algunas de las narraciones aquí publicadas se acercan a los clásicos, con su ingrediente de ingeniosidad, que tienen su arquetipo en publicaciones como el *Decamerón,* de Giovanni Boccaccio (1313-1375), que desde una perspectiva medieval se puede considerar también dentro del cuento *errótico* con relatos como "El infierno de Alibech" o "Meter al diablo en el infierno"; porque Rústico, el monje, se aprovecha de la inocencia de Alibech para penetrarla con su "diablo", introduciéndoselo reiteradas veces para calmar su "infierno". También, aparecen aquí elementos de lo gótico en la narrativa, del erotismo vampirezco, así como descargas de metáforas impresionistas, al modo de brochazos al descuido, llenas de brillo que despuntan en lo sensorial, y hasta descargas del expresionismo en la que tiene un rol protagónico la sensibilidad del escritor, del artista y sus visiones, o del juego barroco con su capacidad para expresar sentimientos y pasiones del temperamento individual, que nos inquieta con descripciones extremas del detalle y su recurrencia en alegorías y metáforas en el lenguaje a lo Cervantes, Góngora o Quevedo.

Tenemos, además, narraciones que se inclinan por la presentación paralela de diferentes situaciones o diversos puntos de vistas para que el lector los una, los conecte y saque el hilo del argumento y sus conclusiones, que lo llevan por diferentes ramas al mensaje. Hasta contamos con momentos del absurdo, y de situaciones que nos transportan al crudo realismo y/o al surrealismo, donde los hombres tienen tres piernas y las mujeres son seres capaces de la entrega sexual-sensual, y no ideales doncellas como la Dulcinea del Quijote o la Beatriz de Dante. Todos invadidos, fundidos, penetrados, desarticulados, seres vivos merecedores del goce y la pasión, pero —así debe ser— en el sentido justo de lo ignoto, sin el abuso, ni la extorsión ni la mitomanía.

Entre los diferentes estilos narrativos, aparecen el directo y el indirecto, y hasta ambos mezclados. La mayoría de los relatos se narran en primera persona y son como testimonios, como hechos que se han vivido, lo que le da a la historia un fuerte valor dramático, manejado a veces con un lenguaje tropológico que otorga a las narraciones cierto aliento poético. Algunos, de hecho, nos dejan un final abierto y ofrecen un lugar a la especulación, rasgo característico del relato moderno que tiene su mayor expresión en los cuentos del uruguayo Horacio Quiroga (1878-1937), quien además rompe frecuentemente los límites entre la fantasía y la realidad, como a veces ocurre con algunas de las muestras aquí presentadas.

Algo a destacar en este libro es que, en general, los autores seleccionados siguieron la propuesta de Julio Cortázar en "Aspectos del cuento", cuando nos dejó dicho que "en literatura no hay temas buenos ni temas malos, solamente hay un buen o un mal tratamiento del tema".

Entonces podemos decir que, junto con lo novedoso y buen tratamiento del tema, los autores nos entregan en su diversidad las técnicas que definen la narración, y hasta más. Los puntos de vista manejados van desde el objetivo, desde el "yo", hasta la omnisciencia, la tercera persona, donde se puede penetrar en la psicología de los personajes y en los pensamientos de estos. En algunos se mezcla todo en una misma sopa, hasta el "tú", la segunda persona, por lo que el lector debe leer cuidadosamente cada parte para evitar confusiones y así poder sumergirse en la lectura y captar completamente la exposición en sus diferentes puntos y estilos narrativos con sus diferentes perspectivas y sus apreciadas maneras o influencias. Pero no vamos a hablar aquí de las influencias, porque sabemos que el lector podrá detectarlas por sí mismo si leyeron a creadores como Edgar Allan Poe, Antón Chéjov,

Guy de Maupassant, Julio Cortázar o Jorge Luis Borges, verdaderos maestros de la narrativa.

Como se verá, reunimos en este volumen una gran variedad de historias, técnicas y estilos, en las cuales el lector siempre encontrará un resquicio para dejarse llevar por la trama, sin tiempo ni lugar a sentirse aburrido o decepcionado, porque, además, las pinceladas eróticas le darán suficiente estímulo para llegar siempre al final y a la definición del concepto *errótico*.

Asimismo, en nuestra convocatoria, alertábamos: "La falta de orgasmo está relacionada también con los errores sexuales; y, entre estos errores, está el deseo inmenso de impresionar a nuestra pareja", pero con esto:

> Solo queremos provocar e inspirar las posibilidades creativas de los narradores que tengan o deseen escribir cuentos con las características que pedimos aquí; y alejarnos así de lo común, de lo que se ha escrito para epatar. Debemos ver este otro ángulo del erotismo como algo profundamente humano y salirnos de lo puramente comercial o superficial, que nos lleva irremediablemente al vacío.

◆◆◆

Esto no es una antología, en el estricto sentido de la palabra. Preferimos llamarla compilación. En verdad, se lanzó esta convocatoria con el objetivo de reunir algunos cuentos o narraciones que a nuestro juicio definen lo que es un cuento *errótico,* en bien del asombro que siempre nos da este género lleno de sorpresas, y para que los lectores puedan disfrutar de los valores éticos, estéticos y dramáticos reflejados en los mismos, como una función más, ahora desde la perspectiva comunicacional del *errotismo*.

Esta edición es impresa y también digital. Agradecemos a los autores de diferentes países que nos han honrado con su participación, y abrimos las puertas para que otros se entusiasmen con esta idea y nos envíen sus obras para una nueva compilación, en un segundo libro de *Cuentos erróticos*.

Ismael Sambra
IsmaelSambra@nuevaprensalibre.com
www.SambraFamilyArt.com
Toronto, Canadá

Manuel Gayol Mecías.
mu.gayol3@gmail.com
www.palabrabierta.com
Eastvale, California

INSOMNIOS

por Omar Cerit Beltrán

Ocurrió durante un viaje mágico con hongos, efectuado en dirección contraria al tiempo, en una órbita donde un niño que tendría unos seis o siete años de edad jugaba a dos cuadras de su casa. El juego, que se había inventado, consistía en golpear una piedra contra otra. Continuó su entretenimiento hasta llegar frente al ruinoso caserón que los vecinos del barrio llamaban "la casa embrujada". El enyerbado espacio, donde antes hubo un jardín, ocultaba los mugrientos ventanales cubiertos por gruesas capas de polvo y telarañas. La puerta principal estaba clausurada por un candado unido por gruesos eslabones.

La desolada vivienda estaba ubicada en la frontera entre dos barrios. La calle en la que el niño jugaba daba al más elegante: asfalto, aceras, familias de obreros, oficinistas y niños con bicicletas. El costado de la propiedad, de unos cien metros de largo, estaba limitado por una alta tapia de mampostería con un hueco en los ladrillos, por donde se podía acceder a la jungla del patio. Había matas de guayaba y mamoncillos que atraían a los chicos de los dos barrios. Al final de la tapia, se llegaba a una calle de tierra con baches y solares yermos convertidos en vertederos. Al niño le tenían prohibido jugar en esa zona, mucho menos dentro del perímetro de la casona, pero ese día estaba marcado que desafiaría la custodia familiar. Se sintió atraído por voces que salían de su interior. Entró por el hueco a ras del suelo en el que faltaban ladrillos.

Al poner su primer pie en la enmarañada parcela interior, que constituía el patio de la vivienda abandonada, sintió miedo de las arañas venenosas, serpientes capaces de tragarse un caballo, murciélagos, escorpiones gigantes y otros animales ocultos. Su abuela le había dicho que podían atacarlo al entrar en ese lugar. Sintió calma al ver que tenía compañía.

Su mirada se dirigió a una mata llena de guayabas maduras. Corrió y cogió dos del piso. Se metió una en el bolsillo del pantalón y mordió la otra. En el medio de aquel matorral había una pequeña construcción rectangular de cemento. Unos tres metros de largo, uno de ancho, medio de alto. Debió ser un abrevadero para dar de beber a los caballos. Estaba lleno de basura y a su alrededor crecían arbustos. Un joven adolescente, de dieciséis años más o menos, llevaba en la mano un palito de una rama seca. Con ella señaló algo en el bordillo del bebedero de caballos y dijo en alta voz: "¡Qué clase de lechazo!". Desde la sombra del guayabo, mientras masticaba la fruta, con sorpresa lo vio revolver algo con la punta de su palito. Como estaba a corta distancia se acercó para ver mejor lo que el otro señalaba. Su curiosidad ante la insignificante mancha viscosa provocó que el muchachón le preguntara: "¿Sabes lo que es eso?". "No". "¡Sale de aquí!". Y lo dijo agarrándose el paquete, risueño, con morbosidad juvenil.

"¿Todavía no sabes lo que es eso?". El ingenuo visitante dijo no con la cabeza. "Ven, te lo voy a enseñar". Con un ademán le indicó que le siguiera. Caminó delante con su palito. A veces era un bastón, otras una espada. No lo dejaba quieto en sus manos. El chico dejó de mordisquear la guayaba pintona y le siguió a pocos pasos con recelo. Enseguida se cansó de comerla y la lanzó en dirección a un totí que intentaba atrapar una lagartija.

Atravesaron unos metros de tupida maleza. Luego hallaron un claro cuya única construcción de mampostería eran los restos de un lavadero. A partir de allí se entraba a la casa. Había una espaciosa habitación con techo y paredes desconchadas que debió ser la cocina desde donde se accedía a otras dos estancias. Una de ellas con la puerta entrejunta, bloqueada por escombros. Era imposible de franquear. Con el puntero por delante caminó resuelto hacia la otra habitación como si conociera el lugar de antemano. Antes hizo un gesto con la mano que animaba a seguirle.

Había poca luz. Suficiente para quitar con su herramienta las telarañas que cerraban el paso. Cuando llegó al lugar adecuado se detuvo, partió el palito por la mitad y tiró los dos pedazos al piso.

Fue una manera de empezar a desnudarse. Se sabía observado en todos sus movimientos y sin pronunciar palabras se puso a mear de frente jugando con el chorrito.

Enseguida el olor a humedad y mierda seca se mezcló con el del orine. Movía la mirada desde la parábola líquida hasta su mudo acompañante que participaba como si asistiera al espectáculo de una lluvia de estrellas.

◆◆◆

Cuando solo caían algunas gotas de su glande circunciso comenzó a sacudir con movimientos enérgicos hasta ponérsela tiesa.

Desde el sitio donde se encontraba al patio de los frutales no tardaría un minuto. Sabía que no estaban solos. Había otras personas. Las escuchó al entrar. Su primer impulso fue huir y pedir ayuda, pero no pudo. Quedó paralizado cuando le pidió que se acercara sin dejar de zarandearse el miembro. «Ven acá». Esas dos palabras bastaron para someterlo. En vez de escapar una fuerza indefinible le acomodó sobre unos escombros. El jovenzuelo con su pinga afuera aprovechó para acercarse. Para que no fuera a escapar en un rapto de arrepentimiento lo sujetó por la nuca con la mano izquierda, mientras con la otra se la movía a pocos centímetros de su cara.

"Chupa como si fuera un caramelo" le dijo, frotándosela contra los labios con fuerza. Se resistió con movimientos de cabeza. Estaba muy asustado por la firmeza con que le obligó. Para someterlo más, le propinó varios azotes en la cara con su miembro duro y caliente para que dejara los gemidos. Primero se la restregó contra los labios y los apretó. Luego los dejó entreabiertos. Se la chupó un poquito para complacer al niño malo. Al contacto de las tibias y húmedas membranas, el jinete cerró los ojos y no habló más. Lo que hizo fue jadear, tirar de sus pelos para obligarle a mover la cabeza. El niño todo el tiempo sentía como si fuera a vomitar. Se ahogaba. Por suerte ocurrió rápido. No tardó ni tres minutos en sacársela de la boca para descargarle el fluido en pleno rostro. Siguió pajeándose y se contorsionaba sin soltarse el miembro. Cuando hubo finalizado el orgasmo lo limpió en su cara y le metió los dedos embarrados en la boca. "Esto es leche que sale de aquí", le dijo.

Este cuento, "Insomnio", es inédito y es su primer trabajo narrativo.

Omar Cerit Beltrán. Nació en Camagüey, Cuba, en 1948. Llega a la Isla de la Juventud en 1977 como profesor de química en el Instituto de Segunda Enseñanza. Gana en dos ocasiones: 1985 y 1986, el premio en el Concurso Literario Mangle Rojo. Mención en décima en el Concurso Nacional de Talleres literarios. Antología *Poetas de la Isla,* Holguín, 1995. Antología *Nueva Poesía Hispanoamericana,* decimotercera edición de la Colección Lord Byron. Ha colaborado con la revista *Lamda* y la revista literaria *Baquiana* (anuario IV). Ha publicado en poesía *Sobrevivir la arena* (1991), Ediciones El Abra. "Insomnios" es su primer trabajo narrativo. Miembro de la Unión de Escritores y Artistas de Cuba desde 1992. Reside en Madrid desde 1997.

EL VERBO

por Laura Fernández Campillo

Se escuchó un lamento. No era suyo. No era de nadie. Era un lamento atravesado, inquietante. Era la comprensión de la nada en el apuro del viento. Era un "ya no estás" vacío de palabras; pero lleno del más profundo de los sentimientos: el dolor inspirado por el placer.

Se escuchó el frío hecho verbo.

Javier se retorcía entre unas piernas ya disueltas.

Minutos antes había entrado sigilosamente en la habitación de María. Se sentó a los pies de su cama. Levantó la manta con cuidado. Observó sus piernas mientras escuchaba la voz de su cabeza. Aún hablaba. Era necesario acallarla. Solo el orgasmo era capaz de convertir la conversación en silencio. Lo buscaba como se busca cada experiencia: con incertidumbre. Comenzó a acariciarla para percibir el roce de las pieles que no se aman, pero se entienden por costumbre. Se inició la sinfonía. Por fin las palabras empezaban a sustituirse por las notas que ya viven en el espacio; las que el compositor escudriña desesperadamente hasta convertirlas en melodía. Acarició todo su cuerpo, husmeando en el vientre de María la aparición de la transgresión del artista. Ella ronroneó algo ininteligible: el aullido del celo de la hembra dormida. Paseó sus labios por el pecho en carne viva; por la confluencia del alimento y la ternura: néctar de ternera humana.

María empezó a danzar como lo hacen las serpientes, movilizando su cadera al ritmo de las caricias. Javier trató de entrar al compás del movimiento; pero ella inició un giro magistral, acuñado por la pasión que se despierta, como del mismo sueño. Se colocó encima de Javier con exquisita habilidad. Lo dejó inmóvil, enmudecido. Ahora todo era música: la cadencia de María, la penetración a tiempo, el movimiento perfecto y el calor de los cuerpos. La repetición constante elevó la carga hasta intuirse una cumbre esperada; no por ello menos deseada y…

… se escuchó un lamento. No era suyo. No era de nadie. Era un lamento atravesado, inquietante. Era la comprensión de la nada en el apuro del viento. Era un "ya no estás" vacío de palabras; pero lleno del más profundo de los sentimientos: el dolor inspirado por el placer.

♦♦♦

El Todo se hizo Nada. La sinfonía perfecta. La danza infinita. El placer completo. El frío de sentirse disuelto y comprender que uno no es siquiera lo que piensa, ni la emoción que surge al encontrar la música que uno va buscando entre las nieblas de la existencia. La comprensión del Vacío entró en él, como lo había hecho María: con la palabra del sexo.

Este cuento, "El verbo", fue publicado en la revista digital *Palabra Abierta* el 30 de junio de 2011.

Laura María Fernández Campillo. Nació en Ávila, España, en 1976. De formación académica, Licenciada en Economía, aunque fascinada por la literatura y por la vida misma, lleva varios años dedicándose a la escritura, tanto de narrativa, como de ensayos acerca de distintas perspectivas para abrirse a la lógica con la que operamos en nuestra vida económica cotidiana. Autora de novelas como *Distinto Animal, Eludimus,* la trilogía de *Divina Buenaventura Estupefacta,* el cuaderno de poemas *Las palabras indígenas del Tao,* y colaboradora en distintas revistas literarias. Actualmente también es comunicadora y conferencista de lo que ha llamado "Economía Dinámica", ejerciendo consultoría en empresas y particulares. Su sitio web es www.unkido.com.

INCENDIO EN LA LÍNEA 71

por David Garrido Navarro

Hace calor está mañana; iba a ponerme esos *leggins* de licra que compré de rebajas la semana pasada, pero creo que finalmente me voy a decantar por la falda de cuadros escoceses. ¡Hum!, aunque no lo tengo muy claro… *Leggins* de licra muy ajustados o falda por encima de las rodillas. Con los primeros, una parece desnuda ante las miradas de los hombres, que revolotean como moscas golosas para posarse en la parte del pastel que consideran más suculenta, que en *leggins* suele ser mi culo. Me lo miro en el espejo de cuerpo entero que hay en mi cuarto. Llevo puesto solo el tanga y giro hacia un lado y hacia el otro mientras lo observo detenidamente. Es cierto lo que dicen mis amigas, tengo un culo muy bonito. Es lo suficientemente grande como para rellenar por completo cualquier pantalón, pero no lo es tanto como para sucumbir al efecto de la gravedad. No, más bien al contrario, mi culo la desafía con insolencia manteniéndose erguido a pesar de saberse bajo su influencia. Sí, tengo un culo muy bonito, capaz de endurecerse como una roca o de temblar como un flan según las circunstancias requieran. Sí, tengo un culo realmente bonito. Y luego están mis piernas… ¡Uf!, con ellas no lo tengo tan claro. Bueno, sí, algo sí tengo claro: son largas, rectas y tirando a delgadas, pero según el día me parecen o bien una de mis mayores virtudes o bien uno de mis peores defectos. Así que decido mostrarlas o esconderlas dependiendo de cómo me levante esa mañana. No, con mis piernas aún no lo tengo claro del todo. No son feas, pero tampoco son nada del otro jueves. Quizá si ganase unos cuantos kilos más se me verían mejor torneadas... Pero entonces, ¿qué pasaría con mi culo? ¿la gravedad lo derrotaría? Vuelvo a mirármelo y pienso que en conjunto mi cuerpo tiene sentido, que cualquiera que me viese desnuda entendería mi diseño porque mis piernas explican mi trasero y mi trasero define mis piernas y juntos forman un todo hermoso. Así que está bien así. Después, mi mirada sube hasta mis pechos. Me gustan mis pechos. Son pequeños, sí, pero están en su sitio y su forma posee una obscenidad delicada y natural que me gusta insinuar: fluyen de mi cuerpo como dos grandes gotas de agua derramada que caen en paralelo por mi escote a la espera de ser rebañadas, cada una de ellas coronada por un pezón de gominola tan sonrosado y tan carnoso que hasta a mí me dan ganas de morder, aunque mis labios no los alcanzan. Pero mis manos sí, como ahora, y me gusta hacerlo, me gusta manosearme las tetas y sentir como los pezones comienzan a apuntar hacia el cielo y se ponen duros como gomas de borrar. Es cierto, ahora se llevan las tetas mucho más grandes, nada delicadas y menos aún naturales, pero a mí me da lo mismo, a mí me gustan las mías porque son mías y porque tienen el tamaño justo en proporción con el resto de mi cuerpo. Y aunque puede que sean algo pequeñas, son mucho más arrogantes y descaradas que cualquiera de esos enormes trozos de neumáticos que se injertan algunas debajo de sus barbillas.

Miro la cama. Sobre ella, extendidos están los *leggins* y la falda. La falda es otra cosa. Al contrario que con los *leggins,* con esa falda pareces vestida, pero en realidad caminas desnuda y eso me gusta tanto o más, especialmente en verano. Me gusta sentir el aire acariciándome las piernas, subiendo por mis pantorrillas y el contacto de mi propia piel cuando me siento en un banco y las cruzo, la una sobre la otra. También, he de reconocerlo, me gusta descubrir a babosos mirando de reojo por encima de mis rodillas, en el metro, por ejemplo, intentando sin éxito verme las bragas con disimulo infantil. Muchas veces he estado tentada de abrir las piernas solo para enseñarles desde la distancia un poco de lo que se pierden, un poco de lo que jamás podrán tener, para que lo retengan en su mente si pueden y sueñen con ello esa noche y, de esa forma, puede que hasta follen con sus mujeres o sus novias como si las quisieran de verdad, en el caso de que las tuvieran. Pero no lo hago ya que, en el caso de que las tuvieran, sería una crueldad por mi parte para con sus mujeres y sus novias, porque sé que en realidad no las quieren, porque sé que en realidad en ese momento es a mí a quien querrían, pero como no me tienen, tienen que conformarse con ellas. Y por eso no lo hago, aunque he de reconocer que me excita mucho el pensarlo.

Finalmente me he decidido por los *leggins* ajustados. Sí, es lo mejor, sobre todo por Jorge, que padece mucho cada vez que me pongo falda, en especial si ésta es tirando a corta. Él no me dice nada, pero se le nota que sufre cada vez que me siento o me levanto, o que cruzo las piernas. Es un chico tradicional, como todos, de los que les gustan las minifaldas puestas en todas las chicas menos en la suya. Yo lo quiero mucho, aunque a veces es un poco tostón. Bueno, hoy por él, luciré el culo y esconderé las piernas. Además, yo sé que a él le gusta más mi culo que mis piernas. Me lo tiene dicho y redicho: el culo es la parte que más le gusta de mi cuerpo. La verdad es que es un buen novio, no debería quejarme de él. Es guapo, atento, comprensivo, detallista y además está bien colocado: trabaja en un banco. El sueño de cualquier suegra que se precie, vamos. Quién me lo iba a decir: ya llevamos un año. Cualquier día de éstos me pide que me vaya a vivir con él a su apartamento. Cuando lo haga le diré que sí, sin duda. No sé si es mi príncipe azul, pero desde luego se le asemeja bastante. Le daré una oportunidad, se la merece. Nos la daremos los dos.

He quedado con él en la cafetería que hay debajo de su oficina. Luego cogeremos el 71 que nos dejará en el centro. Yo preferiría ir en su Audi, pero él cree que en fallas lo mejor es olvidarse del coche y usar el transporte público, porque la ciudad entera está colapsada y es imposible encontrar aparcamiento. En fin, que hoy nos dedicaremos a andar entre la multitud, oliendo a pólvora, fotografiando muñecos de cartón y comiendo buñuelos con chocolate hasta que mis pies digan basta. Y eso que a mí las fallas no me gustan mucho, pero él se ha empeñado en ver la mascletá juntos y luego pasear por la ciudad como un par de novios de verdad, de los que parecen ir muy en serio. Y yo, claro, no me he podido negar.

Ya estoy vestida, peinada y maquillada. Llevo los zapatos que me regaló en mi vigésimo sexto cumpleaños. No son lo más adecuados si has de caminar mucho, el tacón es considerable, pero bueno, hoy quiero estar especialmente guapa para él, y también para mí. Reviso el bolso, me despido de mi compañera de piso y salgo. Antes de llegar al ascensor me cruzo con el "mascachapas" de mi vecino, que camina por el pasillo del patio enfundado en su chándal de siempre y arrastrando, con la correa del cuello, a un cachorro de *bulldog* francés que se acaba de comprar. Nos saludamos y al pasar de largo noto como me desnuda con la mirada. "Babea, babea, niñato hortera —pienso—, graba mi culo en tu disco duro y luego corre a casa a cascarte una paja". Y después me meto en el ascensor y desaparezco de su vista. No sé por qué, pero me resulta divertido ponérsela dura a tíos que me son del todo repugnantes, y cuanto más me repugnan más me divierte hacerlo.

El camino hasta la cafetería donde he quedado con Jorge transcurre entre ríos de gente que deambulan deprisa en direcciones opuestas y a diferentes velocidades, como corrientes que chocan y se diluyen, mezclándose y desapareciendo para reaparecer unos metros más adelante en la misma dirección y a la misma velocidad de antes. Y yo soy parte de una de esas corrientes, que ahora cruza por un paso de cebra esquivando otra que se me viene encima. Pero, aunque a veces se rocen, las corrientes solo se tocan cuando ocurre un accidente, cosa poco habitual a pesar del escaso espacio, y los ríos siempre continúan fluyendo, de forma irregular pero inalterable.

Llego a la cafetería y antes de entrar lo veo sentado en una mesa junto a un enorme ventanal que da a la misma calle por donde yo vengo caminando. Golpeo con los nudillos la ventana, él levanta la mirada y nada más verme sonríe y me hace gestos con las manos para que entre. Y entro.

Se está tomando un café y yo pido un poleo. Hablamos, bueno él es quien habla, yo más bien le escucho. Me cuenta cosas sobre su trabajo, sobre su jefe y sus compañeros. A mí me aburre bastante y no puedo evitar que mi mente escape a otro lugar. Miro a la gente que hay en el local, observo su ropa, sus gestos, la manera en la que andan o se sientan; y una vez sentados los observo cómo se retuercen en sus taburetes mientras ríen y dialogan con el de enfrente. Mientras tanto, Jorge me cuenta algo sobre un compañero que parece ser muy mala persona y que se la tiene jurada. Aunque no sé si es él a su compañero o su compañero a él. O puede que ambos se la tengan jurada el uno al otro, porque esos sentimientos suelen ser recíprocos. Yo no dejo de mirar disimuladamente a uno de los camareros que sirve las mesas. Es guapo. No, más que eso: está buenísimo. De repente me lo imagino follándome en el servicio de esa misma cafetería y noto como todo empieza a hervirme por dentro:

—Y bien, ¿qué dices?

—¿Cómo?

—Lo sé, lo sé, quizá sea muy pronto y yo no quiero agobiarte… En fin, solo quería que supieras que a mí me parecería bien y que, en fin, tampoco significaría nada… Bueno, ya me entiendes… No es más que probar a ver qué pasa… En vez de compartir piso con ese "par de estúpidas", como tú las llamas, lo compartirías con un idiota… Nada más… Y si la cosa no sale, pues siempre podemos volver a como estamos ahora y, bueno…

—Me parece bien…

—¿Cómo?

—Que sí, que me parece bien.

—¿En serio?

—Pues claro, sería perfecto…

Jorge sonríe y me mira a los ojos. A continuación, ambos nos inclinamos hacia adelante apoyando los codos sobre la mesa y nos besamos con suavidad.

—¡Camarero! —Jorge llama al camarero y el camarero acude al instante. Su presencia tan cerca me ruboriza como a una colegiala.

—Cóbrate un café y un poleo…

—Son dos con ochenta…

—Toma, quédate con el cambio…

—Es un billete de cinco…

—Lo sé, lo sé… Es que estamos de celebración…

—Vaya, pues muchas gracias… Y felicidades…

El camarero se marcha y nosotros salimos de la cafetería agarrados de la mano. "Estamos de celebración", aunque, según él, "tampoco significaba nada". No lo entiendo. O quizá lo entiendo demasiado. Pero ahora prefiero no pensar, así que pongo la mente en blanco y me dejo llevar por la corriente, una corriente que me arrastra por entre las calles de esta ciudad como a un tronco muerto. De repente la corriente se detiene junto a una parada de autobús. Jorge comenta algo, pero yo, aunque lo oigo, no acierto a descifrar lo que dice. La parada está atestada de gente y su voz se mezcla con las demás voces conformando un murmullo mareante e ininteligible. Detrás de mí hay un par de hindúes vestidos de forma extraña y hablando la lengua más rara del mundo. Los miro de reojo mientras Jorge me dice algo al oído. Yo sigo sin entenderlo. Y llega nuestro autobús. Él, al verlo llegar, se pone de puntillas y exclama "sí, este es, este es". Y cuando el autobús se detiene, la corriente me empuja hacia delante aplastándome contra la entrada. Entonces, como si de una presa se tratara, el conductor abre las compuertas y el chorro de gente fluye a su interior. Yo miro hacia atrás al subir al vehículo y me doy cuenta de que Jorge no está, se ha descolgado. Lo busco con la mirada y enseguida lo encuentro haciéndome señas desde abajo para que suba. Pago mi billete y me introduzco zigzagueando entre la gente hasta donde puedo. El autobús está lleno, no cabe ni un alfiler. Nos apiñamos todos como sardinas para dejar espacio a los que quedan por subir, que todavía son muchos. Por un momento tengo miedo de que el conductor diga que no hay sitio y arranque dejando a Jorge en tierra. Pero no, entre las cabezas de la gente lo veo subir. Ahora está pagando el billete. Es entonces cuando el autobusero hace señas a los que quedan en la parada de que ya no hay más sitio. Cierra las puertas y se pone en marcha. Jorge, que ha entrado el último, se agarra a una de las barras de las puertas para no caerse y comienza a buscarme entre la multitud. Yo estoy sujetada del pasamano con la mano derecha, así que hago un esfuerzo para sacar la izquierda y hacer gestos para que me vea, pero estamos demasiado apretados y la oronda mujer que tengo delante no se mueve, de modo que no puedo sacar la otra mano. De repente me doy cuenta de que no necesito agarrarme a nada, estamos tan aprisionados ahí dentro que es imposible caerse al suelo. Me suelto y comienzo a agitar el brazo. Cuando Jorge me ve, sonríe y me manda un beso. Supongo que yo también le sonrío. Y luego me vuelvo a agarrar al pasamano. La mezcla de olores aquí dentro es asfixiante. Perfumes, desodorantes y hedores de todo tipo se funden, se solapan y se alternan para, finalmente, condensarse sobre nuestras cabezas en una extraña neblina que vicia el aire hasta volverlo casi irrespirable. Creo que me estoy mareando y el traqueteo del autobús cada vez que este se detiene o que reanuda la marcha no ayuda en absoluto. Miro a Jorge y resoplo. Él hace un gesto de agobio y me sonríe de nuevo. A mí me parece verlo ahora mucho más lejos que antes, como al final de un largo túnel, casi al otro lado del mundo. El autobús arranca para salir de un semáforo que acaba de ponerse en verde y de repente siento como algo roza mi culo. Enseguida noto a través de mis *leggins* como ese algo comienza a crecer de tamaño. Sí, no hay duda de que tengo a un hombre detrás de mí, y debe de llevar chándal o algo parecido porque noto perfectamente lo dura que se le está poniendo con el refriegue que provoca tanto vaivén en tan escaso espacio. Pero es que encima el tío para nada intenta evitarlo. Todo lo contrario, no deja de restregársela contra mí aprovechando los zarandeos del vehículo, y cada vez de forma más obscena. Creo que debería girarme y decirle algo porque se está pasando de la raya. Intento apartarme un poco, pero es imposible, la gorda de delante no cede y ya siento la polla del de detrás hurgándome con descaro entre las piernas como el hocico de un perro goloso. Pero no hago ni digo nada, solo me quedo quieta y cuando el autobús frena de repente, yo noto como me embiste al tiempo que me agarro con fuerza del pasamano. Está dura como una piedra y a mí me parece enorme a través de mis *leggins* de licra. Debería hacer algo, sí, esto se está calentando mucho y debería hacer algo al respecto. En ese instante, el autobús vuelve a ponerse en marcha y yo miro a Jorge y le sonrío. Él me devuelve la mirada y me sonríe también. Entonces me rindo al de detrás y, abriendo todo lo que puedo las piernas, se la busco con mi culo disimuladamente hasta encontrársela y colocarla justo debajo de mí, aprisionada entre mis muslos. Enseguida la noto moverse, como un animal hambriento, sediento, enorme entre mis piernas de barro. Y yo me siento sucia mientras se propaga el incendio en mi interior, y ese incendio hace que empiece a derretirme por fuera arrastrada por la corriente. Y el animal se restriega una y otra vez sin ningún tipo de decoro o respeto ya hacia mí, aprovechando cada vaivén, cada frenazo, cada puesta en marcha. Y al mismo tiempo noto un cuerpo cada vez más cerca del mío, con su aliento casi en mi nuca. Entonces pongo el culo todo lo duro que puedo y cuando se la aprisiono con fuerza entre mis piernas le oigo carraspear. Y ese carraspeo pone mi culo de nuevo a temblar como un flan. Echo una mirada a Jorge y éste me manda un beso desde el otro lado del mundo. Yo le sonrío en la lejanía. En ese instante, el de detrás de mí reacciona y sabiendo que mi novio me está mirando, aprovecha otro frenazo para aplastarse varias veces contra mí con vehemencia. Yo aprieto los dientes con fuerza y, durante unos segundos, cierro los ojos. Luego los abro y miro a mi alrededor. Rostros inexpresivos, ojos vacíos, cuerpos inertes plegados dentro de sí mismos, balancean sus cabezas con el traqueteo del vehículo como figuras apoyadas en el salpicadero de un coche, ajenas a todo lo que les rodea. Es entonces cuando veo a Jorge haciéndome señas desde el fondo de que debemos bajarnos en la siguiente parada. Yo resoplo, asiento con la cabeza y me aparto el flequillo con la mano derecha. Acto seguido la sumerjo de nuevo entre la multitud y acaricio la pierna del de detrás, apretándola hacia mí suavemente. Él carraspea otra vez y a mí me gustaría que no se fuera nunca. Pero cuando el autobús se detiene, él se aparta y se va. En realidad, todos nos apartamos de todos y nos vamos, volviendo a coger cada uno su corriente entre la muchedumbre que abarrota las calles.

Cuando bajo del vehículo, Jorge me está esperando en la parada:

—Cuanta gente había, madre de Dios qué agobio, —me dice mientras me rodea de la cintura con su brazo.

—Y que lo digas, casi me ahogo ahí dentro…

—Bueno, ya está… Al volver, pillaremos un taxi…

—Sí, creo que será lo mejor…

Caminamos muy juntos por una estrecha calle cortada al tráfico y al girar una esquina nos encontramos con un viejo violinista que toca una alegre melodía de aire balcánico.

—Oye, que lo que te dije antes —Jorge se para y me mira a los ojos—; lo de irte a vivir conmigo… que, si no quieres, o te parece muy pronto, lo entiendo, eh… Tampoco quiero que pienses que…

—Yo no pienso nada, Jorge… Anda, dale algo suelto a ese violinista, me gusta lo que está tocando…

Jorge se rebusca en los bolsillos y saca una moneda de euro. Pero antes de que la eche en la funda del violín, yo le recrimino:

—¿Solo vas a darle un euro? Pensaba que estábamos de celebración…

Jorge me sonríe y vuelve a rebuscarse los bolsillos. Luego, tras sacar otro euro, se acerca al violinista y deja caer las dos monedas en la funda abierta que hay a sus pies. Yo lo sigo con la mirada y entonces me doy cuenta de que aún continúa estando lejos, muy lejos, como al otro lado del mundo.

Este cuento," Incendio en la línea 71", fue tomado de la serie "En el Reino de Eros II", de la revista digital *Palabra Abierta,* publicado el 30 de junio de 2011.

David Garrido Navarro (España). Redactor SEO. Máster en Marketing Digital con Postgrado de Especialización en Inbound Marketing. Diplomado por la URJC. Escritor nacido y afincado en Valencia (España); es autor de numerosos relatos publicados en diversas revistas literarias españolas y latinoamericanas *(Ágora, Resonancias Literarias, Revista Narrativa, Letras de Los Ángeles, 2Taller, El Cuervo, Palabras Diversas, Palabras Malditas, Cinosargo, Pliego Suelto, Palabra Abierta, Ariadna RC, Narradores, Escrituras Indie, A Contrapalabra, En Sentido Figurado, Uruz Arts Magazine, etc…),* que han llamado la atención de una buena parte de la crítica y el público gracias a su prosa directa, su ácido sentido del humor y su visión crítica, decadente y hasta esperpéntica de una sociedad actual a la que retrata sin tapujos. En 2006 terminó su primera novela. Desde entonces hasta la fecha sigue publicando periódicamente sus textos en diferentes revistas, *webzines* y *weblogs* de habla hispana editados desde países tan diversos como Francia, Chile, México, Argentina, EE.UU., Uruguay o España.

ÚLTIMO TANGO EN LA HABANA

por Ingrid Brioso-Rieumont

A mi mamá le gustaba el tango.
¿Vas a bailar conmigo?
Sí, Paul

Me subí al auto y supe enseguida que quería ver su mano entre mis piernas, cuando me dijo: No seas maleducada, se dice *Buenas tardes*. Buenas tardes, Susana, le dije y pensé que tenía que llamarse Susana. ¿Cómo sabes mi nombre? Se llamaba Susana. No lo sé, tan solo lo supuse; respondí como otras veces para aquietar la esperanza. Luego le vi el tatuaje en la espalda, cuando hizo un giro intencional con el Audi negro y el pelo se movió y quedó visible parte de la espalda y un tulipán. Era demasiado. Susana y un tulipán. Casi me ahogo entre los cristales, el aire acondicionado y su pelo, color sepia. Y su cuello largo, y un lunar cerca de ese sitio donde termina el cuello y empiezan los omóplatos que se pueden agarrar y morder tan bien. Seguía descendiendo y ahí estaba el tulipán, en el lugar derecho de su espalda, tal como ella lo quería hace años, en el tiempo en que las dos estábamos en los naranjales de la escuela.

Paul me mira. Está sentado sobre un mantel que es transparente, que no es un mantel porque es como de nylon y se puede ver más abajo mi piso blanco, de granito. A este lugar le llamo *Casa blanca*, le digo a Paul, y le sonrío, lo hago despacio, no enseño mucho los dientes.

Solo lo necesario para poder morderme el labio de abajo un poco, que está quemado por el sol, sensible; y hacer como que he sido una tonta, me sale sangre, tocarla con mi dedo; y poner la punta de la lengua ahí, donde la herida no duele, donde apenas se ve la línea que hace de este momento una complicidad; porque yo sé que él quiere que sea su lengua la que toque con la punta el trozo de labio roto.

Estoy sentada en el piso de mi casa. De un lado la columna y del otro lado Paul. Atrás está la pared, y más arriba, si subo la cabeza, veré el cuadro que me regaló un amigo. Está cubierto por una sábana blanca para que no le llegue el polvo. Ella está vestida. El cuadro se llama *Insomnio* y me asusta; ella también me asusta, porque de noche no puedo dormir. Me levanto rodeada de las sillas que están dobladas sobre el piso, los libros, las botellas. Salgo del cuarto con la sensación de no poder moverme y me dejo caer. Me siento en la esquina donde estoy ahora; me embarro un poco del polvo azul que hay en la sala y lo veo todo oscuro. Hoy no tenemos vino. Ni siquiera las copas para disimular un poco y tratar que una cerveza Bucanero tenga un líquido rojo y sea de cristal. Qué pena que no tengamos vino, me dices. Sabes de la nostalgia que llega; cómo se desenredan las lenguas y cortan el silencio. Pero no tenemos vino, esta noche es de cerveza, que también nos hace hablar, aunque no basta. El silencio se corta con lo que no se le dice a nadie. Con lo que se le cuenta a una sola persona, o al espejo, cuando estamos frente a él. Paul y yo decidimos intentarlo hoy. Hablar lo que solo le hemos dicho al reflejo.

Los constructores se van a las seis y dejan la casa conmigo. Compramos las cervezas para alejar un poco lo cobarde. Paul me lo propuso la otra noche, cuando hablábamos de la amistad, de cómo la nuestra había empezado a andar aprisa hace unos meses. Lo hablamos por teléfono. Fue mejor, porque parado frente a mí, él no hubiese propuesto que rebasáramos el límite que falta, cortar la línea de silencio, sentirse mejor luego. Pero todo lo pensamos demasiado. Es de noche, estamos cercados por botellas que sudan y tratan de desprenderse del líquido, como nosotros de los cuerpos. La casa está sola, la luz viene de una esquina del techo, se inclina ante el cuadro tapado y nos llega un poco. Las puertas están cerradas. Mi edificio no suena. Hace mucho que el sol se puso y el espacio nos exige que empecemos lo que vinimos a hacer. Pero Paul está nervioso. Los líquidos miríficos aún no hacen efecto en él; ni la cerveza, ni mi sangre. Yo hablaré primero. Luego tú. Lo decido para que todo empiece, para ponerle a la noche un poco de peligro.

Desear a Susana fue peligroso. En el campo llovía casi todas las tardes. A mí me gustaba correr hasta los naranjales, meterme entre las plantas altas y que nadie me viera ahí. Solo Susana. Ella llegaba luego. Luego de que se formaran charcos en el suelo y la tierra estuviera demasiado húmeda, tanto que yo podía hundir los pies en el fango, penetrar y embarrarme los tobillos. Susana se demoraba porque yo sé que no estaba segura; que la que no tenía miedo y estaba segura de todo, de lo que teníamos que hacer, era yo. Qué tontas éramos y qué deliciosas eran las tonterías de entonces. Yo no sabía qué se debía hacer. No lo sabía porque nadie me lo había dicho. Eran terrenos desconocidos, sobre los que saltábamos. Terrenos de tierra un tanto prohibida. La primera vez nos tropezamos en el baño, cuando había un apagón, cuando todos se habían ido a dormir y nos mandaban a que cerráramos la boca, cero palabras que mañana se madruga. Tropezamos y Susana cayó arriba de mí, ombligo con ombligo, sus dos bultitos en el pecho presionando los míos que eran más grandes, que le permitían reposar, expandirse. Su cara estaba quieta, elevada, frente a la mía, y los cuerpos tenían la caída y el ángulo exactos para que todo coincidiera. Yo no sabía si ella iba a moverse, a apartarse. No quería que girara, pero lo hizo; tuve miedo, pero caí arriba, y ella no se apartó en el giro y yo me sentí feliz. No sabía si moverme, si poner las manos en otro lugar más que al lado de mi cara, sosteniéndome así para no aplastarla, pero muy poco, para no dejar de estar pegada a ella. Entonces hice como que iba a rascarme, a sacar un mosquito del otro brazo para moverme un poco, y poder sentir mejor eso que estaba debajo del ombligo, entre las espátulas —así les llamo— que se elevan cuando uno está acostado y empujan al que está arriba, y lo sostienen en el aire, haciendo un triángulo donde la otra punta es como un bulto que sobresale, duro y acolchonado a la vez, por las telas del *short* y el blúmer y quizás unos vellos que empiezan a precipitarse. Los de Susana apenas comenzaban a salir; los sentí debajo del blúmer, empezando a descender la mano más allá del ombligo, y empezando a conocer la tercera punta del triángulo. Mi mano abajo y la otra al lado, sujetando el resto de mi peso, presionando un poco más los bultos de arriba, moviéndome debido a que Susana marcaba abajo el compás de un solo cuerpo que rozaba el piso del baño. Y descubrí que cuando uno saca la mano algunos dedos están mojados. Me alcé un poco cuando Susana me agarró por la espalda con las dos manos para que no me fuera; lo hice para poner la mano húmeda en la punta de mi triángulo y ver si es que una se humedece también. Mas ella no me dejó indagar en mis vericuetos; lo fue haciendo por mí, poco a poco, despacio, llegando desde arriba, con miedo, para bajar un poco más, entre mis rizos que sí eran largos, y empujar en una salida que se descubre, una salida que va hacia adentro; yo sentí una punzada y dolor en un segundo; me sorprendí, me asusté y grité, y no pude agarrar a Susana para que no se fuera.

Paul me mira. Quiero apoyar mi cabeza en su hombro y que piense que es cansancio, que es vergüenza. Intuyo que se siente más cómodo —o perturbado— conmigo cerca de su cuello; y eso me gusta, por eso me acerqué. Él se ha recostado más a la pared. Su mirada me basta para saber qué siente. Yo empiezo a sentirme así también, cuando lo veo junto a las paredes, las lámparas, los techos, cuando recuerdo que éste es mi lugar. No sé qué piensas de mí, le digo a Paul y él sensato, obediente, permanece sin darme una palabra. Parece que me dice que así se cumplen los tratos. Ojalá estuvieras desnudo. Pero la última noche hablamos de nuestra amistad. Alzo la cabeza para poder mirarlo y sonrío de nuevo. No es capaz de imaginarse lo que hay dentro de mí. O quizás sí. ¿En qué estará pensando? Me mojo los labios de cerveza. A lo lejos se escucha una música que alguien interrumpe. Un tango. Es el ruido que nos habla del mundo que hay afuera.

Saltábamos sobre terrenos de tierra prohibida. No se puede ir a los naranjales cuando llueve, decía el profesor, porque todo el cuerpo se ensuciaba de fango. Escapar hacia los naranjales… Y que Susana se quedara acostada en el fango prohibido. Con la lluvia entrando por el canal, formando un charco pequeño en el espacio que quedaba entre sus piernas, semiabiertas, calmadas, para que yo las pudiera ver así. Susana dejaba que la observara. A mí me daba vergüenza mirar. Ella reía cuando nuestros ojos se encontraban y se quedaban fijos un momento; yo cambiaba mi cara de posición y, para disimular, echaba un vistazo hacia la salida del naranjal, cosa que la incomodaba un poco, se ponía de pie y me hacía mirarla tomándome de nuevo por la barbilla. Luego volvía al suelo, para que yo siguiera el ritual. Las miradas alcanzaron hasta una tarde en que había lluvia y mucho fango. Yo empecé a bajar, a agacharme, a ponerme encima de Susana, otra vez, como en el baño. Fui despacio, rozando con mi vientre cada parte, de seguro me quedé dormida. Recuerdo que amanecí con la ropa mojada, con temblores. Estuve en la cama todo el día, hasta la tarde-noche en que fui al comedor. Ahí todos me miraban, todos. El coro de fieras estuvo a punto de empezar, pero los maestros gritaron varias veces y ellos tuvieron que desistir. Susana no estaba ahí. No estaba en ningún sitio de la escuela. Días después supe que se había ido.

Cada vez que llueve en las tardes, recuerdo su olor a naranjas, a fango. Los tulipanes, sin embargo, no tienen olor. Pero Paul no me mira con lástima. Sé que le atraen los números que van más allá del dos, y más le atrae lo que empieza a saber de mí. Recuerdo la tarde en el naranjal donde Susana me habló del tatuaje que quería hacerse en la espalda. Un tulipán negro cuando cumpliera dieciocho. Nunca había visto uno y le asombraba no poder olerlos. Un amigo pensaba regalarme un cuadro y le pedí el que aún no estaba hecho, le dije lo que quería que pintara. A ella no se le ve el rostro, incluso una sombra enmascara su perfil. El vestido blanco no deja ver el tulipán, pero su nombre es Susana.

¿Sabes bailar tango? Le dije que sí. Tengo la manía de pensar que nadie quiere estar solo. Creo que por eso dejé que se acercara. Porque lo imaginé sentado sobre el fango, en un naranjal. Él, que sigue en La Habana, sin querer regresar a San Francisco. Pobre Paul. Sin las flores ni los retratos, con las estrellas arriba, sin velorio, sin su madre. Y yo necesitaba a alguien que se atreviera a bailar conmigo. No sabía que Paul era así. Luego me sorprendió cuando me dijo que tomáramos cerveza y nos quitáramos los miedos. Hace tres noches lo propuso. Saltar la línea invisible que había entre los dos. A veces lo veo como un niño, pero no hoy.

Los recuerdos, Paul, se tornan una fantasía a la que nunca se puede volver de la misma forma, aunque se vuelva. Yo pensaba que ella era *una mujer que no era de este mundo*. Cuando quedó visible su espalda y el tulipán, el Audi negro dejó de ser un auto. Susana su cuerpo, hasta llegar al punto en que nos pudimos ajustar las dos. Recuerdo que aún teníamos el miedo y la curiosidad por lo que me sucedió a mí en el baño, no sabíamos qué venía después. Nos fuimos hundiendo en el fango porque la lluvia empezó a ser más fuerte. La tierra se fue marcando con el peso de los cuerpos carmelitas. Y Susana se atrevió a poner su mano en el espacio en que nos sentíamos las dos unidas y separadas a la vez. Se atrevió a entrar por la salida y salió del naranjal. Me asusté cuando supe dónde estábamos, y ella se asustó también cuando vio cómo era todo. Las naranjas empezaron a caerse, a tocar el piso y abrirse en dos; yo sentí un dolor agudo, pero no grité. No quería quedarme sola ahí. La lluvia nos dejaba mojadas sin poder descubrir otro tipo de humedad, y no sabía si todo estaba bien. Nos envolvimos el cuerpo de fango y supimos que así la piel podía resbalar mejor, que se podía caminar sin pisar las naranjas. Ella se movió, movió sus dedos y yo la hundí dentro de la tierra. La aplasté a ella y la hundí con mi peso en un hoyo profundo, que se alejaba más del frío de la lluvia, a la vez que yo caía, en lo hondo, como naranja rota, sin saber qué dirección tomar.

Yo me quedé en la esquina del baño, en lo oscuro, para que nadie me viera, ni siquiera Susana. Recuerdo el coro de los niños frente al naranjal, cuando las dos salimos de entre los árboles, con los cuerpos culpables, llenos de fango. Andábamos *de manos*, para no caernos y estar juntas. Había parado de llover. El agua dejaba de ser un muro líquido y todos pudieron vernos las caras; las gotas de sangre que no estaban gracias a la lluvia, pero no podía evitar pensar en ellas. Todos estaban jugando y de repente pararon, se pusieron serios; no sé qué fue lo que pasó, pero dejaron de ser niños. Empezaron a gritar, en círculos: *¡Las dos amiguitas tocando sus cositas!… las dos amiguitas tocando sus cositas.* Susana se fue, me dejó sola ahí, frente a los gritos de diez bocas gigantes. Frente a las risas de las fieras. Y yo la odié por eso, toda la noche.

Pero el odio solo alcanzó para una noche en el baño y para quedarme luego allí mismo todo el día. Era la parte de la escuela que estaba en construcción y nadie podía verme ahí. La noche siguiente empezó a llover y aproveché para ir al naranjal. Sabía que ella iba a ir con la lluvia. Sentada sobre el fango, hundiéndome en la tierra, con las plantas altas y las estrellas arriba, esperé durante casi toda la noche. Digo *casi* porque conducía una máquina extraña entre las plantas altas y a la vez coqueteaba en el saludo. Quería meterme una mano entre las piernas y violentar algo más que las naranjas. Sin saber que yo me quedé esperándola la noche, y un día, y todos los demás. Sin saber quién era yo, que pedía *botella* y supe que su giro era meditado para que se le viera el tatuaje. ¿Cuántas te habrán visto bajo la lluvia, Susana? Quise decirle que fue peligroso desearla durante todo este tiempo, porque traté, Paul, pero los recuerdos… no se matan. Ella solo estuvo al tanto de que supuse su nombre, mientras, me di cuenta de que ya yo no quería volver, que los recuerdos, Paul, no regresan.

A veces quiero que salga del cuadro. Que se inviertan las posiciones de los cuerpos y yo esté abajo esa vez. Que se vaya subiendo el vestido mientras yo me voy subiendo el vestido y tú sigues recostado a la pared. Me he parado sobre el polvo azul y creo que esta *Casa blanca* es demasiado peligrosa. Tú, sentado sobre el piso me miras a los ojos, entre la luz discreta de las lámparas que dejamos prendidas. Todo lo hemos pensado tan bien, y me pregunto qué querías cuando entraste a encender las lámparas tenues. Cuando la habitación se volvió una mezcla de blanco con azul y amarillo indirecto. Creo que sientes miedo y eso me gusta. *Sigues sentado.* Dijimos que la cita sería para fortalecer nuestra amistad. Yo sé que caen agujas gigantes sobre el naranjal, y que casi todo se abre, incluso las naranjas. Pero no sé cómo es contigo. Te sorprendes cuando ves un tulipán, tatuado en el sitio derecho donde mi cuerpo empieza a descender. Un tulipán como el de Susana. Pero Susana no me preocupa mientras mis manos sigan subiendo el vestido y tú estés en silencio. ¿Tienes miedo? No tengo tirantes que quitarme, el vestido se ha salido de mis hombros, y mi cintura muestra que le gusta más sentirse sin las telas. Te has puesto de pie y yo estoy sin zapatos. Tu cabeza sobresale por encima de mí, un poco más. Te acercas, te inclinas y quedas enfrente de mis ojos. No sé quién juega ahora: Baila conmigo un tango esta madrugada. Quiso colocarme encima el vestido. Y se sentó de nuevo en el piso.

Ese día no quisiste ver a ninguno de tus amigos. Nos dijiste que preferías estar sola. Yo pensé salir esa noche contigo y al ver que no, me fui a andar las calles, a ver qué encontraba. Era diciembre, cuando murió mi madre, y tú no estabas para hablar. Esa noche hice muchas cosas. Pensaba en ella, ese veintitrés de diciembre, y alguien me jaló por un corredor. El pasillo se estrechaba como una garganta, con olores raros. El hombre dijo que se llamaba Ángel, era negro, me burlé, un ángel negro; pero él no se ofendió. Yo decidí seguirlo. Me preguntó si necesitaba compañía. "La compañía de una mujer". Luego abrió unas cortinas al final de la garganta y apareció un agujero donde me metí.

Después del agujero entre las telas había una puerta. "Estaré aquí, sin moverme de la entrada". Yo era un desconocido y él no sabía qué iba a suceder más allá. Le quise dar dinero y no lo aceptó. Me dejó pasar, pero antes me miró directo a los ojos, firme, para que supiera de nuevo que él iba a estar ahí. Ahora todo parece cada vez más estrambótico, pero esa noche nada me extrañó. Adentro todo era blanco. Yo recuerdo los olores, su vestido. Por ejemplo, te puedo decir que esa noche era veintisiete de diciembre. El día de tu cumpleaños. Por eso la recuerdo. La mujer me dijo que agarrara la copa, que estaba sobre una mesa cercana. Yo probé el vino y ella empezó a hacer círculos en el aire a mi alrededor. Empezó a hacer círculos con el borde de mi copa y se acercó. Luego se quedó quieta, sin besarme; para volverme loco. Sabes, tendrías que ser hombre. Extendió su mano y me alcanzó algo. Era *hachís*. Lo mismo que fumaba Edgar Allan Poe. Lo dije para sentir que podía controlarlo todo, pero ella sabía demasiado. Habló de una tribu africana cuyo nombre no recuerdo. Me lo dijo cerca del oído. Una costumbre que tienen las mujeres de esa tribu. Cómo las enseñan desde niñas; a que presionen ellas mismas las paredes, a hacerlo cada vez que rozan algo. Abrió la portañuela y me puso afuera y luego adentro, y yo supe que ese no era mi lugar, pero no quise moverme. Por primera vez decidí quedarme quieto. Empezó a contraerse como si bailara, al compás de una música que solo ella podía oír. En medio de todo se quedó quieta un momento y me preguntó que si escuchaba el tango. Yo no sentí ninguna música. Pero le dije que sí. Más bien escuché el sonido de la lluvia y las últimas gotas de vino que salen de una botella, y mi padre brinda porque me voy a su país. Y mi madre me mira mientras unas gotas caen sobre la cama. Recuerdo que fue como si de repente pudiera ver lo que pasó. En el funeral todo el mundo ríe, come y toma cerveza. Todos se van para que mi padre tenga que pagar el ataúd, la cerveza. Yo también me fui y dejé a mi madre. Un grito allá y otro aquí, porque el vino se derrama otra vez y nos moja. Ella mueve sus ramas y me enlaza. Me quedo sentado en una esquina, mientras empieza a mover la tierra con la punta de un tacón. Baila un tango, para mí, y yo pienso que es mi madre, que es otra mujer, que al final no estoy tan solo. Veo sus ojos, en el medio de tantas oscuridades, que se acercan y se alejan, llamándome. Yo me arrastro hacia la alfombra del piso. Hay vapores sobre la mesa, la cama; veo mi casa en San Francisco, rodeada de humo, y la habitación está con luces indirectas mientras los ojos de ella se ponen rojos, eso me gusta, y su piel es cada vez más blanca. Más blanca aún al contraste de su lengua, que trata de salir poco a poco de entre su boca, semicerrada. Los tabacos *pueden oler a chocolate, a setas, a vainilla*. Ella empezó a narrar como si fuera aquella mujer en París. El cuento de Gina Picart. Dos películas para volverme loco. Vamos a cortarle la cumbre al tabaco. *Con una guillotina pequeñita, pero como no tenemos una vamos a hacerlo con los dientes.* Hay que moverse con cuidado para que no se le estropee la piel. *Ahora viene el corte y hay que hacerlo justo sobre la línea donde el gorro se une a la capa.* El tabaco se enciende de esta forma... *Mientras más grueso, mayor tiempo será necesario para garantizar que se mantenga encendido.* La ceremonia se hacía cada vez más suave, insoportable, mientras el tabaco seguía encendido. Y empecé a escuchar una música, un tango. Ella me hizo pararme y bailar. Me fue enseñando a poner los pies y las manos en los lugares correctos. Y encendió el tabaco una vez más, mientras bailamos.

Amanecí junto a Lennon, a su estatua. Era la primera vez que no era yo quien dejaba a una mujer dormida. Siempre me iba en silencio, para no amanecer con una extraña. Pero esa vez sentí que lo único que le faltaba era dejarme unos billetes al lado de la cama, o en el banco del parque, donde fuera. Sin embargo, ni siquiera esperó para dejarme unos billetes. Todos se rieron cuando mencioné el *hachís*. Dicen que aquí en las calles se llama marihuana, piedra, chocolate. Fui al parque de 23 y G, ahí están las mujeres después de salir de las discotecas. Pero ninguna de ellas sabe bailar tango. Gasté el dinero que tenía para regresar a San Francisco porque quería permanecer *awake*. Dormir de día. No pude encontrarla, y lo peor es que cuando busco su cara dentro de mi cabeza no la veo. Esta historia la he vivido tantas veces… Es que no sé si sea una coincidencia, pero me dijo que se llamaba Susana y que si quería ver su tulipán.

Ojalá que no sea Susana, lo digo por ti. Ayer llamé a mi padre y colgué. No pude hablar. Hay algo que tengo que decirle. Algo que no te he dicho. Que los meses pasaron y tuve que hacerme un examen. Y ella… No sé si fue debido a esa noche, o a noches distintas, con otras mujeres. Necesito que me digas dónde puedo hallarla.

Yo sé que Paul no se quiere morir. Me lo dicen sus ojos. Debo decirle algo. Para que se sienta mejor. Paul, es preferible que te vayas. ¿Qué dices? Le digo que no vuelva, que no quiero verlo nunca más. Eso le ha dolido. Se va sin cerrar la puerta de mi casa. Se va con su orgullo. Por un momento pensé que no lo haría. Pero se fue… Sé que debí haberle dicho más. Le dije también que se olvidara de todo lo que hablamos esta noche.

Paul me ha sorprendido, más que cuando terminé de colocarme encima la ropa. Después de que se resistiera. En ese momento pensé que iba a molestarme un poco, como lo haría una mujer; pero la cerveza tal vez me hizo olvidar qué era. Yo pedí un lienzo para tener a Susana y él pidió un tango. Pensé que quería bailar con otra y me sentí sola en esta *Casa blanca*, sentada junto a él, en el fango, con las plantas altas y las estrellas arriba. No quise escuchar lo que tenía que decir. Pero escuchar siempre es prudente, como decía ella. Y las noches de junio son peligrosas, casi tanto como las de diciembre. Esas noches del año en que quiero estar sola; sola con desconocidos cuyas caras me gusta recordar a veces; en que salgo afuera, con Ángel, que me cuida. Sin embargo, la noche de mi cumpleaños apenas la recuerdo; Paul. Fue demasiado el *hachís*. Eres uno de mis desconocidos. Pobre de ti. Ahora debe ser muy tarde y las calles estarán solas afuera. Es lunes. Debería haber estado en Miramar con una copa de vino. Seguro Ángel está durmiendo. Creo que le he dicho demasiado a Paul. Hay cosas que no se le dicen a nadie, ni siquiera al espejo.

Este cuento, "Último tango en La Habana", ha sido tomado de la serie "En el Reino de Eros II", en *Palabra Abierta*, publicado en ese medio digital el 30 de mayo de 2011.

Ingrid Brioso-Rieumont (La Habana, 1988). Narradora y ensayista. Egresada del Centro de Formación Literaria Onelio Jorge Cardoso. Ha publicado el libro de cuentos *Una recta entre dos puntos negros* (Coedición, Editorial Extramuros, 2009). Sus relatos han sido incluidos en revistas como *Palabra Abierta, El Cuentero, Labrapalabra* y *Labcat,* entre otras. En la actualidad realiza el doctorado en Estudios Hispanoamericanos y Brasileños en la Universidad de Princeton, Estados Unidos.

DISTANCIAS

por José M. Fernández Pequeño

Nuria chupa entusiasmada. Traba por arriba con los dientes, mientras la punta de la lengua, por debajo, lame el frenillo. Son unos tironcitos cortos, bruscos, y la cabeza del miembro crece y crece, dudo que muy pronto quepa en su boca, si es que no se desprende antes. Pero nada de eso nos importa. Ella está de rodillas, aplicada en la tarea, con las manos apoyadas en mis muslos. Sus labios se ven todavía más finos de lo que son. Yo estoy sentado en la tierra, enlazando con el brazo izquierdo uno de esos bancos metálicos que han puesto en las paradas de guaguas de Santo Domingo. No es necesario mirar hacia arriba, basta suponer el techito a dos aguas, con imitación de tejas y todo. También sabemos que hay una pila de gente detrás de la valla que debe estar a mi espalda. Se les siente cosidos a la osadía, el deseo, el riesgo de cuánto pueden saber sobre nosotros. Y por supuesto, al ansia de un orgasmo con el que pagamos algún confuso dolor anterior. Nuria frena, me mira y se pasa la lengua por el hilo de los labios, interesada en mostrarme todo ese gusto. Me agito, quiero ordenarle —¿pedirle, rogarle? — que siga. Y parece que algo digo porque ella va a inclinarse otra vez. No da tiempo. Eyaculo agarrado con las dos manos al banco metálico, sintiendo el frío pulido en la punta de la nariz y la frente, empujando la pelvis hacia el lado izquierdo. El primer golpe de semen sale como un disparo, frota unas hojas de hierba a su paso y pega compacto en la base del banco. Todo tan propio, tan nosotros y ya.

◆◆◆

La risa malvada de Nuria me perturba todavía mientras camino. El parque se ve inmenso, aunque bien pudiera ser culpa de los árboles enanos y los muros distantes, pintados del mismo amarillo sin luz que las garitas del Centro Escolar 26 de Julio cuando entrábamos con las novias y el paso del sol a la penumbra nos quemaba las miradas. De todas formas, este de ahora es un color sin emoción: le falta la cautela, el miedo a que alguien vea y nos reporte en la dirección. Se me ocurre que estoy saliendo con alguien más, no recuerdo quién. A lo mejor es Candy Milova. No hay modo de pensar en Candy Milova sin que aparezca el pueblito de Caimanera sitiado por la agresividad azul del mar. "Lo importante no es adónde va el camino sino su alma de tránsito", se oye una voz más ridícula que filosófica... ¿la mía? No creo, alguien me sigue. Su presencia es una certidumbre sin susto, reto-4 zona. Tampoco hace falta mirar para atrás. Me sigue un hombre maduro, vestido con sobretodo *beige*, como si llegara desde una película europea de los años setenta. Probablemente yo también uso un sobretodo, no sé si *beige*. De cualquier modo, camino liviano. Me protege la conciencia del orgasmo conseguido, el placer del baño que me daré cuando llegue. "Marcos se fue y nos quedamos sin darle la carta". Suena como si el hombre que me sigue lo dijera miles de veces y la palabra barco estuviera incluida en el mar picado que se revuelve a exceso de velocidad y en el viento que me empuja por la espalda. Me viro. Los ojos azules de mi hijo preguntan muertos de risa si quiero mandar un mensaje, mientras enseña una cometa. "El hilo está enredado", le advierto. Él levanta los brazos, mira la maraña de hilo que cae desde sus codos hasta el suelo y sigue riendo, me deja saber que con tanto aire eso no significa nada. Entre los dos buscamos el rumbo del viento. La cometa se eleva con tanta violencia que el montón de hilo salta y va a enredarse en una antena china de televisión con más bigotes que un erizo. Jugamos a mirar alternativamente la cometa que se va y el hilo que se desenreda en la antena, coreamos a toda risa: "Tres segundos para que se joda la antena... dos segundos para que se joda la antena...". Pero el hilo se acaba, la antena resiste y allá lejos la cometa tiene que conformarse con ser un punto blanco, bamboleante, preso en la hondonada de hilo. No hay que observarla mucho para descubrir que se ha vuelto un trompo al que por detrás le están naciendo los edificios, esas moles grises y confusas, tan grandes que en cuanto tropiecen con el cielo empezarán a doblarse hacia nosotros. "Si cortamos el hilo, el trompo llegará a La Habana", se me ocurre. Mi hijo no puede contenerse y rompe el hilo con sus manos. Pero el trompo es cometa otra vez y regresa como un avión que viajara por las juntas invisibles del viento y se estrella contra el piso, detrás de nosotros. Mi hijo examina la cometa caída, sus ojos azules brillan de alivio cuando informan que nada más se zafó un poco el frenillo de la izquierda.

◆◆◆

Al momento de sentir lástima por el hombre que me seguía, tan serio el infeliz, Nuria extiende su pie descalzo —trae puesta una pescadora verde, ajustada— y toca mi hombro izquierdo. Acaricio el empeine tibio con la mejilla, disfruto en perspectiva la extensión de una pierna que en esta blanda tranquilidad no parece de rodilla tan saliente como era. Todo bien. Bastan el roce y una paz que nada más se puede en un lugar así. Nuria está sentada encima de un murito y apoya la espalda contra una columna de múcuras pelonas y renegridas, sin edad, suficientes para ese pie que devuelve la acaricia de mi mejilla. "Qué pierna más linda", le digo. Ella ríe: "Después del segundo parto me quedaron muchos problemas de circulación". Algo me ve en la cara porque enseguida pregunta: "¿No sabes que tuve otro hijo, en México?". Quiero decirle que nunca ha ido a México, que sigue en Cuba, aunque ahora estemos hablando como si nada aquí en Santo Domingo, pero no lo consigo. Más bien ella se pone evocadora: "Fue un amor fenomenal". Hace una pausa y, maliciosa, cree reconstruir la paz: "Nadie sabe mejor que tú cómo me pongo cuando estoy enamorada". La conversación da un salto, de pronto aparezco preguntando: "¿Y no te protegiste?". Ella no me escucha, está lejos, no importa que ría más y toque la punta de mi nariz con el dedo gordo del pie. "¿Te ligaste después?", sigue insistiendo el que soy frente a ella, visiblemente inquieto por alguna derrota vieja que ambos debemos saber, por la distancia extraviada, por la muchacha ajena que me acaricia. Es ternura, quién lo duda: una ternura angustiosa de todos modos.

◆◆◆

Por culpa de los encapuchados no sé cómo termina el diálogo anterior. Son dos y se mueven a pasos estrictos e iguales sobre la hierba, detrás de Nuria. Ya no está el montón de piedras negras donde ella se recostaba, hay más luz ahora, y un público cada vez mayor observa a los encapuchados, que de pronto son seis y evolucionan en formación lateral. Tienen un qué sé yo asiático en su coreografía marcial, los mamelucos ocres, las capuchas sobre las caras y las manos en los bolsillos, que se notan hondos. Algunos espectadores comentan admirados. No ven lo tétrico de esa sincronía, no adivinan la música implícita en los movimientos. El presagio se vuelve temor cuando los encapuchados son como quince y sacan a la vez la misma pistola de los bolsillos derechos y siguen su danza intrigante con ella en las manos. Por fin rompen la formación y comienzan a pasearse entre los espectadores, señalando a unos sí y a otros no. Dos de ellos vienen hacia nosotros y me aterrorizo. De golpe, entiendo: hace mucho que dejamos de escuchar los sonidos, todo es pantomima, silencio. Un encapuchado señala a Nuria, que se ha puesto de pie, y otro le dispara. Ella solo alcanza la protección de una media vuelta. Hay más disparos, caos silencioso. No he sido señalado, pero hago una imitación de la caída de Nuria. Tendido en el suelo, voy palpándome por dentro, compruebo que nada sale de mi cuerpo. Entonces corro hacia ella. Tiene un hueco pequeño en la espalda, debajo del hombro derecho. Le digo que no se preocupe, que no sangra. De todas formas, me quito la camisa y lucho por contener lo que no mana. Trato de levantarla. Quiero correr con ella abrazada, ir hacia alguna parte. ¿Dónde estamos? ¿Saldremos de este parque igual que llegamos, a ciegas? Tal vez grito porque una voz de mujer me orienta: "Llévala a la clínica de Tiradentes con Bolívar, es mejor".

♦♦♦

En las palabras de la mujer hay un banco de concreto y un tramo de calle techada, sobre la 6 que cae una puerta doble de emergencias. Nuria está sentada junto a mí, en el banco, un poco doblada hacia delante. Está desnuda y enseña su mínimo hueco rojo en la espalda. Quiero consolarla, evitarle esa posición desvalida, y no encuentro cómo. De pronto se endereza y me muestra una gota oscura en la yema del dedo índice. Sonríe y se lo lleva a la boca, se chupa el dedo con deleite. "Déjala, la pobre, siempre quiso ser feliz, ¡y eso es tan importante para ella!". Habla Isabel, la gorda, sentada en el sitio donde estaba Nuria. Un rencor venenoso comienza a filtrarse desde todas partes. Isabel nunca usaría esa voz de monja arrepentida. A mucho dar, pudiera ser Elena, siempre cerca de Nuria para explicarla, para decidir qué es mejor o peor. Como sea, la voz disfrazada indica lo fatal. En algún momento salió una enfermera y dijo: "El sangrado fue por dentro", y aunque no guardo recuerdo de eso, tampoco quiero imaginarme el tono de condolencia. Me paro del banco y camino decepcionado. Nuria no está muerta: ella es otro tiempo apócrifo, otro disfraz. Algo ha muerto, seguro, pero mejor no preguntemos qué ni dónde ni por qué. Saber a veces duele. Eso, y la conciencia de que toda esta convicción será una caricatura triste y sin sentido cuando el sueño haya terminado.

Este cuento, "Distancias", es inédito y seleccionado por el autor para esta compilación. La foto fue tomada por Ulises Gutiérrez.

José M. Fernández Pequeño. Escritor cubano-dominicano. Ha publicado dieciséis libros en géneros como la crítica literaria, la narrativa, el ensayo y la literatura para niños. Se graduó de Licenciatura en Letras por la Universidad de Oriente, en Santiago de Cuba, y realizó una maestría en Ciencias de la Educación por la Universidad APEC, en la República Dominicana. Ha desarrollado una larga carrera como profesor universitario, editor y gestor cultural. Estuvo entre los fundadores del Festival de la Cultura Caribeña, en Santiago de Cuba. En 1998 se trasladó a la República Dominicana, donde impartió docencia en varias universidades, trabajó para Ediciones SM y fue gestor cultural en el Centro Cultural Eduardo León Jiménez. Últimos libros: *El arma secreta* (cuentos, 2014), *Memorias del equilibrio* (cuentos, 2016) y *Bredo, el pez* (novela para niños, 2017). Últimos premios: Premio Anual de Cuento 2013, en la República Dominicana;

Medalla de Oro en los Florida Book Awards, al mejor libro publicado en español, por un escritor residente en la Florida durante 2014; y Premio Anual de Literatura Infanto-Juvenil 2016 en la República Dominicana. Actualmente vive y trabaja en Miami.

AL CALOR DE
LAS MUJERES LARGAS

por Armando Añel

El megáfono los despertó demasiado temprano, a esa hora en que la madrugada deja paulatinamente de serlo y el día, no obstante, se resiste a asumir su papel. Poco antes de las seis de la mañana. Él, perdido en las sinuosidades de un sueño que no consiguió evocar posteriormente, asumió el aviso como una especie de pistoletazo de arrancada. Solo que no respondió sumándose a la carrera. A la voz mecánica, femenina, casi dulce del altoparlante. Fue ella la que reaccionó primero: ¿Oyes? ¿Estás oyendo? ¿Qué es lo que dice? ¿Qué es eso? ¿Qué? La voz les invitaba a abandonar la buhardilla. Seguramente, evacuaban el edificio.

Era propio de la naturaleza de ella reaccionar con presteza y asumir las labores organizativas. Saltó de la cama, a un tiempo dormida y despierta. Sin solución de continuidad, puso manos a la obra. Cuestión de segundos: él intentaba aún amueblar el episodio, establecer una lógica que desbrozara la anécdota, cuando ella decidía ya qué se llevarían consigo. El altoparlante clamaba urgente, sereno pero perentorio. Por añadidura, él dormía la mayor parte de las veces desnudo —ella en pijama, o en alguna clase de ropa interior y con el albornoz a su alcance—, por lo que estaba en desventaja con respecto a su pareja. Según la voz, debían cargar con unas pocas pertenencias imprescindibles y dejar inmediatamente el inmueble. Rápido, ahora mismo, eso es ya, para luego es tarde. Se vestía torpemente, tropezando.

La voz decía: Por favor, no tomen los ascensores, diríjanse a las escaleras y bajen de prisa, en fila india, sin volverse... Pero el edificio no tenía ascensor. Monótono, una y otra vez, el altoparlante insistía. Por favor, insistía.

En la buhardilla

Lo primero que había hecho ella cuando se quedó por primera vez sola en la buhardilla, pocos días después de conocerlo, fue inutilizar la claraboya de la cocina. Más bien no fue lo primero que hizo: fue lo primero de lo que se arrepintió. Y no solía arrepentirse demasiado.

Boqueando, había querido abrir una brecha en la cerrazón de aquella cueva de ratas. Intentó entornar la ventana, pero esta se le resistió. Empujó entonces de un seco golpe fervoroso y la puertecita salió despedida por los aires, hasta aterrizar en el alero del tejado inmediato, en perfecto equilibrio, fuera del alcance de casi todo el mundo. Todavía no era *su* buhardilla, *su* refugio, *su* territorio, y ya lo estaba profanando. Destruyendo. Descoyuntando. Se iba a enterar el muy cabrón, de eso estaba segura. Llovería a cántaros por aquel hueco infame. Navegarían por los siglos de los siglos sobre aquella arca de porquería, que haría aguas interminablemente. Y a ver cuánto costaba la reparación.

Lo segundo fue obligarle a que se lavara la boca antes de hacerle el amor. El rabo entre las piernas —justo allí donde debía estar, pero minúsculo, cariacontecido—, él se dirigía al cuarto de baño y comenzaba a cepillarse con parsimonia, entre pausa y pausa de sopor dentífrico, dando de largas, sabiendo que ella no aceptaría una limpieza superficial. Y no podía entender su postura, mucho menos con tanta pasión de por medio. ¿Pero ahora?, preguntaba él una vez interrumpidos sus avances, sin creerse del todo lo que escuchaba. Ahora mismo, acentuaban ella y su sonrisa de nácar. Y debía obedecer, ahorrarse los peros. No había forma de invertir el orden de los factores a la vista de un producto de tan exquisita facturación.

La intermitente llovizna madrileña solía anegar los alrededores de la cama, pues no hubo reparación y habían sustituido la puertecita de la claraboya de la cocina con la puertecita de la claraboya del dormitorio, que contaba con la protección adicional —ciertamente circunstancial— de un cartón tabla resquebrajado. De manera que de cuando en cuando paladeaban unos despertares acuáticos, pasados por el agua de la expiación y la ignominia, como acostumbraba a decir él.

Mujeres largas

De cualquier manera, deseaba desde tiempo inmemorial a las mujeres largas. Tenía un compromiso, disfrutaba a su persistente y pretenciosa manera el advenimiento de las mujeres largas. Era más que un sueño o un deseo, porque se sentía destinado, conformaba un destino común. Las mujeres largas habían nacido para finalmente, tras innumerables rodeos y reticencias, azares, escaramuzas, fuegos de artificio, rendirse ante sus avances.

Pero quién no ha oído hablar de las mujeres largas. Quién no ha soñado alguna frente al mar, en el avión de vuelta a casa o en una de esas madrugadas en las que las imágenes se suceden empantanándose, cediendo terreno a los escenarios grotescos, o singularmente hermosos, de su imaginación desbocada. Quién no ha imaginado el edén de las mujeres largas, llevado de sus brazos, viajando en sus recuerdos, olisqueando la flor de sus sexos. Los pétalos de las mujeres largas en ebullición silenciosa, el extraordinario cariz de la belleza enaltecida por un golpe de suerte, de fiebre, de sopor.

Lo sabía todo sobre ellas. Sonreían frente a los espejos, odiaban comer, sufrían incansablemente sobre la boca del váter, pujando, tapándose la nariz, sonrojadas por el dulce vapor de sus flatulencias. Entre las nalgas de las mujeres largas el excremento suele enseñar la puntita moribunda, como el merengue en la puerta del colegio. Inconsistente, grácil, la mierda no es la mierda en el esfínter de las mujeres largas, sino un equívoco, un bluf. Las mujeres largas arqueadas, apoyando un pie en la bañera mientras se limpian el ano, sonriéndole a la cámara. Al espejo que es la cámara. Todo no es más que una película, deducen. Una película que alguien algún día, más temprano que tarde, habrá de estrenar.

En la buhardilla

Había sido el primer domicilio que ocupara en solitario tras su llegada a España, si se exceptuaba un apartamento de la zona de La Moncloa en el que se refugió durante veinte días, al segundo mes de su arribo al país. Sin embargo, no le tenía cariño. No conseguía abandonarse a aquel espacio cerrado, asomado al cielo de Madrid como un submarino al fondo de culo de botella de un crucero vacacional. Y eso que la buhardilla disponía de recovecos inimaginables, ofrecía proyecciones de rara factura y aun aceptaba, gustosamente, el tic innovador de sus inquilinos.

Luego había llegado ella, desde el acanalado Estocolmo, con una manera de asumir la realidad más saludable y/o ecológica. Venía a terminar unos trabajos filológicos a los que no paraba de dar vueltas desde hacía cuatro años: un estudio tan interesante como enrevesado, centrado en cierta publicación de principios de siglo que apenas le dejaba algo de tiempo para ocupaciones más prosaicas. Él no encajaba en el marco de sus previsiones. Hasta que por fin encajó.

Ella lo hizo reafirmarse en el lugar común: lo esencial es invisible a la (primera) vista. Nada, cuando se conocieron, anunciaba la rotundidad corporal de un organismo delicadísimo, al que él comenzó a explorar con la punta de los dedos. Su vestido disimulaba eficazmente sus curvas. Parecía hecho para disimularlas. En principio la deseó —si es que podía llamársele deseo a aquel sentimiento mezcla de curiosidad y atracción por lo desconocido— como puede desearse el abrazo de un cisne. Se imaginó poseyéndola de costalazo, sosteniéndole una de las piernas en alto mientras el cuello de la palmípeda caía lánguido, flotante en la irrealidad de un escenario paradisíaco. Temiendo partirla en dos mitades angelicalmente análogas. Pujando contra su sexo con la levedad de una pluma.

Ella era un cisne y él una oca. Pero las ocas son muy vistosas y tienen mucha clase, aseguraba ella: al menos en el acanalado Estocolmo, te juro que es así.

Sus mujeres

Porque las mujeres de él no eran lo mismo. Desde hacía mucho tiempo ya no eran lo mismo. La fatiga infinita que le producía contemplar el monótono trajín de las mujeres comunes. Mirarlas completar su rutina, recoger la mesa, lavar la vajilla. Empinando el trasero, pasar el paño húmedo sobre el mostrador, detenidas contra las hornillas, alrededor de los encendedores. El trasero empinado, mustio por el peso de años y años de miradas escrutadoras, paulatinamente hastiadas, indiferentes por fin. Miradas que rebotaban como pelotas de goma. La carne que ya no es más carne —que lo es solo paralelamente, en otra dimensión, para otros ojos—, que antes de recurrir al disimulo se abandona a la desfachatez. Carne tirada, ajena para siempre.

Al principio sus mujeres apostaron por la fuerza de la costumbre, su singular manera de rendirse a la promiscuidad de la ternura. Por las mañanas le besaban con fruición, sus mamas cálidas contra su pecho, minuciosamente serviles. Por las mañanas llevándole el desayuno, murmurando elogios, requiebros, tenues críticas constructivas, sus muy particulares enfermeras. Registrándole los bolsillos de los pantalones, oliéndole los calzoncillos, descifrando los códigos de sus furtivas anotaciones telefónicas, hallaban una forma de compartir su soledad, su desesperanza. No las guiaba el rencor o cualquier otra variable de los celos, sino la conciencia de estar penetrando los secretos de él con la precisión del escalpelo la carne del enfermo terminal. Querían saber de qué estaba hecho. Pretendían descubrir a qué aspiraba, qué coño era en realidad.

En la buhardilla

En la buhardilla había dejado el cigarro definitivamente, había hecho el amor con ella por primera vez y por primera vez la había visto desnuda, de cuerpo entero y a distancia perspectiva. Era de caderas amplias, nalgas redondas y pezones puntillosos. Justo como no se la había imaginado.

Durante las primeras semanas, el sexo adquirió un carácter marcadamente vindicativo. El sexo y todos aquellos eventos que conformaban el mutuo conocimiento de sus cuerpos, circunstancias y habilidades. Influidos por la literatura, el otoño, el hachís, la audacia, la curiosidad, el alcohol, la política, el deseo, la extranjería, la cerrazón de aquella cueva inhabitable, se vindicaban a sí mismos a través del otro, de los placeres y hallazgos que tomaban y ofrecían al otro. Ella tenía por fin a un hombre. Un tipo exótico, seguro de sí mismo, a ratos ocurrente. Él por fin a la mujer de sus desconexiones infantiles. Una cosa rubia, inteligente, elegante hasta la extenuación. Un modelo para armar.

Ella aleteaba contra el humo de la buhardilla a la caza de un agujero, de un resquicio por el que salir al cielo (desde el que, no obstante, caía una lluvia contaminada por las excrecencias y poluciones de la ciudad, como le hizo saber a él). Buscaba una abertura desde la que extraer algo de oxígeno medianamente puro. Los cigarrillos de él lo ensuciaban todo, su ropa apestaba, sus dientes amarilleaban a merced de la nicotina. No tenía paz rodeada por el humo del tabaco de él. Hasta que él, finalmente, cayó en la cuenta y la dejó en paz. Dejó el tabaco.

En la buhardilla

Comenzó a despertar por las noches presa de la claustrofobia. A no dormirse presa de la claustrofobia. A boquear, lo mismo que ella, en busca de aire. De alguna porción de naturaleza viva.

Trampa. La buhardilla empezaba a cercarlo, como un ataúd. Intentaba conciliar el sueño, pero una de cada dos veces las paredes, el techo, el entorno subversivo de aquella cueva de ratas se cerraba sobre él, ahogándolo. Trampa. Salía entonces al pasillo, a la sala diminuta. Se asomaba a la ventana del recibidor y respiraba un poco. Era un *goldfish* chocando, entrampado, contra el cristal de un frasco de mermelada. Y enseguida un pez peleador batiéndose con su propio reflejo.

Estaban haciendo trampa. De alguna manera y sin que fueran demasiado conscientes de ello. Habían cedido a la trampa de entramparse, a su vez enmarcada —empapelada— en la trampa que era la buhardilla. Así las cosas, el papel de regalo en que les envolvía la buhardilla era una trampa. Ellos eran una trampa. Habían caído, mansitos, en la trampa de sí mismos. La buhardilla les costaba, en octubre de 1999, doscientos cuarenta euros mensuales. Agua y electricidad incluidas.

En la pequeña cocina eléctrica de dos hornillas, sin olla de presión ni azúcar prieta, él le había enseñado cómo se hacían de verdad los frijoles negros. Pero ella no encajaba esa clase de demostraciones. No había nada más estrambótico, menos biodegradable, que una barriga repleta de frijoles negros. Lo atestiguaba aquella buena película, dijo.

Mujeres largas

Así que quién podía entrometerse. Sabía que disfrutaban los domingos, el alago sistemático, los gimnasios. Había descubierto que más allá del placer que le proporcionaba inundar sus vaginas alienígenas, podían enseñarle mucho. A dudar, por ejemplo. La duda, como una serpiente desenroscándose, lo asaltaba frente a las mujeres largas. Supeditada a ellas, parte intrínseca de su presencia, llegaba para quedarse. Imposible no dudar de aquellos cuerpos, de aquellas pupilas, de su interminable y festinada floración. La feroz elegancia de las mujeres largas, salvaje como un pececito en cautiverio, arrasaba con todo, le devolvía a su destino común de hombre común. Por alguna extraña razón tendría a las mujeres largas, pero por alguna extraña razón. Inconcebible. Demasiado bueno para ser verdad.

A las mujeres largas las pierde la naturaleza. La prestancia de él, enérgica, elemental, remedaba esa naturaleza, era la naturaleza misma. El árbol que crece. La sangre que corre. La mueca que escupe sobre la tierra mojada.

En la buhardilla

No parecía un incendio. No percibían ninguna de las señales que anuncian el fuego, el inequívoco tufo de la materia chamuscada. Poco a poco, mientras descendían las escaleras, comenzaron a tomar conciencia del equívoco. O del engaño. Era un viejo edificio de cuatro plantas, sin ascensor, tortuoso y barato. Los escalones, vastos y de una madera pulida por el uso, tembleaqueaban bajo sus pies. La escalera se inclinaba ligeramente hacia el vacío. Todo resultaba endeble. Ella se detuvo a mitad de camino, ya casi despierta, en el segundo piso. Él llegó hasta el final o, más exactamente, el principio.

Receloso, salió a la calle. Era un domingo de noviembre con todo Madrid tendido a los pies del lunes. No había demasiado frío, ni un alma a la que amparar. Un silencio ensordecedor agitaba las pequeñas cosas, las salpicaduras del vidrio, las colillas, los sedimentos, la nocturnidad y alevosía del sábado anterior. Procuró desesperadamente retener los pormenores del sueño interrumpido, pero la trama y hasta los personajes escapaban una vez más, hacia ningún lugar, por la puerta de salida que siempre le fabricaba su torpeza. Le hizo señas a ella, para tranquilizarla. No pasaba nada, o parecía que no pasaba nada. Y es que no pasaba nada: solo algunos papeles ni siquiera arrastrados por el viento. No había viento en Madrid, o eso parecía. Habían sido pillados, como se decía en Madrid. O eso sentía que pasaba.

Quizá el altoparlante se limitaba a anunciarles, en clave alegórica, la caída de la buhardilla. La voz había advertido claramente: por favor, no tomen los ascensores, diríjanse a las escaleras y bajen de prisa, en fila india, sin volverse. Un mensaje que parecía hecho a su medida. Sobre todo, a la de ella. La buhardilla, había que reconocerlo, hacía aguas por sus cuatro costados. Un naufragio del que debían escapar más temprano que tarde. De una vez y por todas. Por favor.

Este relato, "Al calor de las mujeres largas", pertenece al libro *Cuentos de camino*.

Armando Añel (La Habana, 1966). Escritor y editor, es *Ghost Writer* y fue periodista independiente en Cuba. En 1999 recibió el Primer Premio de Ensayo de la Fundación alemana Friedrich Naumann. Ha sido columnista de periódicos como *Tiempos del Mundo*, *Libertad Digital* y *Diario las Américas*, y editor de revistas como *Perfiles*, *Encuentro de la Cultura Cubana*, *Islas*, *Blogger Cubano*, *Herencia Cultural Cubana* y *Puente de Letras*. Ha publicado las novelas *Erótica*, *Apocalipsis: La resurrección* y *La novela de Facebook*, la compilación de relatos *Cuentos de camino* (a la cual pertenece el cuento que publicamos), los poemarios *Juegos de rol* y *La pausa que refresca*, los libros de ensayos *La conciencia lúdica* y *Meditaciones de Cantinflas*, así como las biografías *Instituto Edison: Escuela de vida* y *Jerónimo Esteve Abril, apuntes y testimonios*, entre otros. Dirige la editorial Neo Club Ediciones y el portal digital *Neo Club Press*. Reside en Miami.

EL DESPERTAR

por Rafael Cerrato

Aquella mañana —según mis amigos me contaron—, se acercaron al río y empezaron a oír voces y risas. Extrañados, ya que por ese lugar pocos iban. Con sigilo se fueron aproximando para no ser vistos.

Escondidos tras unos álamos, pudieron contemplar a doña Erika, a su hija y al hijo mayor, que habían usurpado aquel sitio y allí se estaban bañando y jugando sin ropa alguna. En aquellos adolescentes, esa visión les produjo un fuerte impacto. Para ellos era la primera vez que veían desnuda a una mujer y a unos jóvenes ya desarrollados.

Como era lógico, los comentarios de la reunión de aquella tarde fueron de todo tipo: para unos, que si el vello púbico de la madre era claro; para otros, el de la hija que era negro y abundante; otros más se habían fijado en los senos y hacían comparaciones entre los de una y los de la otra; alguno hablaba del desarrollo del pene del hijo; a otros tantos les llamaba la atención la falta de pudor y cómo la familia, completamente desnuda, jugaba, y los dos hijos y la madre se abrazaban y reían en el agua, e incluso fuera de ella… En fin, cada uno de mis amigos tenía una visión distinta, pero una cosa estaba clara: la escena les había despertado la sexualidad, había alterado sus hormonas y ya nada volvería a ser lo mismo. En cuanto a las chicas, a pesar de los intentos que hicieron mis amigos por ocultarles su aventura, ellas no tardaron en enterarse. En un pueblo pequeño, como venía a ser el nuestro, no era fácil mantener un secreto, y también a las chicas empezó a hervirles la sangre.

El caso es que aquel día fue trascendental, no solo para mí, sino también para todos los jóvenes del pueblo. Durante la conversación que tuvimos empezó a asomar y a desarrollarse nuestra fantasía erótica: todo un descubrimiento. Cada uno de nosotros fue aportando los escasos y fantasiosos conocimientos que sobre el sexo teníamos, y todos los comentarios juntos hicieron que nuestra visión sobre el mismo se enriqueciese y la imaginación se desbordase. No jugamos, sino que nos pasamos la tarde entre comentario y comentario, hasta la hora de recogernos para irnos a cenar y acostarnos.

El resultado fue que aquella noche casi no pude dormir. Dos escenas se interponían en mis sueños: de un lado un libro, con el que soñé años atrás y que hablaba de cómo hacer el sexo; del otro: los cuerpos desnudos, las caricias, los abrazos que mis amigos me habían contado y que desbordaron mi imaginación, y mi pene que a cada pensamiento se agrandaba, adquiriendo una dimensión que por entonces yo desconocía. Poco a poco, mis manos, sin que yo las pudiera controlar, lo fueron acariciando, y con aquellas caricias fui notando una serie de nuevas sensaciones que iban aumentando de intensidad con el ritmo que mis dedos marcaban, hasta que en un momento determinado todo explotó a mi alrededor. Mi mente se llenó de estrellas de todos los colores. Mi corazón parecía a punto de estallar. Mis manos se cubrieron de un líquido blanquecino, pegadizo y cálido, que brotó como un torrente, para derramarse por toda la sábana y, al ritmo que lo hacía, mi cuerpo se estremecía. Después, tras el estallido de energía: la calma y el *relax*. ¡Al fin, pude quedarme dormido!

Pero al día siguiente, al despertar y levantarme, supe que ya no era el mismo. Esa noche mi vida había descubierto un mundo nuevo de sensaciones y había dado un salto adelante… Un par de días después, sin que nadie se enterara, fui yo quien se dispuso a hacer de mirón. Para ello, escogí el momento en que sabía que todos mis amigos estaban ocupados en sus correspondientes tareas e imaginaba que era la hora apropiada. Así que, sin más, procurando no ser visto ni oído, me acerqué al remanso y me escondí detrás de unos chopos.

Cuanto me habían contado era verdad: allí estaba la madre, la hija y el hijo completamente desnudos, jugando, entrando y saliendo del agua, chapoteando, refrescándose y disfrutando en aquel día veraniego: uno de los más calurosos que recuerdo.

Fue entonces cuando cometí una gran torpeza: en mi deseo de poder contemplar mejor la escena, busqué un sitio que consideré más apropiado, tras unos juncos, para poder mirar con más detalle, y me dispuse a trasladarme agachado y procurando no hacer ruido, pero —es muy posible que se debiera a mi nerviosismo y excitación— tropecé con una rama seca, resbalé en el musgo, caí al suelo y rodé casi hasta la orilla del río. Todos mis planes de pasar inadvertido se vinieron abajo.

Cuando quise darme cuenta, los tres me habían rodeado, me preguntaron si me encontraba bien y me ayudaron a levantarme. Cómo debieron verme no lo sé, el caso es que sentí mi cara arder, imagino que debería estar rojo. Al ver sus cuerpos desnudos junto a mí, a menos de un metro, tuve una súbita erección que debieron notar a pesar de ir completamente vestido, ya que inmediatamente se echaron a reír. Los tres insistieron en que lo mejor sería que me bañara y así todo se me pasaría.

La verdad es que no me resistí demasiado; estaba aturdido. Me fui detrás de unos árboles, me desnudé, y cubriendo mi pene con las manos, salí corriendo, para ser visto lo menos posible, hasta que el agua me cubrió. En ese momento me sentí aliviado.

Poco a poco me fui dando cuenta de la situación, todo había sucedido tan de prisa que apenas sí supe lo que hacía, pero cuando el agua me enfrió, todo empezó a cambiar. Empecé a sentirme calmado y a disfrutar del momento. Ellos se fueron acercando y a preguntarme mi nombre, si me sentía mejor, y otras preguntas similares. Me comentaron que eran naturalistas y les gustaba disfrutar de la naturaleza; para ellos el desnudismo era algo natural y no había por qué esconder el cuerpo. Con estos y otros argumentos similares, hicieron que mi pudor se fuese desvaneciendo, hasta que llegó el momento en que mi mente se liberó de todos los perjuicios y empecé a sentirme como un pez en libertad.

Al cabo de un rato salí del agua, me tendí con idea de secarme al sol y cerré los ojos. Unos segundos después la sombra de doña Erika cubrió mi cuerpo, parpadeé y entonces fue cuando pude contemplar, ya sin rubor, aquel bello cuerpo desde una perspectiva única: sus piernas largas, su pubis, sus hermosos pechos, desafiantes, que contradecían las leyes de la gravedad y, por último, su linda cara y el pelo negro que, al estar mojado, brillaba como un diamante raro, todo ello rematado por un sol que me deslumbraba. Casi sin tiempo a reaccionar, me invitó a dar un paseo por la orilla del río. No lo dudé un segundo, me levanté y comenzamos a caminar.

Al principio empezó a preguntarme por mi vida, cosas sobre el pueblo, sobre la familia y demás, pero a medida que nos íbamos alejando, empezó con otro tipo de preguntas más íntimas y personales: si tenía novia, si había estado antes con alguna mujer y preguntas similares. Preguntas que me iban poniendo algo nervioso; preguntas que hicieron que sintiera arder mi cara; que hicieron que mis piernas empezaran a temblar; preguntas a las que yo respondía casi tartamudeando. Cuando ya estábamos fuera de la vista de sus hijos, me pidió que nos sentáramos un rato, lo que hicimos sobre unas rocas en la pradera, resguardados por una chopera de las posibles miradas de los curiosos.

Apenas estar sentados, empezó con las yemas de sus dedos a acariciar mi hombro, y, acercando su boca a mi oído, me dijo con una voz melosa y susurrante: —No digas nada ni te pongas nervioso, déjate llevar. Hoy vas a aprender una lección que jamás olvidarás. Te voy a llevar al paraíso. No hagas nada, relájate.

Inmediatamente introdujo la punta de su lengua en el interior de mi oído, mientras sus dedos empezaron a jugar con mi cuerpo. Un hormigueo que me recorría toda la piel me invadió. Ya no era yo, empecé a ser arcilla en sus manos. Arcilla que ella iba modelando con su boca y con sus dedos.

Lentamente su lengua recorrió mi nuca, lo que me provocó un escalofrío, mientras las yemas de sus dedos iban acariciando mi pecho. Continuó sin parar besando mis labios con intensidad e introdujo su lengua en mi boca, empezando a acariciarme el paladar y excitando mis papilas, y, tras unos segundos que me parecieron una eternidad, se echó sobre mí. Su mano empezó a acariciar mi pene: primero con suavidad, después fue aumentando el ritmo. Cuando ya estaba a punto de estallar la retiró. Era un juego desconocido para mí: una noria de placeres que subían y bajaban; una espiral de gozo. Llegado el momento se introdujo el pene en la boca y fue entonces cuando creí volverme loco. Aquella húmeda y calurosa caverna hizo que mi sangre estuviera a punto de hervir. Sus labios y lengua empezaron a moverse a un ritmo frenético, hasta que ya no pude más y un estallido de placer hizo que mi cuerpo se convulsionara y que contemplara un firmamento en el que los colores adquirían una tonalidad y vivacidad desconocida hasta esos momentos. Saboreó con deleite aquel cálido torrente, como una abeja saborea el néctar que la flor le ofrece. Y cuando lo hubo agotado retiró su boca, para dar un beso de despedida a mi cuerpo, como si quisiera decirle un adiós y dejarlo descansar. Se recostó a mi lado para usar mi pecho como almohada, cerró los ojos como si estuviera agotada por el esfuerzo realizado y, sin decir palabra alguna, permaneció estática un buen rato. Mientras tanto, yo iba recobrando nuevas energías y volviendo a la realidad del momento. Pero aquel instante mágico, jamás lo olvidaré mientras viva.

Al poco rato me dijo de regresar, y en silencio volvimos sobre nuestros pasos. Cuando ya estábamos cerca del lugar donde se encontraban sus hijos, me hizo prometer que no diría nada de aquello a nadie.

Enseguida supe que Erika, la hija, había adivinado cuánto había sucedido. Miró a los ojos de su madre desafiante, y a continuación los fijó en los míos, con tal intensidad que me ruboricé. Fue una mirada que me dejó helado, como si me hubiera atravesado con un afilado cuchillo. Acto seguido, sin decir palabra, salió corriendo a sumergirse en el río. En cuanto al hijo, parecía no haberse dado cuenta de nada. De hecho, me vestí y con la excusa de que tenía que ir a ayudar en mi casa, me largué. Pero aquella mirada de la hija, no la podía olvidar y, según pasaban los días, más penetraba en mi interior.

Una cosa sí que permanecía bien fija en mi mente desde aquel día: la mirada de Erika, la hija. Una mirada sin olvido, en la que el recuerdo de su cuerpo desnudo despertaba en mí un profundo deseo. Deseo que provocó el hecho de que más de una noche me masturbara con esos pensamientos.

No veía la forma de acercarme a ella, la timidez de la niñez que aún me quedaba me lo impedía, hasta que un día sucedió lo inesperado.

Iba yo de camino para reunirme con mis amigos, cuando la vi charlando con mi hermana Ana María. Intenté alejarme de ellas sin que notaran mi presencia, pero no pude reaccionar a tiempo y cuando quise hacerlo ya había sido demasiado tarde. Mi hermana comenzó a llamarme con insistencia y no tenía manera de escabullirme.

Me acerqué con temblores y ruborizado ante aquella insistente llamada, sin saber de qué podría tratarse. Por mi mente cruzaron, en un segundo, numerosos pensamientos, todos tan rápidos que no pude retenerlos, y por eso no puedo contárselos. Era como si un huracán se los llevara, sin darme tiempo a verlos. Apenas llegué, le pregunté a mi hermana qué quería y su respuesta fue: —¿Conoces a Erika, la hija de los señores Martínez de la Joya?

No tuve tiempo de responder a su pregunta. Antes de que pudiera abrir la boca, Erika respondió para mirarme a los ojos con la misma mirada que lo había hecho días antes en el río: —No, no nos conocemos de nada. —Al tiempo que alargaba la mano, que yo estreché con la mía para notar una sensación ardiente, como si de un hierro candente se tratara, y continuar: —Así que tú eres Lorenzo. Tu hermana me ha hablado bastante de ti y de tus locuras.

Estaba bien claro que no iba a ser ella quien me delatara y que aquello que había pasado con su madre era algo que, por su parte, no iba a salir a la luz. Pero al mismo tiempo, por su mirada, deduje que de alguna manera se quería vengar de aquel día en el río.

En un principio respiré aliviado, pero pasé un mal rato, nervioso, sin saber qué decir, elucubrando en mi mente, confuso y no sé con cuántos adjetivos más describirlo. Pero Erika, que estaba al tanto de todo lo que me estaba sucediendo, no dio señal alguna de alterarse. Me preguntó por cosas sin importancia, para demostrar un control y una frialdad absoluta, hasta que en un momento en que mi hermana se apartó y nos dejó solos, me dijo con el acercamiento de su boca a mi oído: —¿Sabes dónde vivo?

Le respondí que sí, sabía dónde estaba su casa. Era una bonita casa de piedra de dos plantas, cuyo interior conocía con todo detalle.

—Mi dormitorio está en la parte trasera de la primera planta. Esta noche dejaré la ventana medio abierta, aunque te parezca medio cerrada, y solo tendrás que empujarla. Te espero a las 11:00 de la noche, y no pongas excusa alguna para faltar.

Lo dijo con tal énfasis, mirándome con la misma intensidad que lo había hecho la vez anterior, que sentí un ligero escalofrío. Aquello era una orden y al mismo tiempo una velada amenaza. Pensé que, si no la obedecía, podría muy bien contar todo lo que sabía de aquel día en el río.

El resto de la tarde lo pasé con toda clase de sentimientos, que iban desde el miedo hasta el deseo, con todos sus intermedios: dudas, nervios, confusión…

Cuando faltaban 10 minutos para las 11:00 de la noche, el tiempo que calculaba en llegar hasta la casa de los señores Martínez de la Joya, ya estaba vestido y salí por la ventana de mi dormitorio, sin hacer ruido, para que nadie se enterara en mi casa.

◆◆◆

En la oscuridad me dirigí nervioso hacía un destino incierto. Crucé el puente del Cristo sobre el río Gatón. Procuraba no ser visto, y unos minutos después, temblando como una rama delgada que vibraba con el viento, caminaba por la calle que iba a Viñarrera y hacia el molino. Salté entonces el muro que daba al plantío, un huerto cerrado con muros de piedra que tenía frutales y en el que, en el verano, se sacaban elegantes sillones para que la familia descansara en la frescura del atardecer. Y desde allí pude subir al segundo piso. Era una casa grandísima de dos plantas, todas sus esquinas, marcos de ventanas, puertas y balcones estaban hechos con piedras de sillería.

Tal como me había dicho Erika, la ventana estaba entreabierta. Trepé por una enorme acacia desde la que era fácil saltar al interior, la empuje, se abrió, y unos segundos después estaba dentro de aquella habitación que se encontraba bastante oscura.

Nada más entrar, sin siquiera darme tiempo a que mis ojos se adaptaran a la oscuridad, en tono susurrante, Erika me ordenó: —Desnúdate y ven a la cama. Procura no hablar, no sea que nos oigan y se despierte alguien de la casa.

Obedecí, y al estar casi a oscuras no sentí la vergüenza que padecí cuando tuve que desnudarme por primera vez delante de ella y su familia en el río. Una vez desnudo, me metí bajo las sábanas, y entonces me di cuenta de que ella también estaba completamente desnuda.

El contacto de aquel cuerpo joven nunca lo podré olvidar: su piel era de terciopelo, de un terciopelo suave por el que mis manos se deslizaban casi patinando; sus pechos eran duros como rocas, pero al mismo tiempo como una fruta madura que uno apeteciera llevarse a la boca. El vello de su pubis, que yo sabía era negro y espeso, al contacto con mi mano, me pareció como si tocara una madeja de seda, y para rematar, el sexo; su sexo que, al roce de mis dedos, empezó a destilar un néctar que imaginé sería como dulce miel.

A partir de aquel momento se desató en Erika una fuerza extraña y empezó a besarme de manera apasionada, pero al mismo tiempo a devorarme, y lo digo en el sentido literal de la palabra, porque me daba ligeros bocados mezclados con besos, en todas las partes de mi cuerpo: besos que más parecían mordiscos, con los que sellaba mi boca y hacían temblar todo mi cuerpo; besos que me abrasaban, que me embriagan; besos mágicos, dulces como la miel; besos de seda que calmaban mi sed... Era como si en su interior se hubiese producido una extraña simbiosis entre el odio y el deseo. Aquella mirada de ira que yo conocía se había transformado en una realidad, en una fuerza poderosa que la arrastraba, y acabó por arrastrarme a mí también, hasta dar rienda suelta a una serie de impulsos desconocidos y difíciles de controlar. Llegó un momento en el que estábamos tan entrelazados que no sabía dónde acababa mi cuerpo y comenzaba el suyo.

Al cabo de unos minutos se sentó en cuclillas sobre mí, introdujo mi pene en su húmedo sexo y comenzó una lenta danza que se fue volviendo más y más frenética, hasta que adquirió un ritmo endiablado y empezó a jadear: jadeo que se fue transformando en pequeños gritos, hasta que una ola de vértigo nos invadió a los dos, un trueno de luz detonó, y el fuego se fue apagando…

◆◆◆

Hoy, con el paso de los años, cuando viene a mi mente aquel recuerdo, me parece estar contemplando una de esas danzas africanas en las que, al ritmo de los tambores, los nativos desnudos empiezan a moverse, y van aumentando sus movimientos hasta llegar a un paroxismo, un momento de éxtasis en el que caen derrotados.

Cuando se derrumbó, me puso los dedos en los labios para que no pronunciara palabra alguna, empezó a llorar y, entre los sollozos, la oí decir: —La odio, la odio, la odio… —Solo pronunciaba estas palabras, sin dejarme decir nada. Yo no podía preguntar, pero no había que ser muy listo para deducir que se refería a su madre y que aquello lo había hecho por venganza.

Numerosas veces hice intentos de hablar con ella, pero no me dejó. No hubo manera de que me dejara abrir la boca. Tan solo al final me preguntó: —Dime con quien has disfrutado más, ¿conmigo o con mi madre?

Hay que tener en cuenta que, por entonces, yo era todavía un poco niño. Un adolescente temprano al que de repente se abrían unas puertas a un mundo nuevo y desconocido en el que se mezclaban los sentimientos y todo se confundía. La pasión desenfrenada de aquella larga noche, a mi poca edad, era fácil confundirla con amor y otras extrañas emociones, así que le respondí, no sin cierta timidez y con palabras entrecortadas, que con ella había disfrutado más y que además la quería, creía que me había enamorado y deseaba permanecer a su lado el resto de mi vida.

Ella no dijo nada, se limitó a gesticular con una extraña sonrisa, que, debido a mi juventud, por entonces no supe valorar, pero que, después comprendí, era de triunfo: ella había logrado un éxito frente a su madre, y eso era lo único que le importaba.

No obstante, aquella noche no la pude olvidar: parecía querer llevar su pasión, o su odio, hasta el límite. Yo no sabía de qué se trataba: si de amor, si de pasión o si de odio… no me dejaba pensar y estaba desbordado. No me daba tiempo a reponerme: no sé cuántas veces hicimos el amor, pero fueron varias, y de manera intuitiva aplicamos posiciones diferentes. Aquello, a pesar de mi adolescencia y fortaleza, me desbordó. Y fue de tal manera que parecía andar en una nube de blanco algodón. Una nube en cuyo interior estaba flotando y desde la que en cualquier momento podría precipitarme al vacío o bien echar a volar: caos, confusión, placer, amor, odio, vorágine, todo se mezclaba. Fue una locura, pero también la confirmación de que había conocido un mundo, desconocido para mí, hasta aquel verano.

Cuando la noche empezó a clarear, me dio un último beso, que vino a significar el principio del adiós y de mi tormento, y me dijo que me marchara y que nos veríamos por el pueblo para quedar otro día.

Y el caso fue que los acontecimientos de aquella noche hicieron que, definitivamente, mi vida empezara a tomar un nuevo rumbo.

Surgieron estrellas deslumbrantes que marcaban caminos en el cielo, monstruosos dragones, cuyas narices despedían un fuego atroz; espadas de acero refulgente y cabezas flotantes en el espacio, peces alados y gigantescas aves que desmembraban cadáveres, así como árboles de troncos retorcidos con hojas puntiagudas y frutos que más parecían gigantescos falos… Todas las imágenes se volvían realidad en mi interior y me roían el alma.

Fueron días en que una extraña locura se apoderó de mí. Todos los diablos se posesionaron de mi ser: no dormía, no me concentraba en la lectura, no hacía los trabajos que sabía eran mi obligación para poder ayudar en la casa, no me apetecía jugar con mis amigos. Si me preguntaban por algo, contestaba de mala gana e irritado. Los monstruos me invadieron tanto que mis padres llegaron a preocuparse.

Aquello que creí el primer amor de mi vida, me había trastocado de tal manera que estuve a un tris de volverme loco. Además, Erika jugaba con mis sentimientos. En mi inocencia pensaba que los hechos de esa noche se debían a que ella se había enamorado de mí. Pero nada más lejos de la realidad ¡Qué inocencia la mía!

Para ella, el encuentro en su cuarto conmigo no fue amor, sino simplemente una venganza y yo su instrumento.

En aquel entonces yo era casi un niño, y poco entendía de los intríngulis del amor. Erika estaba consciente del daño que ejercía sobre mí. Era algo que no podía entender: el encuentro no se volvió a repetir, pero yo no quería aceptarlo.

Con el paso de los años, tengo la certeza de que lo que me sucedió fue algo que suele ser normal en los tiempos en los que creemos tener el primer amor, y más cuando irrumpen en la vida de la manera como fue mi caso, un torrente que caía montaña abajo, derribando todo lo que se atravesara en su camino. Ahora sé que todo lo que viví con Erika no fue amor, sino una trampa del deseo que me abrazaba y que me envolvió como una tela de araña de la que creía no poder escapar.

Este cuento, "El despertar", es inédito y fue reescrito para esta compilación.

Rafael Cerrato. Apasionado por otras culturas, ha recorrido medio mundo en sus viajes, y conoce a fondo, además de España, los países de Brasil, México, EE.UU., Israel, Turquía, Túnez, Ucrania, Rusia, República Checa, Francia, Portugal, Alemania, Inglaterra, Irlanda y Suiza. Desde diciembre del 2005, vio la luz su primera obra: *Carta de Fernando Sánchez Dragó*. Ha publicado: *Lepanto: la batalla inacabada* y *El imperio perdido de los jázaros;* todas ellas firmadas con el seudónimo de Ramiro Ponce del Río. Y es, en su última obra publicada: *Desde el corazón de Irán,* que firma con su nombre de Rafael Cerrato, marcando así un antes y un después en su carrera literaria.

LUGARES INHÓSPITOS

por Maritza Vega Ortiz

En el sanatorio del sida los visitantes desconocen nuestro escepticismo tras las paredes, las pisadas hueras sobre los mosaicos, el gimoteo en la atmósfera.

De nada vale una visita cuando no hay retroceso, si has comprobado un canal baldío y lúgubre como tu única ruta, del que brotan, a veces risas burlonas, en bocas de criaturas misteriosas que han de hacerte pagar culpas. Si me preguntaran mi último deseo, no sabría definirlo.

En la adolescencia ideaba una relación tradicional con Ámel. Para entonces mi mundo transcurría en un cuento de hadas, rodeado de encantamientos y hechizos, y con esa mentalidad llegué a la adolescencia; sin embargo, hoy no tengo deseo ni último ni antepenúltimo. No creo siquiera en la realidad de los seres humanos: nacer, crecer en tamaño, irse moldeando, muchos bajo la doctrina del mal hasta aniquilar todo lo que tocan, todo lo que observan tal una epidemia. Sabiendo que no todas las criaturas son el mismo despojo de miseria, me he convertido en un ser taciturno. En las noches, de insomnio, busco a la joven ávida de una sonrisa capaz de llevarla por los caminos de la eterna juventud. Ámel y yo durante la etapa estudiantil pedíamos a la noche nos cumpliera el milagro de la inmortalidad: por ello, y por otro tanto, el hecho de no reencontrarme resulta imposible de digerir.

Lo único veraz es mi nombre, Vanessa Sánchez, y la coincidencia de haber lanzado mi llanto debutante un veintitrés de noviembre, cuando quizás el sabio-viejo Chavarría celebraba un nuevo aniversario en Uruguay, o en cualquier otro punto de la geografía.

Al acercarse el final, soy una criatura ártica, o tal vez una gruesa banquisa. Este verano se convierte en un invierno perpetuo. Observo mi cuerpo escuálido debajo de la regadera, donde el jabón no es capaz de retirar las suciedades. Viene un desfile de recuerdos y fricciono con fuerza la esponja, e inicio la ruta trazada por Ámel, y el agua espumosa recorre la piel y antojadiza se inserta en los lugares inhóspitos, formando un riachuelo espermático e insalvable, hasta verlo morir en mis plantas. Prefiero no recordar otras de las tantas excitaciones, mientras naufragaba en mis oscuridades; de ese tiempo solo evoco apretones, mordiscos, violaciones; entonces, de nuevo, se me antoja, rozando con su aliento mi nuca, escurriéndose en silencio y bajando por el canal de mis pechos hasta las aureolas; luego en un recorrido sin fin lo dejo como una sombra internarse al centro de mi vientre. No puedo evitar recordar su boca húmeda y gentil queriendo llevarse en ella mi vida.

¿Cómo sería ahora sobre este cuerpo sentenciado buscando entre carcajadas la virginidad que escapa a una vagina indemne? Y vuelvo a preguntarme: ¿recordará mis pómulos hirviendo ante la proximidad del suyo, cuando tenía las clavículas ocultas, los pezones puntiagudos, las nalgas firmes y el pelo brillante? ¿Cuándo soñaba con ser astróloga e intentábamos ver la Osa Mayor? ¿Podrá imaginar que no olvido su signo? ¿Qué prefería, las frutas exóticas? ¿Qué gustaba regalar, rosas? Un recuerdo muy preciso fue cuando el florista pasó por nuestro lado, durante la edición, en que aún creí en él, de la Feria Internacional del Libro, con su enorme cesta y él quiso eligiera una, no lo hice por timidez y el joven florista demasiado sagaz le dijo: *escógela tú, lee las cintas...* Ámel buscó con delicadeza, temía destruir la fragilidad de alguna y extrajo una rosa anaranjada envuelta en papel celofán que aún conservo y dice: *Para que no me olvides.*

Me abstraigo del micromundo en que vivo, mientras cepillo una a una las hebras del pelo. Las reminiscencias me orientan y dan la respuesta al motivo por el que estoy en este lugar, sin pena, balaustres ni celador.

Ámel ambicionó demasiado la vida errante, no se hartó en largo tiempo de la carne barata y las noches de parranda. Olvidó las cosas gratuitas que entrega la vida; olvidó su gusto por recorrer el cuerpo mientras hacía el amor, regalar flores y la promesa de crear una familia y, con tanto olvido, me invitó a trazar mi propia línea. El regresó, y yo me quedé atrapada. Quisiera dormir un sueño eterno.

Tales recuerdos me dejan sin voluntad de salir a recibir al visitante. No apetezco un diálogo ni por tres minutos, pero no tengo alternativa, insiste en verme. Estoy convencida de recibir alguna visita de vez en vez, pero que al final del recorrido quedaría sola.

Estoy tan lejos de leer... érase una vez..., había una vez en un país lejano una muchacha que había recibido una maldición llegada a través de una pandemia... y un príncipe encantado con su beso la despierta y la libera de la maldición, en una nueva versión de Charles Perrault, o los Hermanos Grimm, ajenos a la espina de la rosa clavada en mi pecho. Tengo que despertar sola de esta pesadilla, sentencia o maldición, sin los favores de hadas, duendes, elfos, ni príncipes; mejor no dormiré, continúo escupiendo el antiviral. Tengo los pies encallados en mi propia Isla por lo que menos creería en la promesa de Sigurd a Brunilda, a la espera de un prometido casamiento.

Finalmente salgo al patio atiborrado de árboles frutales, pero ahora salgo como quien se interna en sus profundidades sin importar el oleaje y se entrega muy despacio sintiendo cada vez más lejana la costa. Esta tarde me adentro y reto el oleaje, y me sumerjo para no mostrarme ante Ámel sin belleza ni luz ni vida.

Este relato, "Lugares inhóspitos", fue expresamente escrito para esta compilación de *Cuentos erróticos*.

Maritza Vega Ortiz (Güines, Cuba, 1968). Narradora y poeta, diplomada en Periodismo Digital por el Instituto Internacional de Periodismo José Martí. Se ha desempeñado como guionista en las emisoras Radio Güines (actual Radio Mayabeque) y Radio Cadena Habana. Sus trabajos han sido publicados en las revistas *Bohemia* y *Palabra Nueva*, en los sitios *Cubarte* y *Librínsula*. Colaboró, durante más de una década, con el desaparecido bisemanario habanero *Habáname*, también con la revista literaria *Poemas en Añil* (Argentina). Finalista en el V Concurso La Cesta de las Palabras, España, 2003, fue incluida en la antología *Negros Recuerdos*. Ha obtenido premios provinciales y sus cuentos han aparecido también en antologías de narrativa cubana, publicadas por Letras Cubanas, Ediciones Extramuros, Ediciones Cubanas, Sanlope y Montecallado, como asimismo en los géneros décima y periodismo.

EL OJO DIPLOMÁTICO

por Manuel Gayol Mecías

El ojo se abrió de pronto. El ojo despierto fue paseándose como un lente por la habitación. Era un solo ojo, un daguerrotipo que obtenía las imágenes confusamente; qué decir, las cosas se mezclaban con lentitud.

El ojo iba del techo a las paredes, a la mesita de noche y revisaba las llaves del auto, el dinero y el pasaporte. Diplomático, eh. Así lo decía en la tapa el documento. Y el ojo seguía su marcha a ras del suelo, sobre los mosaicos fríos, mosaicos con nubes de colores, nebulosas de colores más bien, lindos los mosaicos, pero fríos. Tempranito en la mañana el ojo recorría el granito, como si filmara el recuerdo delicioso de la noche anterior.

Hubo un soplo de viento, ligero, una mínima masa que se arremolinó en el cuarto proveniente del aparato de aire acondicionado. Pero el otro ojo no dio de sí, persistió en una cerrazón como de herrumbre, en el hermetismo de un ojo distinto sin tener nada que ver con el mundo, al menos con el presente. Sin embargo, el ojo abierto reclamó el fresco. Asumió poco a poco el aplomo que daba la calma, aunque tuvo la nostalgia íntima de su compañero —el segundo ojo— cuando el breve hilo de aire rozó la cuenca para acercarlo, a la manera de una pupila solitaria, a los cinco sentidos del hombre.

De este modo, el ojo siguió su curso exploratorio, pero sin olvidar ya su condición de Ojo Diplomático: el distanciamiento con el que debía observar los hechos ocurridos. En efecto, el hombre comprendía que siempre su ojo obedecía a sus instintos consulares. Entonces se convirtió en un estrecho ángulo visual, y poco a poco fue recuperando una real lucidez de la existencia. Vio así que las cosas habían quedado bajo el riesgo de la lujuria.

No obstante, por su condición de diplomático el hombre no hizo caso del ruido lejano que lo había despertado: un ladrido, un pequeño gruñido flaco introducido por los intersticios de la puerta. Un minuto después hubo otro gruñido más largo que se deslizó de nuevo, pero el ojo tampoco reparó en ello, no le interesaba la opinión onomatopéyica de un perro cualquiera. En casa de Armando Byrnes podía haber perros, pero a él no tenía por qué importarle lo que se oyera fuera de la habitación. Él estaba de visita como tantas veces: una fiesta, unos tragos y la muchacha. Nadie se iba a enterar de lo otro. En realidad, Byrnes era un tipo necesario, a veces imprescindible, en una isla de costumbres tan distintas. Cuando lo conoció en la recepción de su embajada estuvo seguro de servirse de su amistad. Él no se equivocaba con los individuos y alimentó la relación con Byrnes sobre la base de sus posibilidades de consumo (las del ojo), unos cuantos dólares y zas, fácil el negocio, eh. Además, a qué temer, si nadie lo sabía, excepto Byrnes, claro. El Ojo Diplomático brillaba porque venía a ser invulnerable y no le incumbían ni los ruidos extraños ni los perritos al amanecer.

Así, el ojo prosiguió su recorrido con deleite, sintiendo de nuevo el placer de la medianoche de anoche, y adelantó las manchas graníticas del piso hasta detenerse, fijo, en las piernas de Vicky colgando del lecho de al lado, mientras Regina, su querida Regina, se desvanecía detrás del ojo cerrado, allá en el país de origen, como una imagen descolorida que se iba cubriendo con el velo del olvido.

Ahora el ojo se mueve, busca y se acomoda a su última posición de la noche anterior: se desliza sobre la otra cama, al lado del cuerpo de la muchacha, casi al borde de caer hacia el suelo, intentando el equilibrio en el momento del escorzo de Vicky, quien hace gestos como si soñara, y el sueño la descubre en su placer de ayer, ronronea y se acurruca entre las almohadas, y el ojo siente un tráfago de sorpresa y temblor.

Entonces el hombre recuerda bajito a Regina, apacible y cálida, deliciosamente perezosa cuando se despertaba en las mañanas, allá en el invierno tibio de la casa, en su país australmente orgulloso que él ha contribuido a disecar: ese país con sus supersticiones europeas y sus manías masivas contra los militares; Regina queriendo a una hija postiza, una niña sacada de alguna mujer que por esas cosas de los operativos policiales y de tanto colectivismo popular desapareció del mundo.

Pero Vicky es un torrente, un desenfreno de movimientos, una chica turística de esta isla tropical, que continúa siendo exótico el país-cito-éste (¿Qué decís vos?, si el ojo se agenció una vestimenta diplomática y vino como un agregado militar, una pústula, que ha logrado hacerse de una historia oficial). Pero a pesar de Regina y de su historia (la de ella y la del ojo), él saborea a Vicky como una chica fabulosa y quiere volver a tenerla, ahora, en el momento cuando ella se inclina, dormida, y le muestra su óvalo oscuro como un principio formal.

Y el ojo recrea su iris, cuece un hálito interior haciéndose humo y silueta; es un paisaje resbaladizo, un cuerpo que emana el calor como si el calor fuera ungüento de olivo, y el óvalo al frotarse segrega su jugo vital, dejando a la vez (el óvalo y todo el cuerpo) un umbroso destello, casi palpable, metido en un recodo de sombras cristalinas; a su alrededor la penumbra crea mamparas que lo independizan (al hombre y su ojo) de lo que pueda ocurrir al otro lado del cuarto.

Y el ojo recrea su iris, intenta zafarse de la resaca del alcohol, un ojo adueñándose de los sentidos nuevamente, pero los sentidos están neblinosos y siguen sin captar el barullo procedente de la sala, un entrecruzamiento de pasos secretos detrás de la puerta, el timbre de la calle persistiendo tempranito en la mañana.

El Ojo Diplomático prosigue confuso. Algo mareado descorre las cortinas y rápido las vuelve a cerrar, como si eructara la claridad, y el cuerpo de Vicky se agita y el ojo casi sale de su órbita debido al deseo de encaramarla sobre la cómoda, y lo logra, la carga y la lleva hacia el mueble, dejando el espejo detrás de ella, que se hace aún la dormida, remoloneando, con sus ojos cerrados, morosa y quejosa, y el ojo comienza a saborearla como la noche de anoche, acariciando sus cabellos largos, curiosamente sedosos, una chiquilla de chocolate no más…

Pero Regina regresa dentro del ojo cerrado (el segundo). Insiste, logrando hacerse un punto fluctuante, va y viene en cartas y recuerdos, sin poder atrapar los sentimientos del hombre. Y Regina se pierde, queda en la nada de ese lamentable ojo muerto; un ojo sin abrirse más desde el día cuando una víctima, en medio de su tortura, reaccionó contra él con sus dedos crispados…

Ejem… El ojo de seguro cambia sus pensamientos… Bueno, el compañero Byrnes no tiene mal gusto, pibe. Además, sabe ser gentil con los amigos. La otra noche casi fue al grano a pesar de su lenguaje de doble fondo, le dio a entender lo que el ojo necesitaba: desconexión, mucha desconexión, nada de tristeza. Para eso estaba él, Byrnes, quien le prometió una fiesta, una más de las tantas. Bueno, una pequeña reunión que podría terminar en una pachanga y, entonces, le hizo la gracia del chistecito italiano, ese de: *si tuti i cornuti della nostra cita portano una lampadina sulla testa, oh, Dio mio, quanta illuminazione!,* y gesticulaba sacudido por la risa, dándole palmaditas en la espalda.

Ahora, el hombre busca el polvo dejado sobre la cómoda y huele profundamente, snif, snif, y su mano tropieza con un trago de whisky que suena glu glu en su garganta —es un trago ancho que va hasta el fondo—, y el whisky y el polvo vuelven a tupir sus oídos ya sin siquiera oír los sonidos del exterior, el chirrido de unos frenos y el miedo surgiendo en la sala como una gran bola de caca, y parece como si la bola rodara haciéndose un ovillo gástrico para dejar pegotes de gelatina sobre el piso, sin el ojo sentir otra alarma sino el ímpetu sordo de sus sensaciones, mientras chupa los labios carnosos de la muchacha.

Nuevamente Vicky deja escapar por su boquita ronroneos de placer, y él la acomoda mejor sobre la cómoda. El ojo la pone contra el espejo, inventando cuadros de Toulouse-Lautrec, y la muchacha se emociona y se deja hacer, aspirando el aire como un fuelle rítmico. Así, Vicky lo provoca en su duermevela; y el ojo extranjero se encuentra ya embebido por el olor de la piel morena, sin escuchar las voces en la sala, los ladridos fuertes, grrr, grrr, de los perritos, como si estuvieran alterados.

Sin embargo, para él afuera hay silencio, porque nada le importa. Solamente crepita el fuego interior de Vicky y el suyo propio; un ruido de humanidades eufórico por la fruición de los cuerpos, la sangre caliente que chapotea en las venas. Y ella se adhiere a él como si el deseo fuera de plastilina, mientras Regina reaparece en el fondo del espejo, una figura que ha traspasado el ojo cerrado del hombre… Regina se ve escribiendo cartas, llamando por teléfono a mucha gente, pues a él se lo informaron después de estos últimos tiempos cuando ella se metió entre la muchedumbre de abuelas y madres en la plaza, hasta que la imagen se desvanece en el abismo del espejo porque Vicky ha compuesto un movimiento adagio (y en seguida andante, *allegro molto vivo*) y lo atrae hacia sí.

El ojo vuelve al presente, pasa de su ojo cerrado al abierto, siempre bajo el dominio de sus instintos. Entonces, la recuesta otra vez contra el espejo; ambos están tan embriagados (porque ella también ha olido el polvo y tomado whisky) que no se percatan de los perritos, ni de los cuchicheos en la sala ni de los cigarrillos del placer regados por el piso.

El ojo incide en un ángulo del espejo, solo atina a reconocer el fajo de dólares dentro de su pasaporte y la botella de whisky inacabada. Por su parte, Vicky se tuerce y se retuerce como si la perturbara ese límite entre el sueño y la realidad. Pero no, es el ojo, con su dedito despacioso y diestro (como el cuento de una mano que una vez leyó), quien restriega el interior de su óvalo: dale que dale, hasta que ella se estremece con el roce del clítoris.

Y el Cíclope —porque él acaba por convertirse en un cíclope—, con su ojo frontal resplandeciente, blande su alabarda y levanta los muslos de Vicky hasta los hombros, al tiempo de apretarle la cintura y rápido el espejo se abre en un reverso de penumbras, un escenario de cristal para enmarcar a dos figuras desnudas, un río de donde emanan gemidos babilónicos por la penetración de la lanza. Y la lanza se convierte en un hongo introducido en la noche del óvalo. Surge un concierto de aire y de lluvia, de pájaros y bosque para impulsar al Cíclope hacia el embrollo de una sinfonía de oportos. Un violín toca sobre la tumultuosa arena de un desierto; y la arena se esparce como una columna de humo por el viento que provoca el violín. El hongo-lanza creció con desmesura; fue un enano que creció y ahora se nutre de la noche del óvalo; los granos de arena se hacen nubes y descubren un mar de espumas grisáceas, a veces verduscas, viniéndose hacia el ojo del Cíclope; pero es un mar de sahumerio que lo ahoga de placer, y la urdimbre tenebrosa del Ojo Diplomático va aflorando, con gotas sinceras de podredumbre, porque el óvalo caliente de Vicky humedece su hongo, empedernido, con su boquita (la del hongo) llena de licor prostático, separando los labios de otra boca profunda (la del óvalo) adonde el hongo va a besar el clítoris del alba.

De nuevo, otra carta de Regina le habla confusamente. Al parecer ella está convencida de los hechos descubiertos en su país: muertos sin encontrarse y acusaciones sobre sucesos increíbles, de terror —digamos—, que se han venido sumando en un libro gigantesco, sin fin, como para que su país y todos los países como aquél se horrorizaran y se escondieran debajo de su propio suelo.

Sin embargo, el Ojo Diplomático tiene su sentido práctico y no se deja transgredir por el sentimentalismo. Aunque esa última carta significa una despedida, el ojo no se anda con paños calientes. Porque la carta solo le arrancó una lágrima, larga, elástica, pero ante la presencia de Vicky, esa lágrima se hizo un charco de sal bien debajo de sus pies.

De pronto, la muchacha se aferra a él, le pide bien quedito, como con la intención de no ser escuchada por nadie más, susurrando, que se la lleve a otro país, a cualquiera, no le importa, porque ella quiere ser modelo, actriz de cine, ir a otro lugar donde pueda comer carne diariamente, y viajar, viajar por encima de todo, tener su vida propia aunque le pertenezca a él, pero vivir sin deuda externa ni consignas, sin acosos ni confrontación nuclear.

Y el ojo no tiene tiempo de tomarle lástima, cuando se da cuenta de que es una mujer desesperada, que accede a cualquier cosa, la boca hecha un estanque de saliva, y no tiene tiempo porque de inmediato el aliento de los dos se acerca a los instantes supremos, al paroxismo de la noche anterior.

Anoche pasaron los placeres de una orgía múltiple. Y Vicky recuerda satisfecha cómo el compañero Byrnes le dijo que el ojo era un agregado comercial (pero se equivocó, porque en realidad el tipo era militar, lo decía adentro el pasaporte) y luego ella lo conoció como un cíclope tremendo, algo maduro pero recio, un tipo interesante, a veces hablando de un tal Borges y un tal Fierro, y de ese Gardel que siempre aparece, como si fueran las tres únicas personas conocidas en su país.

Cuando Vicky entró en la casa de Byrnes se supo admirada por todos, codiciada la mulata, y a partir de ahí no le faltarían las oportunidades si le simpatizaba al argentino. Sin embargo, aun cuando la noche fue más amplia, fue una velada cosmopolita en la que pudo relacionarse con varios extranjeros, ella decidió quedarse con el ojo y sacar chispas de ajetreo, el ojo que ahora la besa mordiendo su carne y piensa: qué divina está la chica, eh.

Y Regina allá, en el fondo del otro ojo cerrado, erizada por los muertos que ha ido descubriendo, devolviendo su hija adoptiva a una abuela enferma de tanto reclamarla: la anciana buscaba con la pancarta, exigiendo en la plaza repleta de abuelas. Y el Ojo Diplomático siente segundos de sufrimientos porque sabe que perdió a esa hija, una niña de meses encontrada en una estación de policía, y se la entregó a su esposa en prueba de amor, pero en seguida el ojo se recupera por el vaivén de Vicky. Y el ojo estimula a la muchacha, se mete una y otra vez dentro de ella que sigue encaramada sobre la cómoda, de espaldas al espejo, como un balancín encima del hongo-lanza-alabarda del Cíclope, sin enterarse de nada porque no ve la puerta abriéndose silenciosamente y no advierte al perrito grande, sigiloso, parado ya frente a su ojo posterior (el tercero). Y el perro se pone a ladrarle a aquella cuenca bien oscura, a ese ojo ecuménico, absoluto y vulgar… Y es entonces cuando el Cíclope ve a los agentes policiales dentro del espejo, los ve en el vano de la puerta sujetando al perro, oliendo el polvo, snif, snif, y su hongo se desploma, languidece, retrocede, se hace pis y siente que se le congelan los huevitos.

La Habana, 1986

Este cuento, "El ojo diplomático", fue tomado del libro *La noche del Gran Godo,* premio UNEAC 1992, publicado en Miami por Neo Club Ediciones, en 2011.

Manuel Gayol Mecías. Poeta, narrador, ensayista y periodista cubano. Ganó el Premio Nacional de Cuento de la Unión de Escritores y Artistas de Cuba (UNEAC) en 1992, con su libro *La noche del Gran Godo;* libro que fue censurado por la misma

UNEAC, cuando el autor, en un viaje se quedó en España. Perteneció al consejo de redacción de la revista *Vivarium,* auspiciada por el Centro Arquidiocesano de Estudios de La Habana (CAEH). En el año 2004 obtuvo el Premio Internacional de Cuento Enrique Labrador Ruiz del Círculo de Cultura Panamericano de Nueva York. Miembro del Pen Club de Escritores Cubanos en el Exilio y vicepresidente de Vista Larga Foundation, así como miembro del consejo de redacción de la revista *Puente de Letras* que acoge a escritores disidentes dentro y fuera de Cuba. Ha publicado numerosos libros, entre ellos *Retablo de la fábula* (poesía), *La noche del Gran Godo* (cuentos), *Ojos de Godo rojo* (novela), *Marja y el ojo del Hacedor* (novela), *La penumbra de Dios (De la Creación, la Libertad y las Revelaciones). Intuiciones I* (ensayos), *Las vibraciones de la luz (Ficciones divinas y profanas) Intuiciones II* (ensayos), *Viaje inverso hacia el reino de Imago. Intuiciones III* (ensayos) *y Amor de historia antigua o la trémula luz de los espejos* (cuentinovela), entre otros. Varios trabajos suyos han sido traducidos al inglés y al italiano. Durante casi 18 años fue Editor, Copy Editor y Shift Editor del periódico *La Opinión,* de Los Ángeles. En la actualidad es miembro de la Academia de Historia de Cuba en el Exilio (AHCE), filial California, y dirige la revista *Palabra Abierta* y su editorial homónima.

DE DONDE ELLA VIENE

por Rebeca Ulloa

para alguien que aún la recuerda

Él no duerme, no se concentra en sus estudios, sus calificaciones han bajado notablemente. Ya no juega con sus hermanos menores. Ya no toca en las noches el saxo. Su padre se inquieta, su madre quiere llevarlo al médico. Él se resiste. Sabe cuál es su mal y aún más, sabe cuál es su cura.

Ella, la razón de su desgano, de su desvelo, vive en el mismo barrio, en la cuadra de arriba. Solo con cruzar la calle y tocar la puerta, se hace el milagro de verla. Es su secreto, su gran secreto. Solo Dios y Él saben cuánto sufre en solitario en sus largas madrugadas, soñando que Ella está a su lado, en su cama, cubierta con su misma cobija, acurrucada en su brazo bajo el mismo mosquitero. Solo él y Dios saben cuánto sufre cada mañana, al madrugar, y tener que levantarse antes que la madre y las hermanas y que el padre, para cambiar las sábanas que amanecen húmedas y pegajosas de semen y sudor por sus sueños, o más bien, por sus calenturientas pesadillas, cargadas de amor y deseo.

Todos los días, Él la ve. Marquitos, su compañero del bachillerato, le invita a su casa, le pide que lo ayude con las tareas de Ciencias. Él, emocionado, acepta, y no solo le ayuda con ciencias, le hace las tareas de español, de inglés, de botánica, y aún quisiera que tuvieran más clases para no irse nunca de la casa de su amigo. Ella está allí. Está al alcance de sus ojos, de sus manos, de sus besos. Está tan cercana y tan lejana. Respira en cada lugar de la casa, para llevarse sus olores.

Cuando llegan a la casa, Ella abraza y besa a Marquitos y le pregunta cómo fueron las clases, si tiene muchos quehaceres, si almorzó bien. Marquitos contesta secamente con un "sí, mamá", le da pena tantos mimos. Él espera pacientemente su turno. Durante cada hora, cada minuto, cada segundo ha estado a la espera de este momento. Ella se da vuelta y queda de frente a Él. Se acerca y le da un beso en la mejilla. Se queda sin aire. El tiempo se detiene. No se mueve, como si estuviera clavado al piso. Después Ella va con su delantal de flores y les lleva una bandeja con emparedados, golosinas y chocolates. Él se deleita con cada mordida a su ración de merienda, que Ella ha preparado con sus manos. Es como si la tocara, la acariciara, la besara. Alarga lo más que puede el tiempo de comer. Alarga, lo más que puede, terminar las tareas. Alarga, lo más que puede, el momento en que le da a Ella el beso de despedida. Ese ligero roce, que ahora es Él quien se acerca y la besa en la cara, le deja en un mar de emociones. Él siente como que Ella disfruta de ese ligero beso. Su olor, su fragancia de gata en celo, se va con Él y lo hace sudar en la noche.

La tarde del miércoles, finge no sentirse bien para no ir al juego de pelota. Marquitos le dice que le espere en su casa. Él aprieta el paso. No toma el bus. El tiempo es corto para estar solo con Ella. Él toca tres veces la pesada aldaba de la puerta de caoba. Se impacienta. Será que no está en casa. Habrá salido. Por qué no abre.

—¡Ya va, un momento!

Escucha la voz de Ella desde el interior de la casa. El corazón bombea tan fuerte, que Él siente miedo. Los vecinos pueden darse cuenta. Se acercan sus pasos. Se abre la puerta. Hola Precioso, Marquitos no ha llegado. Lo sé. Pasa, puedes esperarle. Ella le sonríe y se sientan uno frente al otro. Ella en el sofá y Él en la butaca más cercana. Primera vez que están solos. Marcos está de guardia en el hospital, no viene hasta mañana. Le alegra la noticia. Ella solo para Él. Le mira esta tarde diferente a todas las demás tardes. Sus ojos, que Él se fija ahora, son de un color indefinido. No son claros, no son oscuros, son hermosos. Se quedan mirándose. Él no habla. Ella rompe el silencio. Has crecido mucho, cuando nos mudamos a este barrio, tú y Marquitos eran unos niños. Él contesta con un sí que le sale del estómago, porque no le es posible articular palabra. A Él le encanta escucharla. Esta tarde le habla solo a Él. Al fin se le ha dado el milagro. Ella arrastra un poco la "r" y canta un poco al hablar. Él quiere saber todo acerca de la señora, y todo es todo. Ella le complace. Me casé muy joven y tuve a Marquitos enseguida. Y le cuenta que Ella no es de la capital, que viene de un campo campo, que no es como el campo de La Habana, que Él conoce.

De donde Ella viene, se canta y se baila el son, y todavía siguen buscando de dónde son los cantantes. Los hombres dan serenatas con sus guitarras y sus cantos a sus enamoradas en las fechas de sus cumpleaños, de sus aniversarios de compromiso, de bodas, cuando nacen los hijos y cuando se mueren los abuelos.

De donde ella viene, no hay faroles en las calles. Siempre hay luna llena y tanto brillan las estrellas, que son suficientes para iluminar el pueblo. En las casas se alumbran de noche con un pomo de cristal donde encierran cocuyos saltarines, que las mujeres de la familia capturan con los hombres del pueblo. Que luego toman un cocuyo del pomo y lo ponen a saltar. Con cada brinco, el cocuyo anuncia los besos que vas a recibir en los siguientes diez minutos. Y alguno del grupo está en la obligación de dar a cada mujer esa misma cantidad de besos antes de que terminen los diez minutos. Ella sonríe, le contagia y Él también ríe. Pena que no tengamos aquí en la ciudad a esos cocuyos saltarines. Y Él quisiera caerle a besos, con cocuyos, lagartijos, leones, lo que sea, pero que Ella deje que Él la bese intensamente en esos labios rojos rechinantes que Ella humedece a cada instante, sacando su lengua, muy despacio y como en cámara lenta, mueve de arriba abajo, de abajo arriba.

De donde Ella viene, sigue contando, no se apaga el fuego nunca. Hay comida caliente siempre para el marido y para el amante. Es una carrera por ver quien llega primero y se la come. Y lo dice con un gesto provocador, mirándole fijamente a los ojos. Él cruza las piernas, intenta disimular el bulto que crece entre sus piernas y que le da la impresión que reventará cuando menos lo espere.

De donde Ella viene, las mujeres no usan nada debajo de sus vestidos, siempre están listas para los momentos de amor. Parpadea como queriendo recordar algo. Se inclina hacia delante, dejando ver la punta de sus pezones sueltos sin sostén, sin corpiño. Y le quiere confesar algo, porque Ella confía mucho en Él. Porque por algo Él es el mejor amigo de su hijo, van juntos al Instituto, tocan en la misma banda musical, juegan en el mismo equipo de pelota. Por todo eso, es que Ella le quiere comentar que no ha perdido las costumbres de ese lugar del campo campo, de donde Ella viene.

¡Ay... qué calor hace ahora en La ciudad... ¡Estás sudando, muchacho... El no suda por los grados centígrados de la temperatura.

Él está empapado en sudor porque ya no puede con la ardiente pasión que le domina. Ella se va a dar un baño: A esta hora hace falta una ducha de agua fría. Si quiere que espere. A Ella no le molesta que El espere en la sala.

Ella se pone de pie. Queda frente a la ventana grande de la sala, es de cristal y da al patio interior. El sol, que aún no se ha ido completamente, deja ver a través de su vestido de hilo, azul transparente, su esbelta figura y Él puede comprobar que es cierto, que Ella sigue la costumbre de donde viene: no lleva ropa interior.

Desanda por el largo pasillo, donde la claridad es menos, suficiente para que Él la siga contemplando, embobado, excitado. Va cantando: *De dónde serán, Ay mamá... Serán de La Habana...* Se vira bruscamente hacia la sala y empieza a moverse simulando que baila, subiendo y bajando su vestido con una mano y con la otra juega con su largo cabello rubio y lacio a la fuerza... *Que les encuentro galantes y les quiero conocer... Ay mama, de dónde serán...* A la altura de la primera habitación, y sin dejar de bailar y cantar, suelta sus zapatos, tirándolos al aire. Sigue descalza por el pasillo... *Son de la Loma... y cantan en el llano... Ya Verás... ¡cómo no!*

En la segunda habitación, en la misma puerta, se para y saca su vestido por arriba de su cabeza. La luz es más tenue aun, a Él le parece como de cocuyos amarrados. Él, a pesar de que no la quiere perder de vista, le cuesta trabajo distinguirla. Se sube de tono cuando la ve completamente desnuda y bailoteando entre sombras. Ella se deja ver en toda su desnudez, mostrando su cuerpo aún joven y sensual. En la puerta del baño, Ella enciende la luz y de frente a Él, mueve sus caderas y dice más que canta: *Mamá ellos son de la loma... Mamá ellos cantan en el llano… Mamá ellos son de la loma…* ¡Ay, mamá!, ¿de dónde serán…? Entra al baño y cierra la puerta.

Él quiere correr por el pasillo hacia el fondo, hacia el baño, hacia Ella. Desea derrumbar la puerta a patadas, estrecharla entre sus brazos, estrujarla, desahogar en Ella aquel calor abrasador que le deja sin habla. Duda… su excitación no tiene límites. Sí… ahora sí es el milagro.

Se para… da dos o tres pasos, aun no llega al pasillo. Siente la llave en la cerradura. Se da vuelta. Se sienta rápidamente, se ve obligado a cruzar de nuevo las piernas. Se abre la puerta. Hola amigo, que bueno que me esperaste. Vamos, que no doy pie con bolas con la tarea de Matemáticas.

Este relato, "De donde ella viene", pertenece al libro *Cuerpo a cuerpo*, publicado por Neo Club Ediciones, Miami 2016.

Rebeca Ulloa Sarmiento. Escritora cubana. Ha obtenido numerosos reconocimientos por parte de las instituciones culturales de su país. Entre 1966 y 1978 residió en Santiago de Cuba, ciudad donde se licenció (1974) en Lengua y Literaturas Hispánicas en la Universidad de Oriente y trabajó durante dos años como profesora de Secundaria Básica. De modo simultáneo, fue coordinadora de las clases técnico-administrativas de la dirección (1974-1977) y especialista en información (1975-77) en

Centro de Documentación e Información Pedagógica del Ministerio de Educación (MINED) en Oriente. Después se desempeñó como analista en Tele-Rebelde (1977-1978) y participó como realizadora, panelista, animadora, comentarista y escritora de programas y espacios culturales. También ha escrito guiones para los estudios cinematográficos de Santiago de Cuba. Su primera publicación apareció en la revista universitaria santiaguera *Taller Literario,* donde fungió como jefa de redacción de 1970 a 1974, año en que ocupó dicha responsabilidad en la revista *Mambí*. Ha colaborado además en las publicaciones *Sierra Maestra* (Santiago de Cuba), *Debate* (Guantánamo) y preparó y prologó el epistolario *Boti-Guillén, Boti-Marinello*. Presidenta de la filial de la Unión de Escritores y Artistas de Cuba (UNEAC) en la provincia. A partir de 1978 obtuvo numerosos premios y menciones en eventos y concursos literarios y radiales de carácter nacional y provincial. Actualmente reside en Miami.

LA CASA VACÍA

por Lilo Vilaplana

El joven Lemis nunca imaginó que con esa novia iba a disfrutar dos orgasmos y padecer de esas inmensas ganas de morirse. Aquella tarde tenía que suicidarse.

Se le acababa la vida en cada espacio de su habitación llena de fotos de las bailarinas que había formado su abuela, alguna vez jóvenes y bellas. Ahora, eran unas ancianas decrépitas. Lemis las odiaba y ellas le amenazaban con convertirlo en el bailarín que jamás habitó en él.

—Para ser bailarín hay que tener alma de maricón, abuela.

Eso repetía el joven Lemis y se iba de la casa buscando un refugio cálido y unas piernas de mujer que le abrazaran. A esa mujer la conoció aquella tarde en Montecatini, una esquinera pizzería del Vedado. Lo que no sabía Lemis era que muy pronto perdería a Yordanka para siempre.

Por eso las noches eran largas, los besos desesperados, aunque las olas del Malecón le salpicaran y se le confundiera la humedad del agua de mar con los líquidos de la adolescencia precipitada. El Malecón es el primer espacio para hacer el amor que tiene Lemis en medio de la destruida Habana.

Allí se sintió pleno, Yordanka le enseñó a amar, a venirse con las olas salpicándolo. Yordanka le liberó del celibato adolescente y ahora sí, está absolutamente seguro, nunca será bailarín. Lemis quiere a Yordanka y aprendió a quererla para siempre. Ese fue su primer orgasmo. Le estaba faltando el segundo. El otro orgasmo que le habría de regalar Yordanka y del que su memoria no puede desprenderse.

—A mi casa puedes ir a visitarme, yo sé que tú eres un niñito del Vedado y yo vivo en la Habana Vieja, donde conozco a los negros guapos y hay "sábanas blancas colgadas en los balcones", pero, aunque tú no me creas me han criado muy bien, —le dijo Yordanka en un ataque de igualdad social que el sistema comunista cree imponer a todos.

Lemis fue más digno.

—A tu casa voy porque me gustas, porque me quiero morir contigo, porque...

En el rostro de Yordanka había una tristeza infinita. Ella también se había enamorado de Lemis, un muchacho joven, atractivo, al que su abuela le había impuesto estudiar *ballet*.

Lemis fue colgado en el camello a visitar a Yordanka, a la Habana Vieja. Llegó a su colonial casa de barrio, donde algún manisero de esta época, sin pregones, pero necesitado hasta del papel con el que se hace el mismísimo cucurucho de maní, te ofrece el producto, aunque no pregonando, porque no se puede. Es mejor ni comprar maní, ni nada, porque si compras un pedazo de *pizza* para aplacar el hambre, su cubierta de queso puede ser un recalentado condón, y no se sabe si usado.

Son tiempos difíciles en que se busca novia en la farmacia para conseguir alcohol de 90 grados, echarle agua y azúcar quemada en la sartén para poder disfrazar de gozo un rato a las neuronas y hacerles creer que se bebe algún trago especial. Son momentos de locura, y como en estos tiempos de orates se necesita estar sobrio, aparece Lemis en la Habana Vieja buscando su amor. El pobre, es uno de los pocos sobrios de La Habana.

Ya Lemis toca la aldaba, le abren la puerta y se sienta en la sala. Yordanka le recibe. Sus padres le miran raro. Ya Lemis se está despidiendo. Ya llega a su casa. Y no pudo hacerle el amor a Yordanka. No fue esa su segunda y última vez, pero iba a ser. Algún día iba a ser.

El aprendiz de bailarín entró a la habitación de su apartamento en el Vedado. Miró las fotos de esas hembrotas que un día cualquiera, a punta de frías croquetas, enseñó a bailar su abuela, y se quiso masturbar. No pudo. Lemis solo tenía ojos y semen para Yordanka. Por eso mañana volvería a visitarla. Ella le había prometido que la próxima vez no iba a ser en el Malecón, sino que sería en su cama. Él quería cogerle la palabra y por qué no, también el culo y mejor en su cama.

Lemis volvió a la Habana Vieja, a casa de su novia. Ella quería cumplir su promesa, pero ya no estaba la cama. Le había prometido una cena romántica, pero no había mesa. La casa se iba esfumando en pedacitos. La casa era un leproso al que siempre le faltaban partes. Lemis pensó: la cosa está mala, esta familia está vendiéndolo todo. Esta gente está en crisis, los "tronaron".

Lemis trató de hablar con Yordanka. Ella lo evadía, ya no había tiempo para él. Yordanka iba matando cada instante que podía oler a cariño, a amor, no quería seguir, pero Lemis sabía que le faltaba el segundo sexo, la segunda eyaculación prometida.

A la siguiente visita, a la casa le faltaba una pared interior completa. Eran tiempos que la gente en La Habana convertía las casas en *loft,* una moda "muy de afuera". Yordanka miraba a Lemis. Quería disculparse, pero no sabía qué decir, le brindaba jugo de guayaba. Él se lo tomaba, se le pasaba la calentura y se iba.

Ya no había paredes interiores, la casa era solo una amarillenta fachada. A Lemis la casa de Yordanka le recordaba el vacío escenario del absurdo *ballet* mariquita de su abuela.

Se despertó de nuevo La Habana sin horizontes, sin noticias. Para la televisión local todo andaba bien, menos la vida, menos los sueños. Todo estaba bien menos la esperanza, que se había marchado para siempre.

Yordanka le dijo que fuera a la casa de la Habana Vieja, que iban a hacer el amor de nuevo. En su cama. Lemis estuvo feliz toda la mañana, y hasta habló con un amigo para que le prestara una de sus revistas pornográficas. Lemis lo calculó todo. Yordanka también. Por eso esa tarde su casa estaría vacía, para ella y para su amado Lemis.

Lemis llegó. Ella fue a recibirlo con una camisa blanca del hermano, de seda, bonita y que le caía sobre el cuerpo, sin brasier, solo sus dos pezones rosados asomando debajo de la camisa prestada. Nunca supo cómo apareció. Pero ahí estaba la cama de Yordanka en medio de la desértica sala. Sin puertas ni ventanas interiores, la casa vacía para siempre. Allí hicieron el amor, sin la camisa de seda de Yordanka y sin las eternas botas de rockero que acompañaban a Lemis en su protesta de no ser un bailarín más del ejército de su abuela.

Ella sabía que era la última vez que le haría el amor a Lemis. Él lo sospechaba, pero hasta el momento en que estuvo parado sobre el balcón del edificio, no se había dado cuenta de que esa había sido realmente su última vez.

Ahora ella desnuda, él también, le toma del brazo y le lleva hasta el patio. Hay un camión con un toldo; adentro, en la parte trasera del camión y escondida por una enorme lona, hay una balsa construida con todos los pedazos que le faltan a la casa vacía.

—Mañana nos vamos del país… ¿vienes con nosotros?

A Lemis le retumban las palabras de Yordanka. Las sufre. Lemis se había alejado corriendo de la casa vacía. Y ahora estaba llorando sobre el balcón del piso dieciocho del edificio Somellán en el Vedado. Yordanka se fue. Nadie sabía de su suerte. Lemis sigue como una estatua en el balcón y no sabe si saltar hacia el mar o quedarse parado para siempre en esa baranda del deseo.

Bogotá, junio de 2006

Este cuento, "La casa vacía", sale de su cortometraje homónimo, que ha participado en importantes festivales del mundo, tal como *The Short Film Corner,* en Cannes.

Lilo Vilaplana (1965). Nació en Nuevitas, Camagüey, Cuba. Director, productor y guionista de cine y televisión. Ha dirigido series exitosas, tales como: *El Capo* (tres temporadas), *Dueños del paraíso, La mariposa, Lynch, Arrepentidos, Mentes en shock, Tiempo final* y *Sin retorno.* Ha sido también director de telenovelas de gran recepción en el público, como: *La dama de Troya, Un sueño llamado salsa, La traicionera, Por amor, El pasado no perdona, Zona Rosa.* Su obra *La muerte del gato* obtuvo el premio al mejor cortometraje de América Latina en el FICABC, en España. Otro de sus cortometrajes, *La casa vacía,* ha participado en importantes festivales del mundo, como *The Short Film Corner,* en Cannes. Por sus trabajos, ha recibido en varias ocasiones el Premio al Mejor Director en el Festival India Catalina, de Colombia. Ganador del PREMIO EMMY al mejor programa de habla no inglesa en *prime time,* de EE.UU., con *El infierno de Montoya.* Como director de teatro ha llevado a escena textos clásicos y contemporáneos. Es profesor de talleres para actores y directores. Su libro *Un cubano cuenta* ha sido editado en Colombia y República Dominicana. En el 2017 se publicó en Miami una versión ampliada de su libro *La muerte del gato y otros cuentos.*

MAGNOLIA EN LA ETERNIDAD

por Néstor Leliebre Camué

Nadie sabe a ciencia cierta nada, pero la mayoría supone que el profesor Leopoldo Yanes tiene una honda herida allá lejos. Que se desangra sobre un rocín llamado silencio, cuya única senda es el abstracto mundo de su mirada en lontananza.

Cuando la tarde se desangra sobre el entorno de la escuela, él sale cabizbajo. Parece no saber que, en lo alto, el crepúsculo está roto en mil pedazos coralinos, y que se extienden bajo los nimbos, formando triángulos isósceles.

Ya ningún alumno dice nada de la intimidad de este hombre con Elizabeth. Y a Magnolia algo le rasga dentro; pero prefiere callar porque ha de casarse con Leocadio, un corazón de almendra, una masa de pan que día a día levanta al paso de ella el más lindo altar y le promete como en sueño una lluvia azul.

Sin embargo, el nombre de Magnolia se repite junto al del profesor como un canto de pájaros en el amanecer y les sumergen en su mundo sin luna y sin estrellas. Ella lo sabe, y le duele porque es inocente y el profesor nunca le ha dicho nada. No le ha insinuado siquiera la más mínima gota de rocío ni ha dejado como al desgaire una flor en su pupitre. Pero, además, ella tiene veinte años y él frisa el medio siglo, tiene dos niñas de ocho y nueve, y su esposa, Aciolinda, es conocida por todos en la escuela.

Magnolia se duele por la mentira. Según dice, no se ha entregado nunca a nadie; y ni siquiera sabe si ama lo suficiente a Leocadio como para casarse con él en las próximas semanas. Quisiera terminar su carrera para decidir luego, pero a este pronto le llevarán a dónde ni él mismo sabe y, tal vez, por eso quiere comerse el canto de su primavera.

Ella es el mismo abril. Sus ojos son oscuras lunas que giran alrededor de los cocuyos y los sueños, y sus senos parecen palomas reventando debajo de la blusa. Su boca es de música, su risa cándida y su piel —color cáscara de níspero maduro— despierta no solo la ternura de los hombres, sino también un hambre que grita en medio de la selva de un mediodía ecuatorial.

No obstante, muchos en el aula dicen que es frígida y fruslera porque nunca responde a las miradas que devoran sus carnes en acto de antropofagia pecadora. Otros dicen que es todo candor.

Nadie sabe a ciencia cierta nada; pero comentan que desde su asiento Magnolia mira furtivamente la gran naturaleza del baracutey★ disecado. ¡Ay, cándida niña que se ruboriza cuando le toca describir el bálano y su mundo adyacente! ¡Muchacha que no despega sus párpados y aún conserva la integridad de su pétalo, tal vez para entregarlo intacto a la memoria de las aguas o al sumo pontífice del olvido! ¡Flor casi mística que, al andar, esparce melodía y el incomprensible deseo de la carne! El próximo 25 de junio es el examen final y para aprobar con Leopoldo Yanes hay que describir con exactitud el más mínimo órgano del cuerpo; pero amasando y tocando como si todo fuera tierra o yerba, o llantén recién sembrado.

Cuando Leopoldo Yanes atraviesa las calles en su diario vaivén, deja una estela púrpura sobre el asfalto y bifurca el camino para pasar de todos modos delante de los altos robles que sombrean la entrada de la casa de Magnolia. Entonces, mira el pedazo del florido mundo, la cerca que se levanta más allá de su anhelo. Un lada azul, de cuando en cuando, se detiene a su lado y desde adentro de este una sonrisa deslumbra la mañana o la tarde.

Los alumnos comentan; y quién sabe si hay algo de cierto en lo que dicen, porque la tersa piel de Magnolia es como un fruto nacido de planta bien abonada y, además, viste siempre con ropas que parecen traídas del más allá. Que si el lada azul se lo envió su padre desde La Habana; que si es hija del llamado Espíritu Santo; que si se lo envió un amante que la visita cada cierto tiempo… pero en fin, Magnolia va y viene aparentemente ajena a todo comentario. Qué le importa a ella la asombrosa magnitud del asta del baracutey.

Le molesta que la clase de Anatomía sea tan divertida para los demás y que las muchachitas, que luego gustosamente comentan las barbaridades del falo, se cubran apenadas el rostro delante del profesor cuando este les exige tocarlo una y otra vez con la mayor naturalidad del mundo. Cierto que ella también se ruboriza, pero hace todo el esfuerzo por cumplir su cometido. El profesor exige tocar y examinar cuántos órganos sean posibles. Y allí, en aquel hombre, menos las vísceras, está todo.

Cuando llegó el 25 de junio el profesor Leopoldo Yanes comenzó a llamar a sus alumnos para examinar:

"Rosalía, describa usted todo cuanto vea. Pero toque, toque usted, Rosalía; eso es como tocar una rama. Toque todo, todo; desde la frente hasta el metatarso".

"Usted, Arcadio, dígame para qué sirve el corazón, señale en el otro modelo dónde se encuentra exactamente el corazón. Separe el occipital del resto de los huesos. Del baracutey no, ¿cómo podría hacerlo si está entero? Vuelva al modelo artificial, Arcadio. ¿Pero de qué se ríen ustedes? Después quien va reír seré yo. Muy bien. ¡Por fin, hijo de Dios!".

"Vamos, Elizabeth, toque usted". Y Elizabeth tocó con serenidad y describió correctamente las partes de los varios miembros que el profesor le indicó.

La mayoría ríe y se divierte, y Leopoldo Yanes dice que no hay motivo para reír. Que el médico tiene que estar preparado para tocar el organismo humano y hurgar en él todo cuanto necesite revisar. Insiste una y mil veces en ello, pero cada vez que envía a un estudiante timorato, o falsamente apocado, el alumnado en pleno comienza más que a reír a carcajear.

"¿Pero qué cosa distinta tiene este hombre de los que estamos aquí presentes?", dice esto con adusto rostro, pero la gente no para de reír. Poco a poco van pasando todos. Magnolia ha quedado de última, no porque el profesor haya querido ni por lo que comentan muchachos y muchachas, sino porque sus apellidos le acreditan el final de la lista: Zaldívar Yunquiala.

Primero esta describe el sistema digestivo y habla de la función de cada una de sus partes. Luego, a petición del profesor, diserta acerca del sistema nervioso central y posteriormente habla en torno a los órganos reproductores de ambos sexos; y el profesor le pide que señale cada una de las partes del pene: "Toque usted, Magnolia, todo cuanto toque no son más que átomos y moléculas, y células estructuradas de diversas formas que un día volverán al polvo, al tiempo y a la nada. Todo es nada, Magnolia; todo cuanto toque no son más que partículas que mientras tengan vida y enfermen tendremos que curar. Toque usted, las insignificantes partículas del universo adonde todos iremos a parar; adonde regresaremos alguna vez hechos tierra y polvo y sueños desnudos; diseminados en el infinito vacío del todo y de la nada; en las cónicas honduras donde desaparece el gran espacio, la belleza y el beso. Su propia y casi increíble beldad, Magnolia, alumna mía, es cumbre de perfección y sueño de grandes pensamientos artísticos; pero es a la vez sin dueño; y el olvido, la alegría de las flores, del horizonte y la desesperanza y aun la evanescente frescura de la metáfora de un adiós. Todo cuanto hay en ese cuerpo irá, como todo, a los ríos sin agua y al canto de las eternidades".

Y Magnolia va lela hacia el hombre caído en la bruma y toca a manos llenas, y describe y llora a cántaros sobre su cuerpo, mientras lo abraza como a un pedazo de su alma que allí tendido vuelve poco a poco a la tierra y a la memoria de la nada.

Magnolia tiembla como una inocente y engañada campesina de lejanos pretéritos y su piel de pura cáscara de níspero maduro parece ahora una canción de arrebolados atardeceres. Su pelo de largas y enrevesadas noches cae sobre los pectorales del baracutey que, ¡ay!, no sabrá nunca qué mágica espuma empapó su sueño sin retorno, qué grandes y pardos ojos entonaron una triste canción sobre su boca. Qué labios de sincrética tarde caribeña derramaron sobre sus pómulos los continuados besos de un alba azul.

Es que Magnolia llueve sobre las muertas ansias del gigante; y sus larguísimos párpados abanican las mejillas sin crepúsculos ni fuego del hombre-asfalto, del hombre-hielo y humo y espuma y guijarro que ya no pertenece al mundo de los vivos. Pero por Dios, este no sabrá nunca que, en su eterno y onírico espacio, la más tierna criatura de los hondos soles derramó todo su encanto sobre la hierática soledad de su cara.

Magnolia cruza las cenizas y se adentra en el territorio del silencio. Nada la hace volver la mirada al tiempo huido. Ella ha entrado en no se sabe dónde, y los florecidos brotes de su piel borran para siempre, allá dentro, las evanescentes vanidades.

Magnolia no se levanta y hay silencio en el aula. Cabizbajos unos, asombrados otros, miran al profesor que poco a poco la separa del cuerpo disecado y deposita sobre los pómulos de ella un tierno beso, cuyo mínimo brote nadie parece percibir, pero que sella, sin embargo, un secreto de amor y de paz.

Este cuento, "Magnolia en la eternidad", pertenece al libro *Bolosos de oro,* publicado en Santiago de Cuba, por Ediciones Santiago, en 2005.

Néstor Leliebre Camué (1948). Nació en Santiago de Cuba. Trabajó como profesor de Enseñanza Media durante 20 años. Actual escritor independiente. Perteneció al Taller Literario José María Heredia, de Santiago de Cuba, y fue cofundador de la asociación literaria independiente El Grupo, junto a otros escritores santiagueros. Su desempeño literario ha sido consistente en diversos géneros, en los cuales ha obtenido premios en Cuba y EE.UU.: Poesía, literatura para niños, cuentos, ensayos, crítica literaria. Tiene una profusa obra inédita que incluye novelas. Ha publicado los poemarios: *Poemas* (1976), *Los dominios* (1987), *Una canción que se levanta* (1990), premio del Concurso Nacional de Poesía José María Heredia; *Lluvia del alba* (2000), *Sonetos de las criaturas* (2005); y un libro de cuentos: *Bolosos de oro* (2003). Aparece en diversas antologías poéticas dentro y fuera del país. Ha publicado en distintas revistas de Cuba, España, México, Francia y Estados Unidos.

UN PEDACITO DE CIELO

por Roberto Leliebre

Yo me imagino que es mío
un pedacito de cielo.
(Bolero de) Frank Domínguez

Cuando me miro en tus ojos/ y allí descubro tu anhelo/ yo me imagino que es mío/ un pedacito de cielo.../ Las sencillas letras del bolero, de una ingenuidad adolescente, llegaron al entendimiento de Pierre Combin en el mismo momento en que descubrió la altiva figura de una joven negra al otro lado de la avenida de Las Américas. Meses después, cuando escuchara la canción reiteradamente en el sosiego volcánico de su estudio en Québec, mientras trataba de convertir en cuadros los múltiples bocetos garabateados, no podría discernir si fue al encuentro de ella por un impulso voluntario o atraído por el magnetismo de su personalidad, que aun a distancia lo habría alcanzado como un fatalismo, ¿o fueron ambas fuerzas sumadas a la atmósfera irrepetible de la canción? Lo cierto es que pagó la cerveza que dejó a medias, le ofreció al cantinero un precio irresistible por el casete que contenía la canción y se lanzó a cruzar la avenida como si emprendiera una travesía a nado.

Lo primero que distinguió de ella, o lo primero que puso en sus testículos un corrientazo benigno, fueron aquellas piernas oscuras tan bien plantadas sobre la acera de la esquina, separadas con cierto desenfado como las negras manecillas de su reloj que marcaban las 5:35 de la tarde estival santiaguera. Las sandalias de cuero crudo trepaban como lianas hasta la mitad de las pantorrillas, donde se iniciaba la mutua aproximación ascendente que iría a concretarse allí donde... Nada, que esas piernas —en pose invertida— con los matices que había concebido en un boceto mental, darían la horca de ébano vivo en cuya axila debía reposar, abatida, la cabeza de un hombre blanco con una expresión... Bueno, ahí pondría en juego todo su oficio para que cada observador recibiera *su* expresión, aunque en ello influiría la circunstancia de fondo: ¿Una playa con palmeras?; ¿una habitación de hotel, lujosa e impersonal?; ¿una buhardilla de barrio pobre decorada con motivos de religión africana y anuncios comerciales?; ¿o todo ello imbricado?; ¿o nada? En fin, se dijo, lo que convenga saldrá solo de la paleta. En su momento. Ahora, mejor emprender el acercamiento.

Sabía que el recurso de la *Polaroid* para la foto instantánea no falla en estos casos; un método muy simple y da paso a una situación rica que asimila eficaz tanteo de arrimo y también distancia cautelar.

—*Pardon, mademoiselle.* ¿Me permite la fotó?

A primera vista no le parecía una joven vulgar, de esas...Ah, ¿cómo las llamó aquel guía espontáneo allá en La Habana?

—Jinetera, *mesié*.

—Pero es la misma prostituta. ¿No?

—No exactamente, *mesié*.

—¿Y cuál es la diferencia?

—*Pardon, mademoiselle.* ¿Me permite la *fotó?*

La joven le hizo ver que había entendido después que Pierre subrayó la petición con ademanes exagerados, pero no correspondió con la esperada sonrisa blanca de las caribeñas negras; movió la cabeza de un hombro a otro sin girar el cuello, con un aura casi ausente en el rostro anguloso, para Pierre aquello significaba que le regalaba la iniciativa sin atenerse a compromiso alguno. Y eso ya era algo, la chica no parecía de esas...

—Jinetera, *mesié.*

—¿Y cuál es la diferencia?

—La prostituta se vende a cualquier cliente como simple mercancía; la jinetera se da solo al extranjero y ello como paso inevitable para amasar sueños que no puede concebir con un nacional. Difícil de entender, pero es así.

Mientras la colimaba apreció mejor su rostro, auténticamente bello y sin esa suavidad postiza de afiche turístico. La expresión, más bien dura, sin llegar a ser hosca, la mantuvo, inalterable como una talla de ébano, al darle una suave negativa cuando él le ofreció la instantánea en colores. Insistió, pero ella apenas la miró de soslayo.

—No, gracias. Es suya.

Fallar con su mejor recurso lo sumió en la incoherencia hasta que apeló al más convencional de todos.

—Calor en esta ciudad, ¿verdad?

—Sí, algo.

—Entonces, ¿tomamos un refresco y platicamos un poco?

—No, no puedo.

—Cuando no se quiere, no se quiere, pero cuando no se puede es porque hay alguna causa que pudiera tener solución.

—No creo que la tenga.

—¿Tan difícil es?

—Según como se mire.

—¿Y cómo debo mirarla yo?

Ella movió la cabeza de un lado a otro sin girar el cuello.

—Es que... espero a mi novio. Ya debía estar aquí.

Pierre sintió que le faltaba tierra bajo los pies, pero se repuso enseguida.

—Pero yo solo la he invitado a un refresco. ¿Sería eso tan comprometedor?

La joven le miró de frente por primera vez: marrona mirada de cernícalo y polluela en un mismo golpe de pupilas. Intención indescifrable para Pierre.

—En este país, *mesié,* no somos tan desprejuiciados como en su Francia o su Canadá. Aquí lo que "parece", para la opinión ajena ya "es", y detrás vienen las consecuencias.

—Sin embargo...

—Sin embargo, aunque a una no le guste, tiene que acogerse al medio o convertirse en oveja negra. Y yo ya soy bien negra sin ser precisamente oveja.

Pierre sonrió sorprendido, rechazado y feliz en la misma molécula de apremio. Buen cazador, comprendió que era muy difícil acertar a un blanco móvil con el primer disparo; le gustaba el reto de las presas difíciles, pero no, este encuentro no daba para más y lo sensato era inducir uno próximo. Extrajo su tarjeta de presentación y anotó al dorso su hotel y habitación, pero se quedó con ella entre los dedos cuando levantó la vista, pues había junto a la muchacha una mole carmelita: el mulato había caído del cielo, pero de un cielo bien grande porque aquel gigante sepia no cabía en "un pedacito de cielo" como el de la canción que tenía en el bolsillo.

Volvió a faltarle tierra bajo los pies, pero se repuso una vez más y hasta logró fingir naturalidad.

—No me lo tienes que decir: él es tu novio.

—Sí. Mi amor, él es un amigo...

—Mucho gusto, Pierre Combin.

El mulato le dejó la mano desamparada unos instantes, después la envolvió fríamente en una de sus manazas y masculló algo que lo mismo podía ser "El gusto es mío" que "No me jodas, cabrón; recelaba como un caballo condenado a muerte y lejos de ocultarlo exhibía un disgusto nervioso.

Pierre reaccionó, al ver que estaba en ridículo con su tarjeta encasquillada.

—Sabes, amigo, yo soy pintor, y también fotógrafo, justo ahora le iba a dar mi tarjeta a tu novia pues ella me ha interesado como modelo y... —El mulato encandiló sus ojos color naranja—. Bueno, es un trabajo como otro cualquiera. Y además, se paga bien.

El mulato suavizó la expresión y Pierre arreció el ataque.

—Si queréis más detalles, pues platicamos sobre el asunto y de paso tomamos algo para refrescar.

La joven insinuó un gesto de entusiasmo, pero el mulato la tocó con el codo sin mayor disimulo y habló por los dos.

—No, gracias. Otro día, si es posible. Hoy celebramos algo muy nuestro y estamos más bien para divertirnos un poco.

—En ese caso, no hay más que hablar. Ha sido un placer.

—*Orvuá, mesié* —dijo ella moviendo los dedos en alto como si tocara un piano invisible.

—Hasta la vista —dijo Pierre y movió la mano ante sí como quién corre una cortina.

Comenzó a alejarse despacio, arrastrando la pierna izquierda, repentinamente tullida, algo que le había ocurrido en una ocasión ya lejana cuando, siendo un oscuro pintor, le fue escamoteado el premio en un concurso para otorgárselo a otro artista de algún renombre; el mejor cuadro fue el suyo, pero tuvo que conformarse con los elogios. Y salió de la premiación y anduvo como un auténtico tullido hasta que se emborrachó con otros pintores jóvenes.

"Esta pierna", se dijo ahora y pensó de nuevo en las piernas oscuras que iban quedando atrás. Se volvió, ellos más que hablar, discutían. Decidió jugarse una última carta y se acercó otra vez con la *Polaroid* en posición.

—Quiero llevarme un recuerdo de ustedes —dijo— y de paso les dejo un regalo por lo que estén celebrando hoy.

Ellos posaron con algún recato y Pierre hizo dos fotos colimándola a ella, le extendió una al mulato y este la observó enternecido, después suspiró.

—Oiga, *mesié,* yo no he tenido intención de hacerle un desaire. Lo digo por lo de la invitación y eso.

—No tiene importancia.

—Sí que la tiene, sabe; uno se acostumbra a sacarle el cuerpo a los extranjeros, pero más por lo que pueda pensar la gente. Y por la policía que es un azote. Y claro, se pierden buenos amigos. Difícil de entender, pero es así.

—Entiendo perfectamente. Me gusta que seáis sinceros y más me gustaría que empezarais a echar esa "costumbre" con la amistad que les ofrezco sin otro interés que seguir sumando amigos en todo el mundo.

Les propuso celebrar lo que fuera (¿Un aniversario de noviazgo? ¡Qué bien!) en el restaurante de su hotel, pero el mulato se opuso de plano, alegando que, en los hoteles de turismo, desde el portero hasta el gerente trabajan para la policía: —Te fichan de solo mirarte, *nagüe* —dijo de modo convincente. Y acordaron encontrarse una hora más tarde en el paladar Las Palmas, situado en la periferia norte de la ciudad.

Cuando Pierre llegó, ya la pareja estaba allí; ella le daba vueltas entre los dedos a un vaso de cerveza y él contemplaba un trago de añejo Matusalén. El restaurante era pequeño, casi doméstico, pero confortable como los del Estado y hasta más acogedor. —Se respira eficacia —comentó Pierre junto al oído del mulato. —Y discreción a prueba de balas —dijo el dueño que había captado al vuelo el comentario. A Pierre no le interesaba la cena como tal y tuvo a bien dejarles la iniciativa del pedido a ellos que eran los homenajeados. Pidieron langostas.

El mulato engullía langostas como si en ello le fuera la vida, cuando notó que Pierre lo observaba con interés se excusó con seriedad: —¿Sabe lo que pasa, *mesié?* Es que tengo casi treinta años y nunca había visto una langosta en persona. —Pierre sonrió comprensivo después que descifró aquel sarcasmo sin destinatario visible. —Imagínese, después de tanto verlas en revistas, probarlas es algo así como darle la mano a Michael Jackson. —Pierre sonrió abiertamente como un caribeño, el mulato se dio un trago de añejo y se impulsó aún más: —Lo del añejo es distinto, uno lo ve a menudo de cerca, pero sabe que es inalcanzable para un cubanito corriente como yo. Así que darme un trago de añejo

Matusalén, es algo así como tocar un pedacito de cielo. —Pierre soltó una carcajada y acto seguido ordenó una botella de añejo que el mulato se fue tragando gustoso y parlanchín, luego recostó la cabeza en el espaldar del asiento y empezó a roncar. El pintor lo observó con una tristeza divertida y se volvió hacia la muchacha.

—Buena tarea te espera. Digo, con él así.

Ella movió la cabeza de un hombro a otro; ese gesto suyo que ya él adoraba.

—No es la primera vez.

—¿Y mientras?

—¿Mientras duerme? —le fijó con una mirada hermoseada de alcohol y malicia. —Podemos trabajar.

—*Travailler?*

—Esta tarde, cuando me hiciste la foto, dijiste que yo te interesaba como modelo.

—Lo dije sinceramente.

—También dijiste que eso se paga bien.

Pierre se relaja en el asiento, contempla las oscuras piernas estiradas que la presencia despierta del mulato no le había permitido mirar con detenimiento y acuden a su mente nuevos bocetos: dos arroyuelos de nafta que convergen en un delta misterioso donde yace, ebrio de lujuria, un hombre como él mismo; dos raíces nocturnas que parten irresponsables de un mismo tronco de fuego y buscan, como incendiados tentáculos, el sexo de ese hombre.

—¿Cómo te llamas?

—Renata.

—Hasta tu nombre —susurra y vuelve a extasiarse en las piernas, ahora recogidas, en las que la piel brilla como betunada entre el leve vello virgen que la cubre, sacude la cabeza enérgicamente y espanta la repentina tentación de poner los labios en aquella superficie para probar... ¿un pedacito de cielo?

Salió del restaurante y se dirigió al auto, siempre trae consigo alguna cámara e instrumentos de dibujo. —Que no sabe uno cuándo va aparecer la próxima creación —dice bajito para descartar ante sí toda sospecha de premeditación; después llamó al dueño y pidió una habitación bien iluminada.

Le alquilaron una que estaba solitaria en la azotea como un mirador, era amplia y tenía luces en varios tonos y colores. Cuando estuvieron a solas, Pierre sacó a Renata tomada por la cintura que era un breve anillo de bronce ahumado, a cuya órbita se integraron espontáneamente los suaves senos brunos como dos planetas en afán de dominar la Tierra... ¿Otro boceto? Recorrieron el entorno circundado por las copas oscuras de los árboles, miraron la noche recostados a la baranda, se besaron frente a las estrellas. En silencio. Después entraron.

Cuando volvieron al comedor el mulato dormía aún, ahora con la cabeza apoyada en los antebrazos; ella empezó a zarandearlo, mientras

Pierre se entendía de precios con el dueño, después lo arrastró hasta el auto como pudo.

Apenas hablaban durante el regreso y Pierre optó por colocar en la reproductora el casete que había comprado en la tarde, /...*y decimos tantas cosas/ sin pronunciar palabras/*. Se miraron de reojo. /*Y al sentir esas caricias/ de tu boca con mi pelo/ ya estoy seguro que es mío/ un pedacito de cielo.*

Y descendieron suavemente de Altos de Quintero, con todo Santiago asido en la mirada y abrigados por la voz untuosa de Lucho Gatica y por los ronquidos del mulato que coceaba a ratos en el asiento trasero como un caballo herido. Renata apenas salió de su mutismo para indicarle a Pierre que detuviera el auto frente al Hospital Materno, miró al mulato un instante y luego besó a Pierre con toda la boca. —*Orvuá*, cariño. —Después abrió la puerta trasera y empezó a tirar del mulato mientras lo instaba con frases breves. Pierre hizo ademán de acudir en su ayuda, pero ella lo detuvo. —No te molestes. Te dije que estoy acostumbrada.

Tan pronto el mulato estuvo de pie sobre la acera, Pierre echó a andar el auto para no ver la escena inminente, pues se bamboleaba con toda su corpulencia mientras ella se afanaba. Cuando el auto se perdió de vista y el ruido del motor no era más que un rumor en la alta noche, el mulato recobró el equilibrio, tomó a la muchacha por los hombros y la situó cara a cara.

—Dime. ¿Cuánto le sacaste?

—Oye, aguanta un poco que ese hombre puede volver.

—Volver a qué. Ese ya debe estar duchándose en su cinco-estrellas. ¿Cuánto te dio?

Hizo la pregunta al tiempo que tiraba la mano hacia la cartera que pendía de un hombro de la joven, pero ella la apartó y acercó más el rostro.

—Adivina.

—No sé…Te habrá toca'o bien; ese tipo se ve que tiene plata de verdad, fíjate que no me puso freno con la comezón y la tomadera. Tampoco regateó ni un quilo cuando pagó la cuenta, y eso que el Narra le metió el cuchillo hasta Hong-Kong. Acuérdame recoger temprano la comisión de nosotros, que el narra es resbaloso. Dime, chica ¿cuánto soltó el *mesié*?

—Adivina.

—Bueno… Cincuenta.

—Frío, frío.

—Setenta.

—Frío, frío.

—Oye, no puedo más. ¿Cuánto?

—Doscientos.

El mulato soltó una palabrota acompañada de una cajetilla manual que sonó en la noche como un disparo sin eco, acto seguido cargó a la muchacha por las caderas y empezó a dar vueltas como un carrusel, mientras ella emitía chillidos de falso terror.

Cuando agotó la euforia, tomó el rostro de la joven entre sus grandes manos y la besó en la nariz.

—Oye, ¿qué trabajito especial le hiciste al *mesié?*

—Nada del otro mundo. Salvo que posé para sus fotos y dibujos.

El mulato chasqueó dos dedos como quien dice "eureka".

—Ah, ya. El muy cabrón está en la pornografía. Eso deja un montón y por eso mismo suelta los fulas tan fácilmente.

—No me parece que haya cochinada en lo que hace. Y se ve que es un hombre decente. A los tipos de la porno se les conoce por el simple olor.

—Ese marrano te engañó y tienes ganas de defenderlo.

—Te digo que no había nada de eso. Al contrario, eran fotos y dibujos feísimos. Mira, en una de esas me hizo poner la cabeza para abajo y las piernas apuntando al techo, puso la cámara con automático y entonces colocó su cabeza entre mis piernas, y nada más hasta que la cámara disparó sola. Le pedí que me la enseñara por curiosidad y lo que sentí fue vergüenza, aquello inspiraba cualquier cosa, menos relajo. Más bien era algo así... No sé.

—¿Y no hizo nada de "aquello"?

—Oye, hoy estás más preguntón que nunca.

—Y tú, resbalosa como nunca, por eso tengo que preguntar. ¿Hizo o no hizo?

—Sí... una sola vez, de pie y los dos con ropa. Cuando me hizo desnudar fue para los dibujos y eso.

—Raro el tipo, coño. Pero lo importante está en que es una mina de fulas y hay que seguirle la pista, no vaya a caer en otras manos. Mañana vamos a su hotel.

—Él no dijo por lo claro que quisiera verme de nuevo.

—Eso no importa, yo iré a disculparme por lo de la borrachera de hoy, lo más probable es que coja otra, entonces va y él se embulla otra vez contigo y hasta se atreve a hacerlo sin ropas y te vuelve a tocar con doscientos más.

—Cuando me dio dinero, dijo que era por mi trabajo como modelo; que "lo otro", lo consideraba un acto de amor.

El mulato suelta una risotada y hace varias cajetillas con una mano cerrada y otra abierta.

—¡Coño! Por fin me cuentas algo gracioso. "Un acto de amor", eso quiere decir que fingiste a la perfección.

La muchacha hace un gesto de disgusto, muy leve, pero al mulato no se le escapa.

—A menos que te hayas enamorado a primera vista de ese oso polar.

—Estás insoportable.

—Insoportable es el jinete ese: "Un acto de amor". Le faltó pedirte de rodillas que te fueras con él para Canadá.

La joven se impuso silencio; lo consiguió solo por unos instantes porque fue más fuerte el deseo de decir lo que traía en la punta de la lengua.

—No me lo pidió de rodillas, ni siquiera directamente, pero preguntó si me gustaría.

—¿Qué le dijiste?

—Lo que se dice en estos casos.

—¿Qué?

—Que lo pensaría.

—¿Y qué estás pensando?

Ella movió la cabeza de un lado a otro sin girar el cuello.

—De momento nada. Ay, pero sería... No sé, como tocar un pedacito de cielo.

Este cuento, "Un pedacito de cielo", está publicado en la revista *Del Caribe*, Santiago de Cuba, No. 54 de 2010. También se publicó digitalmente por *Freeditorial* en 2016.

Roberto Leliebre (Santiago de Cuba, 1953). Licenciado en Derecho por la Universidad de Oriente, Cuba. Tiene publicados los libros de cuento: *Garrafón y otros cuentos,* Ediciones Caserón (1988); *Juegos prohibidos,* Editorial Oriente (1992) y Colección Pinos Nuevos (1994); *Entre dos luces,* Editorial Oriente (1997); *Juegos consentidos,* Ediciones Santiago (2002). Además, los ensayos *José Ángel Buesa contra el tiempo y el olvido,* Ediciones Santiago (2005), con el que obtuvo Premio Ensayo en el concurso nacional José María Heredia, en el año 2000; y *Buesa de lejos y de cerca,* Ediciones Caserón (2013). Y la novela *El zafiro gris,* Ediciones Caserón (2008). Obtuvo el Segundo Premio en el concurso Cuentos de Monegros (España), en el 2013. Fue miembro del Taller Literario José María Heredia y de la agrupación literaria independiente El Grupo. Es miembro de la Unión de Escritores y Artistas de Cuba. Jubilado actualmente. Hasta el 2016 fue asesor jurídico del Comité Provincial (UNEAC) en Santiago de Cuba.

LA FRACTURA DEL ESPEJO

por Ismael Sambra

Todo, todo sin excepción de nada, se podía ver. Y yo la veía apostado tras los adoquines, ocultándome lo mejor posible, temeroso siempre de que me viera. La veía.

Yo sé que de saber que la estaban mirando, no se hubiera puesto a hacer esas cosas frente al espejo, que yo ignoraba que una mujer fuera capaz de hacer encerrada en su cuarto.

Ramiro me hablaba de Cristina, y yo, cada día más motivado, no dejaba de prestarle atención, de disfrutar con todo lo que de ella me contaba. Así se me fue creando este sentimiento, esta fiebre sexual. Tenía que abandonar con disimulo la conversación para ir al baño o a cualquier rincón donde nadie me interrumpiera, para poder desahogarme, para poder reventarme hasta morir.

Cada vez yo veía que se me hinchaba más. Por eso no quería que mi padre me viera desnudo. Por eso dejé de bañarme en el patio con el agua del barril. "Vamos a bañarnos, muchachos". Desde chiquito teníamos esa costumbre y me gustaba el agua fría bajo el sol y me asombraban los güevos grandes de papá. "Ya te crecerán cuando llegues a hombre".

Así pasaron días y yo notaba, aún sin comprender la causa, que había bajado mucho de peso y que mi cara era pálida y ojerosa. Por las noches aumentaba mi delirio, y, aunque trataba de no pensar en ella, me llegaba su imagen y la veía viva entrando a mi cuarto con un vestido de seda transparente como en las películas. La veía viva tal y como la retrataba Ramiro. Entonces, a mi pesar, sentía otra vez la cosquilla que me bajaba desde el ombligo, esa hambre que se me alojaba en el mismo centro de la cabezota amoratada, lastimada, adolorida.

Yo no sabía qué hacer, pues la cama sonaba mucho por los alambres flojos del bastidor y temía que mamá los oyera crujir cuando necesitaba apurar los movimientos de mi mano en ese bendito instante final. Por eso a veces prefería levantarme con mi miedo a la oscuridad, para ir al patio y poder hacer todo el ruido que me diera la gana, para poder gemir como un gato enamorado: "Así, Cristina, tómala, mi vida, mi amor", porque era mi gusto, porque me sabía mejor, porque me gustaba más, porque de lo contrario tendría que quedarme en la cama demasiado quieto, demasiado temeroso de hacer rechinar los alambres del bastidor y de que mi mamá los oyera y se imaginara lo que yo no quería que se imaginara y descubriera entonces la causa de mi delgadez.

Yo era culpable. Me echaba a nadar sin orillas en el oleaje de la imaginación, en mi tortura de aguas turbulentas y sublimes, con la simple idea de encontrarme con Cristina, encerrados ella y yo solos, vencida, pidiéndome más, y pasarle las manos por el cuerpo duro, por sus piernas duras, por sus muslos blancos y duros, y darle de besos, arriba y abajo, de todos los colores, desde la boca hasta los pies, recorriendo sus líneas hasta tropezar como al descuido con su pubis, con su "monte de Venus", como dice Ramiro, como diosa al fin que es, rendido en la espesura de su monte, y dejarme deslizar mucho más, perdido como un animal entre sus ramas, hasta el precipicio de sus labios olorosos y húmedos. De solo pensar en esto me estremecía como con frío, como con rabia, con el miedo y los deseos mezclados en la oscuridad, frente a la noche y al cielo profundo de mi agonía.

Pero era imposible. Era una cima inalcanzable, no solo por ese aire de reina que siempre llevaba, sin mirar a nadie, como dueña del cielo y la tierra, sino también por sus años. Por eso, como lo sabía imposible, me levantaba, bien tempranito, para verla, arriba en el balcón, envuelta aún en su bata de dormir, para descubrir, al menos, alguna apertura de su laberinto, alguna luz que me indicara el camino de sus piernas perfectas. Todo en ella era ceremonial y perfecto, hasta con el cepillo de dientes, hasta cuando doblaba el cuerpo fuera de la baranda para escupir el chorro blanco y espumoso de pasta dental, que brotaba como merengue, como catarata azucarada, jugosa, de sus labios azucarados y jugosos.

Tenía realmente que contenerme para no correr y pararme debajo y dejarme caer todo el espumarajo, copioso sobre la cara. Así me pasaba los minutos hasta que cerraba otra vez su ventana moviendo su cuerpo como un humo escapando a la irrealidad. Y yo me quedaba allí unos minutos más hasta que mamá me llamaba para el desayuno y luego tener que salir para la escuela donde no tenía otra cosa para aprender que no fuera el sabor de su cuerpo, el aroma de su desnudez, multiplicando y sumando sus curvas con los latidos acelerados de mi corazón y los impulsos de mi mano bajo el pupitre, bajo las miradas incrédulas, y mi cuerpo convulsionado en la cima de los libros abiertos, en su ecuación final. ¡Ah, mi reina, mi Cristina, mi diosa de la eternidad!

La noche anterior, no pude apartar ni un instante su imagen de mi cabeza y no pude pegar ni un ojo, por eso no dejaron de chirriar los alambres del bastidor, porque era mucha mi desesperación, y mucho más mi miedo. Mamá seguro que los sintió, pero cada vez me importaba menos, porque yo también a veces la sentía gemir en su cuarto cuando papá la tocaba. Yo oía cuando le decía bajito: "Espera a que se duerman los muchachos". Ellos no sabían que había noches en que yo no podía dormir y lo descubría todo.

Mi desespero me llevaba a la locura. Todo se amotinaba en las antiguas fiebres y en las fiebres nuevas de cada día. Me consumían. Mi muerte era inevitable y quedé convencido de que debía poseerla de cualquier manera, bajo cualquier riesgo. Pensé en brebajes, en drogas, en matarla para tenerla fácil y rendida. Me enloquecía su perfume, su pelo, sus ojos, su ternura. Pensé que sería un cobarde si no lo intentaba y subí hasta su balcón, decidido, a como fuera y a lo que fuera, con el cuchillo bien afilado.

Esperé tras los adoquines, hasta que al fin la vi llegar. Fue noche cerrada o de pocas estrellas. No sé qué pasó, pero cuando vi que no llegaba me entró como un celo de que estuviera con otro, de que otro se la estuviera bebiendo sorbo a sorbo, saboreándola, robándole un poco cada noche su dulzura. Me entró como un miedo de que no fuera a regresar. Pero nadie le conocía marido. Siempre anduvo sola. Seria, callada y sola se le vio llegar, desde que entró sorpresivamente en nuestras vidas, en la barriada, con todos los misterios que anuncian la tragedia y dislocan los secretos del alma.

Entró. Yo podía haberme metido en su cuarto desde el principio, pero preferí esperar. Cuando estuvo frente al espejo se soltó el pelo. Se quitó la blusa. Sus senos quedaron al descubierto, furiosos, atrevidos. Eran de una blancura alarmante, pero temblaban. Sentí la misma cosquilla de siempre bajo el ombligo, sentí nuevamente todo lo que había siempre sentido, pero no pude hacer nada. ¿Cómo? ¿Ahora que la veo tan viva? Me desangraba, me desarmaba. Pero nada.

La vi moverse de un lado a otro, tambaleante, como herida, como modelando el gesto de un último adiós en su más agónica expresión. Esperé un instante más antes de saltar. Entonces, comenzó a quitarse los pantalones. Siempre usaba pantalones, y pude ver sus muslos, su cintura, sus nalgas voluptuosas, su pubis sublime, su monte salvaje frente al espejo. Desde mi agujero no se veía bien, no del todo bien, porque los ojos se me nublaban. Se acostó en la cama y estuvo largo tiempo sin moverse, sin taparse. Era tal como Ramiro decía, y yo que no lo quería creer; porque uno siempre está dudando de que sea cierta tanta realidad.

En esa paz que descubrí en su cuerpo, en ese gesto vencido que dibujó su rostro, fue que pude lograrlo, así, más abajo del ombligo, más abajo de mi cabezota morada y adolorida, en el mismo centro de su tronco erguido. Y mientras más sentía, más me desesperaba. ¡Ah! Qué felicidad, al fin, qué dicha tenerla así tan viva, tan rebosante, tan tibia. Quise más y quise tirármele encima. Había subido dispuesto a todo, sería definitivamente mía o de nadie; entonces, ¿para qué quedarme oculto donde mis ojos se apagan?

De pronto, la vi palidecer mientras se quitaba la venda. ¿Pero qué tiene, qué hace? Y enseguida se desmontó la pierna y la puso sobre la cama. ¡Imposible…! ¡Era una pierna de goma!

Quedé inmóvil, como electrizado. Me entró náuseas, deseos de morir. ¿Por qué así? Hasta las diosas tienen sus penas. Sufrí frente al espejo, ante la evidencia. Sufrí con ella el cambio de su cuerpo. Solo sé que caí y lloré mis fuerzas hasta el abandono. Fue cruel, fui cruel con mi soledad en su asqueroso laberinto. El cuchillo en mis manos… duro el tronco que no quería ceder, que quería llegar al final. Su cabezota amoratada y pulida. Me dieron deseos hasta de cortármela y sé que estuve a punto de hacerlo… Pero no supe más hasta que descendí temblando y descubrí la sangre, otra vez temblando, muerto de miedo, perdido para siempre en la oscuridad.

Agosto, 1969

Este cuento, "La fractura del espejo", pertenece al libro *Vivir lo soñado (Cuentos breves),* publicado por la editorial Betania, 2002. Esta foto fue tomada por Reid Harrison, editor de Ediciones LL —Libro Libre, en Canadá.

Ismael Sambra (Santiago de Cuba, 1947). Licenciado en Lengua y Literatura Hispanoamericana. Guionista y director de televisión. Junto a otros escritores santiagueros fundó en 1991 el Grupo Independiente de Escritores y Artistas Cubanos, conocido como El Grupo, así como su revista homónima. Ha publicado poesía, cuento, crítica, artículos y ensayos en boletines y revistas de Cuba y el extranjero. Ha recibido premios nacionales e internacionales. Su poemario *Hombre familiar o monólogo de las confesiones* fue finalista del Concurso Internacional Casa de las Américas en 1984, y mención única en el Concurso Nacional Heredia en 1986. Tiene publicado, entre otros, *Nuestro Pan* (poesía), *Las cinco plumas y la luz del sol* (cuento para niños),

Para no ser leído en recital (selección poética), *Hombre familiar o monólogo de las confesiones* (poesía), *The art of growing wings* (cuento para niños), *El único José Martí, principal opositor a Fidel Castro* (ensayo), *Los ángulos del silencio* (trilogía poética), *Vivir lo soñado* (cuentos breves), *Bajo lámparas festivas* (poesía), *Queridos amantes de la Libertad* (periodismo), *La couleur de la pluie* (relato para niños, edición bilingüe), *Cuentos de la prisión más grande del mundo* (relatos para adultos). Algunos de sus libros permanecen inéditos. Su novela-testimonio *Procesado en el paraíso* se encuentra en proceso de edición. Ha sido traducido al inglés, al portugués, al griego y al francés. Fundador del periódico trilingüe impreso y digital *Nueva Prensa Libre*. Es miembro de honor del PEN Club de Escritores de Canadá.

SACRIFICIO MATERNO

por Leo Silverio

No sé cómo lo entenderían mejor, si lo cuento yo o lo cuenta ella. Lo cierto es que viene a ser una de esas historias raras que uno no quiere que nadie la recuerde ni mucho menos que se la recuerden. Mi madre trabajaba en aquella casa palaciega, parecida a un castillo del medioevo con grandes jardines y me dijo que la señora le había pedido ayuda para desmontar algunas áreas del patio porque el que lo hacía se había marchado y la maleza cada vez cobraba más espacio. Acepté de inmediato para que mi madre ganara alguna simpatía con aquella señora con la que recién comenzaba a trabajar y porque necesitábamos el dinero para cubrir algunas necesidades, que eran muchas. Mi padre se había marchado como polizón para Miami y el vuelo fue a dar a Alemania, metido en el tren de aterrizaje del avión y con las bajas temperaturas a cuarenta mil pies de altura, llegó hecho un bloque de hielo parecido a los que se usan para hacer frío-frío, tan gélido estaba que ni nosotros ni sus familiares quisimos reclamar el cadáver. Mamá se hizo la fuerte, de hecho, lo era, aduciendo que ella le había advertido de esos peligros, pero recuerdo que dejó de tomar agua refrigerada de la nevera para siempre y que, por las noches, emitía unos gemidos de alguien que carga con una penitencia que le perfora el corazón sin piedad. Pero su congoja llegó más lejos, viene a mi memoria también, que me mandó a retirar, a los pocos días del deceso de papá, el letrerito que decía, *Se vende hielo y helado*, del frente de la casa; que en los momentos más críticos fue una fuente de ingreso. Mi madre me tenía a mí y yo por suerte la tenía a ella, así la desdicha y la desgracia entre dos se repartía a menos. Llegué una mañana de un lunes abrazado por el sol de un verano infernal, mi mamá me presentó y sin muchas celebraciones, más bien con un gesto duro en la cara de patrona a empleado, la señora me invitó al patio y me indicó lo que ella quería que hiciera. En un par de días, mi labor había terminado, la señora conforme, yo cansado como un esclavo de la colonia, mi madre contenta. ¡Todos felices! Pasaron seis meses, días menos, días más, cuando mi madre me dijo un domingo, día libre de las trabajadoras domésticas, que la señora quería verme de nuevo, me imaginé que sería para lo mismo, podar algunas plantas y arrancar las hierbas, por lo tanto, no le cuestioné nada a mi vieja y ese lunes, temprano, llegamos a la casa de la señora, quien de inmediato ordenó que me sirvieran desayuno y que luego pasara a la biblioteca para hablar con ella de la nueva encomienda. Y así fue, luego de desayunar me invitó a pasar a un despacho bellísimo, lleno de libros y de piezas de pinturas y esculturas, al parecer muy caras, con unos muebles, tan cómodos, que parecía que se tragaban a uno. Esta vez la señora se mostró medio nerviosa, fumaba y me dijo que, si quería uno, a lo que respondí que no, y ella repuso que eso estaba muy bien que no fumara, que dañaba los pulmones. La vi más agradable, parecía por el rostro, otra señora, otra persona, como si el cirujano plástico la hubiera atendido horas antes de nosotros llegar. Con unos ojos verdes de esos que acaban en el mar, pude notar que era una mujer como de unos cuarenta años, que siempre gozó de buena salud, pero que se había casado muy joven y que sufrió la competencia de algunas amantes, aunque había algo más que eso, estaba seguro, aunque no sabía qué. ¡Puras imaginerías mías para matar el tiempo! Me dijo que el trabajo que tenía que encomendarme era muy serio, extremadamente serio, y que, de no aceptar, porque no era obligatorio aceptar, que le guardara el secreto. Le respondí que contará conmigo para todo lo que fuese necesario, que yo no le tenía miedo a ninguna tarea por ardua que esta fuera, al decir esto, la señora me respondió, que no se trataba de un trabajo del cuerpo, más bien es del alma, afirmó, del espíritu, y estos trabajos sí que son complicados, tanto, que a veces no puede uno con ellos, joven. Entonces me contó, puesta de espalda con relación a mí, como si la espalda pudiera representarla mejor que su cara o como si la espalda fuera el lugar más digno para soportar las humillaciones y los castigos desde que la humanidad tiene el sentido de la razón, que tenía una hija, su única hija, tetrapléjica y como si fuera poco, una isquemia terminó de rematarla privándola de facultades tan vitales como la de la voz a muy temprana edad, cuando apenas balbuceaba palabras, hermosa como el universo, pero inmóvil e incapaz de cuestionar o disfrutar de las cosas de la vida, me decía con una voz entrecortada por los nervios y la vergüenza, quizás por una pena de quien arrastra unas cadenas con las que ya no puede más, ¡yo qué sé! Continuó su conversación, siempre de espalda, que necesitaron del apoyo de ambas familias, la suya y la de su marido, de la Iglesia, de la católica y hasta de la evangélica, de un curandero, del psicólogo y de todos los médicos a mano para mitigar tanto dolor, pero que nada pudo con la adicción por la botella de su marido que terminó un jueves feriado estrellándose contra un árbol, destrozándose él más que el automóvil, dejándola a ella enfrentada a tantas angustias al mismo tiempo y a un martirio agigantado. Ahora entendía todo lo del sufrimiento que en principio adiviné como trifulcas maritales por mantener su matrimonio a flote. Debo confesar que ante tal confesión yo no decía ni pío, me sentía entumecido de todas partes, sobre todo de la lengua. Hizo una pausa de unos minutos que más bien me pareció del tamaño de la Tierra, observó un cuadro que le quedaba enfrente de Pedro Conde —Condesito—, le pasó la mano por encima, más que buscando polvo, juntando palabras, luego se llevó las manos detrás y las frotó una contra la otra, y al vérselas detenidamente, pude leer su pensamiento, que era algo así, más o menos, ¿Cómo se lo digo? De repente, se volvió, con cierto alivio en sus ojos y me dijo directamente, ¿Cómo se lo digo? Lo que yo quiero es que usted haga el amor con mi hija... que... que... ¡que se acueste con ella! Me quedé sin aliento y con los ojos del tamaño de unos huevos de avestruz, si ella no hubiese retomado la conversación, juro que me hubiese asfixiado. Es que mi hija ya está en edad de relacionarse con un hombre, acaba de cumplir veintiuno, musitó con cierta complacencia, y yo quiero que ella viva esa experiencia de mujer, aunque sea esa, aunque sea una vez... Aquella mujer que a simple vista se veía tan fuerte, invencible, con carácter de temerle, parecía suplicar ahora. ¿Tanto sufrimiento merece alguna gratificación, no cree usted? Se me perdieron las palabras, yo que vivía buscando palabras extrañas para echarle vainas a mis amigos del liceo con palabritas domingueras, como solíamos llamarlas, no encontraba ni una, se lo pueden imaginar, ni una puta expresión para defenderme. Por suerte ella me ayudó. Sé que usted no se lo esperaba, entiendo su silencio, es más, me gusta su silencio... piénselo por unos días y dígale a su mamá cualquier cosa, que quedamos de tratar un trabajo y que usted me dirá después el precio, pero que lo vamos a hacer. ¡Ah, recuerde que usted prometió guardarme el secreto, usted sabe, me daría vergüenza que alguien más se enterara, pudieran pensar que me aprovecho de la fragilidad de mi hija! ¿Cómo que lo vamos a hacer?, pensé. Como si fuera tan fácil conocer a alguien que no se mueve ni habla y echársele encima, hacerle el amor y ya, págueme y nos vemos en la siguiente cogida, ni que viviéramos en los tiempos de Sodoma y Gomorra. ¿Y mis sentimientos? Y toda esa teoría de la moral y las buenas costumbres, ¿en qué saco las echábamos? ¿Y los de ella? Peor aún, ella no podía hablar ni moverse, por lo tanto, ¿cómo saber lo que quería? ¿No sería un abuso de su madre y después mío, propiciar una cosa que no nos habían pedido? Las preguntas no cesaban en mi cabeza, me perseguían hasta en la guagua atestada de pasajeros, ellas se hacían un rinconcito para estar cerca de mí y fastidiarme cualquier conversación sobre política o béisbol, de esas animadas y anónimas que se arman en el transporte público y que le dejan un sabor a triunfo momentáneo sobre antagonistas que no volverán a verse jamás. Al cabo de unos días volví con la señora, el mismo día, el lunes, en el mismo lugar, la biblioteca, en la misma posición ella, de espalda a mí, mirando el cuadro de Condesito y yo, tragado por el mueble. ¿Y bien joven, ya lo decidió? Le haría usted un gran favor a la nena y a mí, y de paso se ganaría una buena paga y la consideración mía para con su madre, ¿qué me dice? Lo haré, fue todo lo que pude expresar, con las manos metida entre las piernas y la vista enterrada en el suelo con la intensidad de quien busca en la paja un alfiler de oro. La señora se volteó y me dijo, Gracias, de verdad, usted no sabe lo agradecida que estoy, pero falta algo más, y es saber si mi hija está de acuerdo o no con nuestra decisión, recuerde que ella será la más afectada en todo esto, por lo tanto, tengo que estar segura que lo que estoy haciendo por ella resulte de su agrado y aceptación. Esa mañana había más luz en la habitación que la vez anterior y en una mesita un jarrón con flores recién cortadas, además, la señora se veía hermosa, con un vestido estilo sastre ajustado por un cinturón que le venía muy bien al cuerpo, destacándole lo bien hecha que estaba y resaltándole, por la presión del cinto, los pechos y las caderas. Llevaba un corte moderno de pelo y un maquillaje simple que daba cuenta de su elegancia innata. No sé por qué, pero supuse que esa parte del plan, que yo no conocía ni imaginaba, ni cuestioné a lo largo de todas mis preguntas en mi ir y venir por la ciudad al liceo, al colmado, a la esquina, a la cancha de baloncesto, al billar, sería clave en todo este embrollo en que empezaba a meterme quién sabe hasta qué profundidad. Y ahí volvían las fastidiosas preguntas, si esta mujer no hablaba ni se movía,

¿cómo saber lo que quería en un momento determinado?, ¿cómo saber si deseaba la leche más tibia o si, por el contrario, quería el jugo de naranja con menos azúcar? Entonces la señora me explicó, como si ella también adivinara el pensamiento, que había una vieja artimaña que la aprendió del cirujano de la chica que no fallaba nunca y que consistía en preguntarle o sugerirle una cosa o una situación y por la reacción de sus ojos, su única parte viva, conocer la respuesta. Si se le quedaban como mirando a la nada o al vacío, quería decir que no, y si se les llenaban de brillo y se les dilataban, querían expresar que sí. Ya conocía yo de estas historias, solo que por películas o en telenovelas muy viejas, era un truco barato y manoseado. ¡Sabrá Dios cuánto dinero le habrá quitado el médico por esa mentira del invento! Todo esto parecía un sueño, que más deseaba yo que esto fuera cuestión de una noche, unas horas, pero todo era realidad y yo ya me había comprometido con ella y sus personajes hermosos, macabros. De negarme, después de decir que sí, tal vez la señora echaba a mamá a la calle y volvíamos a pasar por las mismas penurias que hace meses pasamos, sin un pan duro para llevar a la boca, en cambio, mi sí nos trajo algunas ropas suyas y de su marido para mi madre y para mí, y las que nos sobraran, podíamos venderlas y hacer unos pesos para cubrir otras necesidades, más bien, deudas. Cuando se despidió, me dijo que la llamara doña Mercedes, y que volviera el viernes porque Irene, así se llamaba su hija, sufría de una ligera gripe, pero que ya para esa fecha sanaría o estaría más aliviada. En esos días anteriores al viernes, casi no salí a la calle para que los amigos no me fueran a decir que ¿qué me pasaba que me notaban tan raro?, que desembuchara las penas que así me sentiría mejor, lo mismo hacía en el liceo, llegaba justo a la hora de entrada y salía primero que todo el mundo para evitar conversaciones que me obligaran a delatarme. Llegó el viernes y me presenté en la casa de doña Mercedes, como lo habíamos acordado, era una tarde preciosa con esa luz mágica de la seis sobre el poniente que idiotiza a los que como yo sufrimos de nostalgia. Ella me recibió con un gesto de cierta esperanza, lo percibí en su voz acaramelada. Pase, por favor, me invitó. Yo, con mi timidez de pobre, no dije nada y la seguí. Entramos en una habitación blanca, más blanca que los huesos y las nubes, ricamente decorada con cuadros y cuántas bisuterías uno pueda suponer como osos de peluches de todos los tamaños, una colección de cajitas de música, todas las barbies que una chica se puede imaginar, después supe que eran originales y muy caras. Y allí, en medio de la habitación, como para dominar todo el espacio estaba Irene. Mercedes se acercó, la besó en la frente y le preguntó con el tono de quien le habla a un recién nacido, ¿Cómo te sientes hoy, cariño? Muy bien, se respondió así misma, y ella se contestó de nuevo, ¡Qué bien! Disfrutaba del mejor monologo que haya visto jamás. Me hizo seña con el brazo extendido y la mano en forma de abanico para que me acercara, ya al borde de la cama, habló una vez más, refiriéndose a Irene, mira, mi amor, él es... él es... interrumpo yo, yo soy Francisco, bueno... para mis amigos Francis y cómo vamos a ser buenos amigos, desde ahora llámame Francis. Pero la pobre muchacha ni se inmutó, ni siquiera movió los ojos. Era como alguien que está vivo por obligación o que le obligaran a vivir, esa fue la impresión que me dejó aquel panorama, hermoso... hermosamente muerto, porque Irene era una mujer muy linda, más que su madre, se veía arreglada y yo diría, no sé si por la ocasión, que hasta maquillada, pero muerta. Sentí todo el cuerpo frío semejante al que pega una carrera larga, no por lo que me esperaba, sino por la pena de aquella muchacha condenada en la cárcel de su cuerpo, existiendo sin estar viva, estando allí sin estar presente, ¡qué desgracia! Ya sé por qué los cuadros de naturaleza muerta son tristemente agradables, todo tan real, pero sin el pálpito mágico de la vida. Ahora le voy a preguntar, me despertó la señora, ¿Linda... linda tú quieres qué Francis sea tu novio? Mira que él te va a querer mucho y te va a hacer muy feliz, pero la chica no dijo nada, más bien, no movió los ojos, ni una chispa de luz asomó a esas esferas esmeraldas con sabor marino, como si no le interesara o no lo entendiera, yo pensé, eso fue todo y hubiese sido el final si a doña Mercedes no se le hubiese ocurrido otra de sus brillantes ideas. Me argumentó, parece que la niña no lo ha entendido bien, tendremos que darle un poco de tiempo y confianza para que sepa de qué se trata y si usted no tiene inconveniente yo le propongo que hagamos lo siguiente: ¡Venga, acérquese! No tuve tiempo de reaccionar o preguntar. Me cogió del brazo y me tiró junto a su cuerpo igual que un huracán sacude una palmera y comenzó a besarme con mordiscos y lengüetazos incluidos. Ahora sus manos, propias de los comerciales de Nívea, una de ellas me agarraba por la nuca como para que no escapara a la tentación y la otra, se desplazaba semejante a la serpiente maliciosa del paraíso por las entrepiernas de mi pantalón buscando afanosamente mi falo. Estaba como en trance, con todo el cuerpo acalambrado, con millones de hormigas recorriéndome la sangre, ya con la confianza de besarla después de superar el sabor de otro aliento, la mano que me sostenía la cabeza, ahora me agarraba una de las mías y me la llevaba a sus pechos y me la frotaba con cierta suavidad y firmeza a la vez, en segundos, esa misma mano, la derecha suya, agarró la que me quedaba libre y la depositó sobre sus nalgas, que al tocarlas, sentí que vibraban como la piel de una yegua cuando se le asienta una mosca y le provoca cosquilleo con sus patas. Como la pasión enloquece a quienes no conocen de ella, de eso no hay dudas, yo enloquecí porque era mi primera vez con una mujer. Me olvidé de donde estaba y quien miraba o supuestamente observaba la acción, la madre de Irene le había girado la cabeza en dirección al mueble que nos acogería como lecho. Nos desnudamos, no sé cómo ni en qué momento y nos tiramos en un sofá que quedaba enfrente de la cama de Irene, y nos revolcamos como dos animales en celos, después vino la calma y como si nada hubiera pasado, abotonándose el vestido a la altura de sus senos, ella me explicó que solo lo hacía por su hija, que el placer suyo, el de mujer con ganas de vivir, así lo sentí cuando me clavó las uñas en la espalda y experimentó ese suspiro último de gozo que se acerca a la muerte, estaba relegado a un segundo plano, más bien, era un sacrificio la batalla carnal de ese día. Cada vez se ponía más extraño todo esto, la señora se encaramó por todos los muros de la habitación susurrándome que no acabara nunca mientras hacíamos el amor y que le diera más, como si se tratara de una sociedad de beneficencia, yo me hice hombre en cuestión de un rato en el lugar menos indicado para ello, y todo por complacer a una mujer que no daba señales de vida ni con su mirada. Hubo un instante en la refriega amorosa en que quedé de frente a Irene y sobre Mercedes, la vi a lo más profundo del verdor de sus ojos y presentí que ni siquiera respiraba. Llegó un momento de tanta confianza o de tanta práctica, en que era yo quien tomaba la iniciativa de las caricias tocándole el culo o el cabello mientras ella, Mercedes, le recordaba a Irene, que yo, su novio, estaba ahí para visitarla y saber de ella. Después de los vanos comentarios de su madre y de yo fingir una mueca en forma de sonrisa y de saludarla con un beso en la frente y tocarle la mano por un rato, venía la revuelta nuestra, la de Mercedes y la mía, la de verdad, la de dos cuerpos que la respiración los ahogaba en los pasillos, la que no podía esperar ni un minuto más porque la pasión los atraía con más fuerza que la de dos imanes. Entonces, como bestias convertidas en gladiadores o viceversa, nos enfrascábamos cuerpo a cuerpo, gimiéndonos, babeándonos, mordisqueándonos, jadeándonos con la malicia juguetona de los enamorados que conocen cada palmo, cada rincón erógeno de la geografía humana del amado o la amada. Nuestras cajas corporales terminaban exhaustas y nuestras almas contentas de cumplir con la labor del día, por fin conocía las ventajas de ser altruista. Sin embargo, no había progreso aparente, nos acercamos más a los ojos de Irene, corrimos el sofá al lado de su cama, y nada. Una vez llegamos al colmo de hacerlo encima de su cama, y tampoco nada, ni siquiera un respiro fuera de lo común. Pero Mercedes decía que debíamos darle tiempo, entre tanto, ella sí cambió, comenzó a utilizar unos sujetadores más *sexies* y transparentes, ropa interior más provocativa y de colores llamativos, se recortó los bellos de la vagina para que pudiera penetrarla mejor, y el perfume lo usó ahora de manera más indiscreta por todos los caminos de su cuerpo. Mercedes se ha quitado algunos años de encima y parte de la pesadumbre con que la conocí aquel lunes infernal. No sé hasta cuándo durará el ensayo de esta obra, pero las cosas han mejorado, aunque mamá aún sigue atrás en la cocina y vagan por mis pensamientos aquellos ojos sin vida de Irene que van a parar al mar.

Este cuento, "Sacrificio materno", es inédito y reescrito especialmente para esta compilación.

Leo Silverio. Nació en República Dominicana. Cineasta, escritor, pedagogo y gestor cultural. Desde muy joven se sintió atraído por los libros y la literatura, y formó con los jóvenes de su vecindario el Grupo Literario Juan Sánchez Lamouth. Postgrado en guion, producción y realización de programas culturales y educativos de televisión en el Instituto Oficial de Radio y Televisión de España. Como cineasta fue el guionista y realizador del largometraje *Duarte, traición y gloria*, y del documental *Iván García… cuando el teatro se hizo hombre*. Como productor de televisión tiene a su haber una cantidad considerable de programas, cortos y mediometrajes documentales como *Caminos de sal; Arquitectura poética; Lorca, nunca vino a visitarme; Un siglo de cine…* Profesor universitario en varias academias dominicanas de altos estudios. Gerente de producción audiovisual en los canales 4, 37, 11 y 41. Tiene a su haber la publicación de varios cuentos ganadores de premios como "El síndrome de Heinz", primer lugar del Concurso de Cuentos Juan Bosch de la Fundación Global, Democracia y Desarrollo; tercer lugar en el Concurso Internacional de Cuentos de Casa de Teatro con el relato "Travesuras de muchachos"; y primer lugar, premio único, en el Concurso de Minificción, del Ministerio de Cultura, con el libro *Microrrelatos de lo absurdo*. Ha publicado como *e-book* en Amazon.com la novela *Nostalgias de las hermanas felices*. *El Cafetín del Iraní* es su más reciente novela en esta modalidad de libro electrónico.

SUÉTER VERDE, FALDA PLISADA

por Gerardo Cárdenas

En el calor y la modorra de la tarde, no reparé inmediatamente en su presencia. Trataba de leer el periódico, pero entre el movimiento del vagón y la somnolencia me costaba trabajo mantener los ojos abiertos. Era esa rara hora de la media tarde, pasada ya la salida de los colegios y antes de que las oficinas vomitaran sus enjambres hacia la calle, en que se puede encontrar algún asiento vacío en el metro.

Reparé en ella cuando un repentino frenazo me espabiló. Era exactamente igual a cualquier mujer en cualquier vagón del metro de cualquier ciudad del mundo, con un hijo pequeño fuertemente agarrado de la mano, y otro más grande a su lado como un aburrido escudero. Pero algo me hizo mirarla con más detenimiento. Al notar las pecas en su rostro y el cabello de un tono tan claro que parecía casi rubio, y en el cual pintaban ya las canas, el recuerdo se agitó en mi mente. Podía ser ella y no serlo, difícil dilucidarlo cuando todas las veces que la vi era como una fotografía: siempre la misma falda gris plisada por encima de las rodillas, el suéter verde con el último botón desabrochado, la camisa blanca, la mochila llena de libros y útiles, el claro cabello recogido en una coleta y el rostro limpio de maquillaje. El cabello y las pecas, casi sin lugar a dudas, eran los mismos. Apenas recordaba su estatura; era quizá la misma que la mía, tal vez algo más baja, aunque en ese entonces tendríamos 13 o 14 años; yo crecí más, ella seguramente también lo hizo. Su cuerpo era ahora el de una mujer cuarentona que ha tenido hijos: las caderas anchas, el vientre un poco abultado y descuidado, los senos en declive; en el fondo nada distinto del mío, que mostraba estragos similares causados por el tiempo.

Supongo que la observaba con intensidad porque levantó la vista y me miró. Su mirada no me dijo nada, pero cuando bajó los ojos la manera cómo su barbilla apuntaba hacia el suelo, además de un dejo de ironía resignada en el asomo de una sonrisa, confirmaron mis recuerdos. Solo ella había sonreído así tras nuestros extraños encuentros en autobuses y en otros vagones del metro, como si lo inevitable fuese agridulce, como si lo inesperado hubiese sido predeterminado y solo desconociésemos el momento preciso y los actores involucrados. Nadie más me habría sonreído así al mirarla; nos habíamos reconocido a pesar del desgaste y los años, y en ese breve baile se habían recreado bailes que tuvieron lugar en otros tiempos, en algo que para mí había sido un ansioso azar y para ella, quizá, una confirmación de la inevitabilidad de los encuentros.

La inmediatez de esa media sonrisa se desvaneció y ella tomó la mano de su otro hijo. De su gesto se borraba ya todo reconocimiento. Nada había en su camisa azul tipo polo, en sus vaqueros de madre cansada, en sus zapatos tenis que recordase a la jovencita del suéter verde y la falda gris plisada, aunque ella estaba ahí, oculta en algún resquicio, tal vez esperando sentir el contorno y el peso de mi cuerpo a su espalda o el apuro de mi respiración.

Casi sin falla, minutos antes de las 2:45 de cada tarde, el autobús paraba en aquella esquina de la avenida Popocatépetl, donde esperaban los grupos de muchachos y muchachas, junto con uno que otro adulto de aspecto cansado y hambriento. Abordábamos el autobús: los alumnos de la secundaria pública con sus suéteres verdes y sus pantalones o faldas grises, separados de los muchachos del colegio católico al que yo acudía. Cada quien con su cada cual, con el recelo de la adolescencia y de la pertenencia, los muchachos de la pública exhibiendo orgullosos su carácter de escuela mixta, y los católicos resignados a mezclarse hombres con hombres y a cazar alguna mirada furtiva de las jovencitas. Adentro del autobús, que iba siempre lleno, los grupos se separaban aún más, y los solitarios, como yo, nos arrumbábamos al fondo esperando ser ignorados. Fue ahí donde la vi por primera vez: para llegar hasta donde estaba había que ser habilidoso en el empujón, el codazo y la refriega. Raro que esos dos tímidos y apocados muchachos —ella y yo— pudiésemos haber llegado tan lejos sin agobiarnos.

Tampoco recuerdo por qué lo hice; solo sé que en un determinado momento me había colocado detrás de ella, y que los saltos y movimientos del viaje rumbo a la Calzada de Tlalpan nos iban acercando cada vez más. No fue audacia sino inevitabilidad; una especie de fuerza de gravedad que nos puso en colisión, asteroide contra asteroide, momento encima de momento más allá de la voluntad o acicateados por la voluntad. Recuerdo que un truco similar, con una mujer adulta, me había costado una cachetada y la burla no solo de mis compañeros, sino de todo el pasaje. Tal vez sospechaba que una presa más joven sería más accesible.

El autobús cambió de carril para acercarse a la siguiente parada y en ese movimiento mi cuerpo se apretó a su espalda. Sentí el respingo de su conciencia antes que el de su cuerpo, y preveía otra bofetada o el insulto o un grito, pero nada más me recibieron sus ojos iracundos. Bajé la mirada. En otra circunstancia hubiese retirado el cuerpo, pero una inercia mayor que mi vergüenza me hizo quedarme inmóvil. Apretados los dos, envasados por los otros cuerpos del autobús cada vez más lleno y errático, hicimos el resto del recorrido hasta Tlalpan. Ella bajó del autobús con gran prisa y se perdió entre el río de gente que marchaba hacia la entrada de la estación Ermita. Cuando finalmente llegué al andén, no la vi más.

Pasaron dos días antes de nuestro siguiente encuentro. Yo me quedaba después de clase dos veces por semana para entrenar con el equipo de fútbol; ella tal vez abordaría el autobús como siempre o tendría otras actividades. La segunda vez la identifiqué en la parada, con su coleta, el suéter verde ciñendo unos pechos que ya se marcaban puntiagudos y firmes, y la falda gris plisada cubriendo los muslos que se adivinaban pálidos y suaves. La dejé subir primero. Ella no miró hacia atrás. Tal vez me intuía, o ignoraba mi presencia, o le resultaba irrelevante. De apretujón en apretujón, el viaje al interior nos colocó en el mismo punto de la primera vez. En esta ocasión yo mismo me urgía a pasar de largo, a no irrumpir en su espacio, a dejarla respirar. Casi lo hice. Pero de pie al lado de ella, el verde y el gris se me fundieron en una sola urgencia y mi cuerpo buscó el suyo. Esta vez no hubo mirada de ira. Hicimos el viaje en absoluto silencio e indiferencia. Mi vergüenza era ahora palpable: la cara me ardía. Pero no me moví. Y de nuevo escapó, al llegar a Tlalpan, entre la gente que buscaba ganar la carrera a los otros.

Nuestro tercer encuentro tuvo lugar al siguiente lunes. Jugábamos a una misma adivinanza. Yo subí esta vez el primero, y esperé al lado de los últimos asientos. Ella se colocó en su lugar habitual. Yo me ubiqué de nuevo a su espalda, rozándola mínimamente, haciéndole sentir mi cercanía. El autobús frenó de pronto. Ella se echó hacia atrás. En parte era inercia, en parte hambre. Fue entonces cuando bajó la vista al suelo y vi el asomo de su sonrisa. Apreté un poco más. ¿Sintió mi endurecimiento, mi progresiva humedad? ¿Sentí la suya? El vaivén del camión nos marcó ritmos. Sus caderas se volvían expertas al paso de las esquinas. Olía su cabello. Sentíamos nuestras respiraciones.

Con el paso de los días y las semanas fuimos más audaces, aunque nunca excedimos las posibilidades que el autobús nos otorgaba. No nos hablamos, no nos miramos ni se tocaron nuestras manos ni exploramos otras partes de nuestros cuerpos. Sus nalgas embonaban en mis ingles y se movían al ritmo del vehículo. ¿Alguien nos habrá visto? ¿Con alguien compartimos nuestra excitación?

Pronto el autobús se nos hizo poco. Ella comenzó a bajar más despacio y yo a seguirla más rápido. Fue cuestión de un par de días para que estuviésemos en el andén al mismo tiempo. Descubrí que viajábamos en la misma dirección y que mediaban únicamente tres estaciones entre la suya y la mía. Tal vez entre nuestras casas no distasen más de dos kilómetros.

En el andén no nos juntábamos. Nos sabíamos cercanos sin vernos. Yo buscaba el extremo del andén, ella se acercaba algo más al centro. Cuando llegaba el metro, acortábamos la distancia. Con un poco de práctica nos encontrábamos en el mismo vagón, y con más práctica en el mismo sector dentro del vagón. Iba tan lleno el metro como el autobús. Había otras chicas, quizás más hermosas, más sensuales; había otros muchachos más altos, más atléticos. Entre aquella confusión de cuerpos, apretones y manos que buscaban alguna seguridad contra el movimiento del metro, ella y yo éramos intencionales y silenciosos. Continuábamos el baile, lo único que había cambiado era la pista. Urgidos por la cercanía de los hogares, nos apretábamos más, siempre sin buscar las miradas o los reconocimientos. Por toda novedad, mi muslo a veces conseguía separar los suyos para darle otro punto de referencia y otro goce. Sus caderas respondían con variaciones en sus movimientos y roces, pero era el movimiento del metro, el vaivén de los vagones el que nos llevaba a un mundo que, por solo unos minutos, bajo un telón de vergüenza, culpa, ansiedad y excitación, era nuestro y ajeno al hambre, a la prisa, a las grandes humillaciones y las pequeñas victorias de dos alumnos de secundaria, a los exámenes de matemáticas y geografía, a las tardes de aguacero y televisión.

Al llegar a su estación bajaba a toda prisa. Su lugar era ahora ocupado por mi mochila, con la que apuradamente trataba de ocultar mi excitación. ¿Entraría ella en su casa como yo, a toda carrera, sin saludar, aventando las cosas al piso, para poder encerrarse en el baño? ¿O esperaría a la hora de la tarea, encerrada en su cuarto, con la música a todo volumen? ¿Hablaría de mí con sus amigas? Yo nunca lo hice con los míos, mucho menos con mis hermanos o mi padre. Pensaba en ella de rodillas en el confesionario, susurrándole al cura mis múltiples tocamientos, pero sin mencionarla, y tocándome en la oscuridad del cubículo mientras pensaba en ella, y en la manera como su falda gris plisada se vencía a mi embate.

Admito que llegué a admirar su compostura. Yo ansiaba más, sin saber realmente cuál podría ser el siguiente paso. Tal vez ella tampoco sabía, pero lo disimulaba mejor. Alguna vez intenté acercar mi rostro a su nuca o poner mi mano en su hombro. En esas ocasiones, sin hacer aspavientos, sin gritar, sin enfadarse, ella se alejaba y me dejaba en evidencia. Esas ocasiones dolían menos que aquellas otras, escasas, en que había algún asiento disponible en el autobús o el metro que invariablemente ella tomaba, o en que alguien le cedía el lugar. De pie cerca de ella, sin atreverme a mirarle el rostro, agobiado por la frustración, sentía como una eternidad los minutos restantes del viaje.

No sé si a ella le llegó tan pronto como a mí el verano. En la premura del deseo, apenas me di cuenta de que quedaban unos cuantos días de clase; después vendrían los exámenes y luego el traslado para ambos, cada uno a su respectiva preparatoria. Ignoro si notó mis ojos desesperados y tristes. Sé que vi sus nudillos de por sí pálidos, casi transparentarse al agarrarse con furia a la barra. Eso fue un lunes, el último lunes. El martes los dos nos apretamos con más ganas y, en el metro, por única vez, ella dejó que mi cabeza tocara la suya y que mi aliento soplara sus cabellos. Sus nalgas se movieron en círculo perceptiblemente y su espalda se apoyó en mi pecho antes de la carrera alocada fuera del vagón y hacia las escaleras de salida. Miércoles y jueves me evitó, estoy seguro: o bien se apuró a salir más temprano, o se quedó en la escuela hasta más tarde. El viernes era la primera en la fila de la parada y cuando yo subí me esperaba, como siempre, al fondo del autobús. Su mirada, la única que me dirigió, me detuvo en seco. Un minuto más tarde un hombre cargado de bultos se levantó de su asiento para bajar del autobús, y ella ocupó su lugar. Al llegar a la calzada de Tlalpan bajó a toda prisa. No la quise perseguir. Arrastré los pies hasta el metro y lloré en silencio en el andén, dejando pasar varios trenes.

Doblé el periódico que no había conseguido leer y lo puse sobre mis piernas. El metro llegaba ahora a la estación Juanacatlán. La mujer tomó a sus dos hijos de la mano y salió, no sin antes dirigirme una rápida mirada de reojo. Dudé un instante. ¿Cómo seguirla, qué haría, qué le diría? ¿Sería capaz de avergonzarla frente a sus hijos, obligándola a recordar algo que tal vez ya habría olvidado? ¿O que no significaba nada más que las tonterías de dos adolescentes? Alcé la vista. Todo lo que alcanzaba a ver ahora era su cabello perdiéndose entre la gente que buscaba la salida. El metro cerró las puertas y continuó su viaje.

Este cuento, "Suéter verde, falda plisada", pertenece al libro *Los cuerpos del deseo,* que proviene del concurso homónimo, en el que este relato obtuvo el segundo lugar.

Gerardo Cárdenas. Escritor y periodista mexicano. Reside en Chicago. Autor del libro de relatos *A veces llovía en Chicago* (Ediciones Vocesueltas/Libros Magenta, 2011, ganador del Premio Interamericano Carlos Montemayor 2013), la obra de teatro *Blind Spot* (ganadora del Primer Premio Hispano de Dramaturgia de Chicago, 2014, y del Premio Nacional Repertorio Español, 2016, publicada por Literal Publishers en la colección (dis)locados), los poemarios *En el país del silencio* (2015, Ediciones Oblicuas); y *Silencio del tiempo* (2016, Abismos Editorial) y la antología *Diáspora: Narrativa breve en español de los Estados Unidos,* de la que es coordinador y que fue publicada por Vaso Roto Editores en 2017. Exdirector editorial de la revista *Contratiempo.*

MITOMANÍA

por Francisco Laguna Correa

Perdí mi virginidad mientras el resto de mi familia paladeaba sus doce uvas para recibir el año 2000. En la televisión se escuchaban gritos de gente y en las calles los cohetones reventaban el cielo oscuro y amilanado de la ciudad; escuché también el choque de copas y los deseos que mi tío Ausencio le refrendaba a mi padre cada año: "Ya sabes lo que te deseo, compadre, este año sí vamos a ser campeones…". Me había acostado con Ulises por dos razones: porque era el chico menos feo que conocía y para recibir el nuevo milenio con una novedad, aunque la verdad la pérdida de mi virginidad no significó nada ni alteró mi vida de ninguna manera (esta es mi primera gran mentira). Unos segundos después de la doceava campanada, emitida *ad exordium* por el reloj familiar —un armatoste alemán que hacía un ruido casi apocalíptico—, Ulises eyaculó emitiendo, igual que el reloj, ruidos extraños como de viejo enfermo de los pulmones, un pujido gutural, un sonido detestable; yo no tuve ninguna aproximación al orgasmo, aunque se diga que las mujeres somos capaces de tenerlos uno tras otro, como si se tratara de hacer pedorretas con los labios. Con el tiempo he llegado a creer que eso del multiorgasmo femenino es más bien un pretexto para intentar llevarnos a la cama cada vez que se les antoje (a los hombres). El principio natural justifica la perrería. Por supuesto que para muchos esto no es más que una especie de teoría de la conspiración, como también lo es esa de que las mujeres "solo" dejan que los hombres "crean" que tienen el control. "¿Solo crean?", como si de veras a la gente le gustara dejar creer a los demás que tienen el control. Yo apenas estoy segura de tener el control de mi vida, aunque la vida, en este momento, se me escape entre las manos como peces podridos (esta es mi segunda gran mentira).

Después de aquella noche vi a Ulises un par de veces más y volvimos a acostarnos juntos una vez más; yo tenía una espina clavada, pues no solo había arruinado mi vida, sino que me había amargado la llegada del nuevo milenio: con la ilusión que me hacía de que el mundo se terminara cuando el reloj diera las doce. (Mucha gente aún se aferró a la idea de que la hecatombe universal vendría con la llegada del año 2001, arguyendo que la llegada formal del nuevo milenio no era en 2000 sino en 2001. Todos sabemos que la profecía no se cumplió).

¿Cómo pude acostarme con semejante imbécil otra vez? El rito fue idéntico al de la primera ocasión, sin variaciones: el cabrón eyaculó haciendo ruidos de viejo tuberculoso y yo me quedé ahí, recostada con las piernas abiertas, como si estuviera dando a luz a semejante mojón, que se quedó ahí frente a mí, con la cara desencajada y sosteniendo con la mano su miembro fláccido y untuoso. Fornicar es asqueroso, lo único que hace es ensuciarte, y no hablo de asuntos morales, sino de verdadera suciedad, de la sensación desagradable cuando el escupitajo obedece a la inercia y escurre como un crustáceo entre las piernas, como tentáculo enfermo de lascivia.

Después me enteré que Ulises se había vuelto homosexual (o quizá descubierto que desde el principio ya lo era, las conversiones repentinas, por experiencia propia, suelen ser solo subterfugios para salir al paso de las críticas y asunciones familiares), lo que de cierta manera me insufló una microscópica esperanza en la sexualidad. Me pondría el hábito —en sentido figurado—, pero no renunciaría a fornicar como Dios manda en un futuro no muy lejano.

Así llegué al año 2018, con la esperanza escurriendo entre mis manos y dos hijos que no me daban dolores de cabeza ni retortijones en el estómago. Me había casado, sin querer, con un imbécil que no tardó mucho tiempo en dejarme embarazada de mi segundo hijo y que, apenas unos días después de dar a luz, había comenzado a ponerme los cuernos de manera sistemática con mi prima Eugenia; quien la viera, y con esto se pueden imaginar a la mosquita muerta de mi prima, pensaría que es una soberana pendeja, pero de eso no tiene ni un pelo, aunque hasta fechas recientes haya pensado que no me había enterado de nada, y que pese a las discreciones a las que ella y Carlos se aplicaban con extenuante sigilo, conocía con pelos y señales las maneras tan peculiares que tenían para apañárselas y ensartarse tantas veces como era posible.

Carlos mejoró mucho en la cama desde que comenzó a verse con Eugenia —lo dicho, de pendeja no tiene nada...—, no nada más hizo a un lado el consuetudinario misionero, sino que consiguió lubricantes y juguetes sexuales que no por convencionales dejaron de surtir el efecto erótico esperado. Practicamos posturas extravagantes, unas más incómodas y efectivas que otras, entre las que llegué a favorecer la postura conocida como "Posición del simio" (yo le decía "el molino", basta con mirar una ilustración extraída del *Kamasutra* para que comprendan mi lógica).

Como Carlos, comencé a ver con discreción y extremo sigilo a otras personas. Al principio aquello me pareció una excentricidad imperdonable, pero con el tiempo acepté que era natural que buscara en camas ajenas lo que en casa era incapaz de encontrar. Mi primer desliz fue con un muchacho universitario, tosco y, como pude comprobar ipso facto, sin experiencia y más proclive al fanfarroneo que a la veracidad. Solo lo hicimos una vez, y baste con que diga que me recordó *in extremis* a Ulises: su precocidad para eyacular y su perseverancia en la emisión de ruidos de viejo tuberculoso eran casi idénticas. Tras algunos intentos, siempre fallidos, no tardé en conocer a Carmela, una española que no ceceaba y que a la menor provocación profería expresiones escatológicas y diarreicas, es decir, se cagaba en todo y en todos. Desde el principio de nuestra relación, como más tarde me lo confesó, ella fue *a por* mí, con el claro propósito —como también me confesó— de lamerme el chocho. Yo, por mi parte, no tenía, primero, ni idea de que Carmela era lesbiana, y, segundo, de que yo misma también lo era, este detalle (o conversión, como quieran llamarlo) fue lo que me alentó a caer rendida *sobre* su sugestiva proposición.

Con Carmela descubrí el clítoris en el sentido metafísico de la palabra y, aunque suene cursi o absurdo, mi verdadera vida comenzó con ella. Carlos y yo continuamos afanados a la "posición del simio", aunque manifestando un creciente desinterés y una continua y mutua frustración. Hubo un tiempo en que incluso llegué a pensar que Carlos estaba convirtiéndose en maricón (o que la eclosión desde el clóset comenzaba a torturarlo), pero no tardé en constatar que su falta de motivación conmigo se debía a los caprichos de Eugenita. Para su mala suerte, Carmela era masajista en el *spa* donde Carlos y Eugenia quemaban calorías y derrochaban fructuosas y proteínas varias veces a la semana.

Cuando Carmela supo que la asidua pareja del gilipollas y la monja eran mi marido y mi prima, le dio una risa tremenda.

—Oye, pues tu marido sí parece maricón, y tu primita tiene una cara de que no rompe ni un plato, —espetó Carmela, mientras tomaba aire, antes de continuar decantando las hormigas de su lengua en mi clítoris.

Me dio risa, claro, el comentario de Carmela, pero fue en ese momento cuando tomé la decisión de salir del armario y, de paso, otorgarle a Carlos una libertad que estaba segura que no deseaba y que nunca, ni en sus peores pesadillas, hubiera querido exigir. Aguardé hasta el fin de año para catapultar la noticia.

Como de costumbre, el 31 de diciembre estaba toda la familia reunida en la casa de mis padres, comiendo el tradicional bacalao a la mexicana (el bacalao a la vizcaína, como lo he confirmado junto a Carmela, difiere mucho de lo que los mexicanos preparamos), los romeritos con tortas de camarón disecado, los espaguetis con crema y perejil, en fin, lo que la gente como mi familia come en Navidad y Año Nuevo. El tío Ausencio estaba borracho y no dejaba de prodigar buenos deseos y ratificar, muy cerca del oído de mi padre, que ese año sí serían campeones.

Recibimos las 12 campanadas, igual que 18 años atrás, con la televisión encendida y el ruido atronador del reloj familiar. La única diferencia era que 18 años atrás yo estaba arriba perdiendo la virginidad *bajo* la incompetencia de Ulises y hoy estaba tragándome las uvas —ácidas, por cierto— junto al resto de mi familia. Carlos estaba a un lado de mí con su cara de imbécil, haciendo como que saboreaba sus uvas y hallaba un sentido a cada uno de los meses por venir. Eugenita, a un lado de la tía Cristina, también masticaba sus uvas verdes, concentrada en asumir su papel de mosquita muerta y zonza de la familia. A nadie le había importado que invitara a Carmela a celebrar el Año Nuevo con nosotros, únicamente mi madre me había preguntado que de dónde la conocía y que, si no me importaría pedirle su receta del bacalao, puesto que una española conocería la receta original (esto no es verdad, quien haya comido las dos versiones, la mexicana y la vizcaína, convendrá que nuestra receta es invariablemente la más original).

Una vez que la última campanada dejó de resonar (el reloj familiar, un armatoste alemán que soltaba campanadas apocalípticas, continuaba incólume en uno de los rincones del comedor), me puse en pie y como en las películas golpeé mi copa con una cuchara. No fue difícil obtener la atención de todos los asistentes, e incluso un par de voces sugirieron que Carlos y yo tendríamos nuestro tercer hijo. —Que sea niña esta vez, —dijo mi madre con tono de reproche. Carlos me miró intrigado, por no decir que, con una avasalladora cara de idiota; y Eugenia me obsequió sus ojos cándidos, de beata arrepentida por mis propios pecados. Tras desearle a todos un feliz y próspero año 2019, y tras aclararme la garganta, relaté de manera sucinta, pero concisa, lo que Carlos y Eugenia llevaban tramando juntos en hoteles, moteles y vapores desde hacía años, y enfaticé que por supuesto que era difícil creerlo dado que los dos tenían una cara de pazguatos que no podían con ella. Con la misma serenidad, y ante la perplejidad de todos, sugerí que Carmela les había visto en varias ocasiones entrando juntos al vapor. Eugenia dejó escapar en un susurro: "Pero claro, su cara me parecía conocida…". Carmela miró a Eugenia divertida, afirmando con la cabeza los cabos que apenas había atado. Carlos permaneció impertérrito, dando sorbitos a su copa rebosante de sidra, pensando, quizá, que si no hacía ni decía nada todos terminaríamos por olvidarnos del asunto.

No necesité armarme de valor, pues ya llevaba carrera, y de la misma manera solté que Carmela y yo éramos pareja. —Carlos escupió el trago de sidra que apenas había embuchado,— y que dada la situación lo mejor era que Carlos y Eugenia, después de tantos años, se metieran a la cama sin la necesidad de discreciones ni nombres falsos. Mi madre, que hasta ese momento había permanecido en actitud de oración, exclamó: "¿Y qué, no piensan en los niños, hija de mi alma…?".

En ese momento el tío Ausencio hizo acopio de su borrachera y alzando los brazos como si intentara detener una pelea, dijo que lo sentía, pero que él tenía que marcharse. "Ya saben lo que les deseo… a todos", afirmó antes de cerrar la puerta de la casa.

Volteé a ver a Carlos, que en ese momento me miraba como si yo fuera una extraterrestre recién llegada de otra galaxia o, lo que quizá es más acertado, como si me hubiera bajado los pantalones en su cara para mostrarle que también tenía pene y testículos colgantes como berenjenas.

Las familias resuelven sus problemas, y, de lo contrario, se hacen pedazos unos a otros intentando resolverlos. Lo dicho: Carlos y Eugenia, después de unas semanas de necesaria separación y celibato, terminaron cohabitando —el matrimonio entre ellos era remotamente imposible, dadas las circunstancias que originaron su unión— bajo el mismo techo, y Carmela y yo decidimos al poco tiempo mudarnos a Madrid, donde nos unimos legalmente y comprobé, como había anticipado, que el bacalao a la mexicana era superior al bacalao a la vizcaína.

Quede esta memoria para las futuras generaciones, memoria que data desde la pérdida de mi virginidad hasta el día en que fecho y suscribo estas palabras (esta es mi tercera y última gran mentira).

Terminaré diciendo que hay una luz interior en cada uno de nosotros, una luz cuya capacidad autodestructiva termina por llevarnos hacia la más cegadora oscuridad. Quizá la realidad no es más que el reflejo de esa oscuridad.

Este cuento, "Mitomanía", fue tomado del portal digital *Neo Club Press,* Miami, publicado el 29 de marzo de 2014.

Francisco Laguna Correa es un escritor y editor chicano-mexicano, de la Ciudad de México, quien radica entre México y Estados Unidos. Es autor de *Finales felices* (2012), libro de microrrelatos por el que recibió el Premio Literario de la Academia Norteamericana de la Lengua Española (ANLE). Su libro inédito de poemas en prosa *Ría Brava/Ría Grande (novela rota)* fue galardonado con el Premio Internacional de Poesía Desiderio Macías Silva en 2013. Se licenció en Estudios Liberales en la UNAM y Portland State University. Tiene dos maestrías, una en Antropología Social y otra en Filosofía Hispanoamericana, por la Universidad Autónoma de Madrid. Es Ph.D. en Estudios Hispánicos por la Universidad de Carolina del Norte en Chapel Hill, donde fue también docente. Es colaborador de la Academia Norteamericana de la Lengua Española (ANLE). Recibió la K. Leroy Irvis Fellowship de la Universidad de Pittsburgh en 2014, desde entonces forma parte del MFA de escritura creativa en inglés de esa institución, donde también imparte clases de Pensamiento Crítico y Composición Literaria y Sónica en inglés.

LA SANTA

por Chicho Porras

> *La vida es simplemente un mal cuarto de hora*
> *formado por momentos exquisitos*
> Oscar Wilde

Aurelia Potra cumplía ese día cuarenta y tres años. Se dio cuenta al mirar de soslayo el calendario que colgaba a medio ganchete sobre una de las paredes de la cocina. Cuarenta y tres años, pensó, y aquel hilillo de pensamiento hueco se quedó plasmado en el aire hasta hacerla sentir un nudo gordo aferrado a su garganta.

¿Cómo era posible? Jaló una silla de la pequeña mesa de madera y se sentó. Tomó un lápiz y garabateó varias líneas sobre el mantel con un dibujo de pájaros en una foresta otoñal. Todos amarillos y grises como una tormenta exigua.

Apenas había llegado al quinto grado: fue ella la culpable. Nunca le importó escuchar los consejos de su madre que la amonestaba por las esquinas de la casa, vaticinándole un destino cruel. Aurelia prefería otras cosas como trabajar fuerte para obtener lo que se le antojara. Y, sobre todo, para no tener que depender de nadie en su búsqueda por la complacencia. No le pesaba.

Había abandonado el hogar paterno en Ocala para hacerse criada de limpieza en la ciudad de Hialeah. Una vocación que había nacido entre los recovecos de su casa, donde le era un placer darle brillo hasta las cornisas del balconcillo de su cuarto.

Pero eran cuarenta y tres años, ni siquiera treinta. Es más, no tenía ni remota idea de la última vez que había celebrado un cumpleaños. Sin embargo, ¿qué trucos del destino se interponían en su vida a esta hora de una mañana oscura y nublada, para hacerla notar la hoja del calendario con el número 25, del mes de marzo, de un día jueves? ¡Si existían doce meses en el año y ella nunca había reparado en contemplarlos!

¿Por qué se sentía embriaga de hastío por una fuerza imperante que la había forzado a sentarse en la mesa de la cocina y, ahora, con los ojos puestos en el mantel dibujado por un jato de pajarracos volando por una foresta pálida, era su alma la que clamaba por trazar líneas, como buscando reinventar un ábaco de posibilidades infinitas?

Dibujaba al azar palos enanos que podrían representar meses u horas, sin rectitud, como árboles cayendo bajo la soledad, sin defensa propia, y a merced de las inclemencias de un mundo ausente. Cruzó las piernas y sin pensarlo las frotó una contra otra para refugiarse en sí misma.

De repente, un cosquilleo raro le subió desde los pies. ¿Qué era esa sensación de desaliño sabroso? Se registró primero las piernas peludas —se había rasurado solo una vez en la vida, obligada por su madre para asistir al funeral de un amigo de la familia— y todo lo que percibía eran unos pelos negros largos, encorvados en algunas esquinas, y en otras como montones de mierda pegoteada sobre la piel ceniza.

Sin embargo, de allí no venía esa sensación de hormigueo transparente que subía y bajaba desde los pies hasta la media pierna, y seguía vía vertical hasta descender de vuelta por el ombligo y hacer una curva rápida por sus partes privadas. Cruzó las piernas aglutinando los muslos con fuerza para continuar frotando ahora con más empuje, ya que aquella picazón parecía elevar su cuerpo hacia una altura absoluta.

Se paró de la silla abruptamente y caminó a su cuarto. Sintió miedo, y ese sentimiento de los débiles la acoquinaba. Tenía un espejo cuadrado en una de las paredes, lo bajó del clavo y lo apoyó a la pata de la cama. Se sentó en el suelo con las piernas en forma de abanico. Se abrió un poco la bata de casa azul celeste, gastada por las épocas de sudores y lavados, esa que un día tal vez habría haber sido morado obispo. Apartó con las dos manos la pendejera espesa que se revolcaba entre los dos muslos cubriendo amenazante toda posible destemplanza.

¡Bendito ángel de las encrucijadas! ¿Qué era aquello que asomaba ahora por entre sus piernas como si fuera una lengüeta sucia y le hacía muecas furiosas desde un punto espeluznante de su anatomía? ¿Era un ser vivo, una larva, un bicho de otras dimensiones? ¿Algún parásito había tomado riendas de su cuerpo, mientras ella a diario deshollinaba techos y enjuagaba bañeras por toda la ciudad?

Le temblaron los hombros. Cerró los ojos y encontró un poco de valor para tocar con sus manos aquel monstruosuelo que crecía en ella. Lo sintió baboso, algo rígido, pero a la misma vez, suave y rubicundo. Lo tomó entre la punta de sus dos dedos y lo sacudió un poco, fue entonces que sintió que se le helaba el cráneo al mismo tiempo de sentir una ráfaga de calor jocoso.

Descendía desde sus espaldas hasta las nalgas. Lo manoseó un poco más, y experimentó una sensación vieja y prolongada como si lo hubiera querido estar hurgando para siempre. Aquella cosa, botón, lengua o alimaña, le infundía al alma una sensación de incertidumbres y escarnios a la misma vez. Era su entidad centralizada en un punto, una corriente energética sin condiciones que la mantenía en forma austera e insegura.

Se echó para atrás hasta poner la cabeza en el suelo de baldosas verdes, se desabotonó la bata de casa y dos pechos enormes y blanquecinos se lanzaron intrépidamente hacia el mundo exterior.

Mientras una manó amansaba la lengüeta de su sexo, se embadurnó los dedos de la otra con un polvo pegajoso que ya le comenzaba a brotar de su interior.

—¡Misericordia! —Balbuceó. ¡Sentía que se le despegaba el cuerpo de su cuerpo! La voz le brotó resquebrajada, como la de un adolescente y ya comenzaba a frotarse los pezones cobrizos con la mano embadurnada del fluido carnal.

Se le salieron unos pequeñísimos aullidos de seres de otro mundo y, acto seguido, continuó brotando de sus labios un jolgorio de feria ganadera; unos *ohiém, ohiém, ohiém* guturales que se convertían al tocar el aire en alaridos bruscos, y en enlaces onomatopéyicos que evolucionaban hacia otras formas salvajes.

Rodó por el piso de este a oeste. Una convulsión sin nombre la poseía. Los dedos seguían zarandeando la contrapelusa descocada entre sus piernas de mujer, con cuarenta y tres años cumplidos ese mismo día. De golpe, se quedó ciega; fue perdiendo la luz de los ojos hasta sentirse completamente sumergida en un hueco profundo donde no cabía la realidad.

¡Cómo le sudaban los pechos! Eran unas gotas gordas y sin trayectoria alguna que mojaban el piso del cuarto con su vaho. De las entrepiernas hacia las corvas continuaba fluyendo el polvo líquido que se le enmarañaba en los pelos negros del pubis y los convertía en ceniza de un volcán reciente.

¡Ay, tenía que parar; si no detenía aquella angustia terrenal antigua, ¿qué sería de su vida? Pero, ¿cómo poner final a lo que nunca tuvo comienzo? ¿Cómo tratar de deambular por un mundo de callejas disímiles, cuando apenas podía trajinar sobre los rastros de su propia existencia?

Aquello era diabólico, no había dudas. Un malestar grotesco que le impedía relacionar su realidad yuxtapuesta a una calentura absoluta como la profanación.

—Vade, Satán. —Un grito bulboso le brotó de los labios. Recordó las palabras del cura del pueblo, simple, y llenas de terror:

—Cuando Satán se les interponga en el camino de sus vidas, debéis gritar desde lo profundo de sus almas, templos del bien: "Vade, Satán, vade, Satán…".

Las palabras iban, venían y golpeaban las paredes del cuarto y se reflejaban en el espejo inclinado a la pata de la cama y volvían a arremeter contra su cara, sus pechos y su pubis descascarado por la pasión.

Su mente viajó distante… Ahora el cura seguía hablando, seguía protestando sus salmos y, de vez en cuando, se inclinaba sobre ella. Aurelia Potra, con sus tiernos dieciocho años, con una blusita roja ajustadita que llevaba a misa los domingos, y su carterita de vinil en un brazo. Al quedar a solas, el cura la tomaba de la mano, y la llevaba a su cuarto en la sacristía de la iglesia, por un recoveco solitario y lleno de telas de arañas. No decían nada, solo una luz lúgubre que se colaba por las rendijas de la madera vieja los acompañaba.

El cura se quitaba la sotana, y la doblaba con una increíble parsimonia, y después los pantalones negros y se quedaba en calzones y con una camiseta gris por las tantas pesadillas levíticas. De un solo movimiento se bajaba los calzones.

—¡Mírame la pija, qué linda es verdad! Es un muñeco, juega con ella, ven, juega. ¡Mira la trompita que se le asoma! No hace daño. Ven. Es un niño recién nacido, míralo como suda por el pescuezo. Él es tímido como tú, pero le gusta que lo acaricien. Tómalo, tómalo en tus manos mientras rezamos los siete salmos penitenciales.

Ella no veía, no era mujer, ni humana, era un trapo sucio que lo mismo servía para fregar un callejón prehistórico o enjuagar los deshechos de una mala noche.

Algo misterioso la llenó de valor. Se metió un dedo primero, hacia dentro, de profundis, para rescatar el organismo del monstruo voraz que le encendía de una llama caucásica las entrañas.

—Tómala, tómala, mira que dura se pone cuando ve tu carita linda. —Seguía balbuceando el cura.

Por inercia, se quitó la blusita roja, entallada, enjuta por la soledad. Le salieron dos pechitos de puerca derramadas por la ansiedad. Al cura se le viraron los ojos en blanco, mientras se zarandeaba la pija de aquí para allá con un ritmo inquebrantable.

—Tómala, tómala, que es como un niño con hambre. —Sus labios se tornaban en azul cianuro.

Se metió otros dos dedos más y un cuarto de otro, hundió la carne hasta sentirla atosigada por una especie de llaga. Una llaga superflua que contenía todas las pesadumbres del mundo. Hizo marañas con los dedos dentro de su cuerpo. Los movía, los restregaba, trepaba el subterráneo que guardan las cavernas solitarias, y los esquineros encerrados por la carne.

—Tómala, tómala, ahora, angelito mío. —Se acercó al hombre. Se había quitado la camiseta y ahora podía verle el cuerpo flaco, pálido y el pecho lleno de unos pelos mochos y grises. El cura machacaba silenciosamente las palabras de un cántico de la misa de muertos. *Lux aeterna luceat eis, cum sanetis tuis in aeternum.*

Comenzó a tronar. Por la ventana del cuarto se metían los primeros resplandores de la tormenta. Estaba trepada en las barreras de lo ignoto. La piel se le había encrespado a tal punto que si la asesinaban a puñaladas jamás hubiera sentido dolor alguno. La pija del cura le supo a humo de tabaco en la boca. La chupaba con ganas de morderla y cercenarla de un solo tirón y así llevársela en su bolsito de vinil a casa y allí guardarla en un escaparate hasta que acabara el mundo.

¡Ayyayyyyayyy! Fue espantoso el chillido del cura que se confundió a su vez con el alarido mayor que provenía de sus propios labios. Todo fue rápido, inodoro y sin precisión. Entonces Aurelia Potra vio, por primera vez, el pecado que guardan los hombres dentro de sus células. Era un líquido espeso y gris, lleno de gránulos parduscos del color de la sangre.

Con rapidez, el cura se vistió y salió de su cuarto dejándola con la boca embadurnada del moco metálico.

—Tengo misa a las diez.

Aurelia escupió a un lado y se abotonó la blusa. Se limpió la boca con un trapo que yacía sobre el catre y salió por una puerta trasera de la sacristía hasta la claridad del mundo.

Sintió sus dedos húmedos y secos a la misma vez. Los truenos se unieron al olor polvoriento de la mañana de marzo. Se cerró con cierta parsimonia la bata de casa azul. Al abrir los ojos se topó con la claridad semioscura de la mañana. Le ardían los cachetes, pero era ahora de vergüenza por ella misma.

Se paró del suelo, y tragando una enorme bocanada de aire llegó a la cocina y de un solo golpe de puño arrancó la página del calendario, la hizo una viruta entre los dedos sudorosos y se la comió.

Este cuento, "La santa", es inédito y fue reescrito para esta compilación de *Cuentos erróticos*.

Félix M. Rizo (1952), conocido también por Chicho Porras y Cristiano M. Jaime, nació en Jovellanos, Matanzas. Llegó a Estados Unidos de niño y se radicó con su familia en los estados de Nueva Jersey y Nueva York, donde vivió por cuarenta años. Fue a los dieciséis años, cuando al ver una obra de Virgilio Piñera en Nueva York, dirigida por Herberto Dumé, que quedó tan impresionado por la virtud teatral del dramaturgo cubano, que desde ese momento se introdujo de lleno en las artes teatrales hasta los días de hoy. Dirigió y participó en la edición de varias revistas impresas en NY y NJ. Actualmente es editor de la revista *Rácata*. Publicación de arte y cultura que se publica en Miami y se distribuye por Miami, Latinoamérica y Nueva York. Una de las características más sobresalientes de Rizo, Chicho o Cristiano es el uso de heterónimos para dar a conocer tanto sus obras como su misma persona. De sus libros publicados, ninguno lleva el mismo nombre. Rizo usa raras veces su nombre verdadero cosa que le exalta a ser un misterio por sí mismo como sus propias obras teatrales. Entre sus heterónimos están: Nicolás Becerra, Charles Bowman, Chicho Porras, Cristiano M. Jaime y Armando Lucero. Ha publicado entre otros libros: *De mujeres y perros* (cuentos), *Los cuentos de Caronte* (cuentos), *El mundo sin Clara* (novela), *La santa Pájara levanta*

el vuelo (poemas), *Pasado pluscuamperfecto* (poemas), *El extraño viaje de una salamandra* (novela). *El ternero dramaturgo* es un libro en proceso de edición con diez de sus obras cortas de teatro. Entre estas se destacan *Tres magníficas putas* y el monólogo *Apoteosis de Ana*. Reside en Miami.

EL DESPOJO DE MARINA PUMAROL

por Bolívar Mejía

Para las Pumarol perder la virginidad era cuestión de orgullo. Todas en la familia habían llegado puras al altar, todas vencieron los demonios de la lujuria, que chamuscan las carnes de las adolescentes, trinchándolas en las parrillas y asaderos de las tentaciones; pero Marina había nacido diferente. Desde niña le encantó jugar con los varones y en más de una ocasión fue sorprendida con alguno debajo de la cama o detrás de las puertas jugando al escondido; como el día que la pillaron en pelotas con el primo Camilo, en el cuarto de los arneses tirados sobre una esterilla; recogieron la ropa y corrieron hasta perderse en el cafetal, donde Marina se volvió a tender sobre las hojas para terminar lo que habían iniciado.

La hermosa adolescente no podía soportar los ímpetus que le ardían en las ingles, estiletes calientes se le alojaban entre sus muslos colmándola de urgencias espantosas que le poblaban las noches con deliciosas pesadillas. Demonios impúdicos se aproximaban a la cama, arrancándose el sexo para masturbarla, hasta que, muerta de placer, la tomaban por el pelo y la arrastraban inerte a una olla de aceite hirviendo, donde la arrojaban como castigo. Todo sucedía, pese a los resguardos contra las debilidades del cuerpo, las pócimas y ungüentos que la abuela preparó para aplacar los escozores del desarrollo en el cuerpo núbil.

La vieja Leocadia estaba segura de que algo andaba mal con Marina, la muchacha no tenía la firmeza de las hembras Pumarol, mujeres hermosas y atractivas, pero de carácter fuerte, que les pesaban los ruedos de las cretonas. A las Pumarol había que domarlas como a las yeguas, no se rendían como las gallinas cuando las asedia el gallo, que enseguida se agachan resignadas a que las cubran, a ellas había que perseguirlas por la ancha llanura del galanteo, lazarlas con pericia, colocarles el freno y cabalgarlas hasta vencerlas por el cansancio y la consistencia del carácter del pretendiente. Había que ser un macho para casarse con una Pumarol, por eso siempre fueron mujeres de caudillos.

Desde que la visitó el período menstrual, en su pecho brotaron dos promontorios ardorosos y la pobre niña a duras penas soportaba la inquietud, un deseo de algo le torturaba el cuerpo que no hallaba sitio, sentía un vacío en el bajo vientre y cuando miraba al sexo opuesto, un extraño hormigueo le recorría todo el organismo. Las ganas en ella crecieron natural como las frutas silvestres en el campo, se las arreglaba para observar desde algún rincón, sin ser vista, como el verraco montaba y taladraba la marrana con su órgano en forma de tirabuzón en la pocilga del rancho. Pero lo que más disfrutaba, era ver al gran semental poseyendo una yegua en el potrero, siempre buscaba la forma de espiar aquello, colocándose debajo de una mata de guayaba, oculta entre un pajonal, donde escuchaba las voces de Leocadia llamándola y aunque sabía que cuando llegara a la casa la iban a castigar, por nada del mundo se perdía el espectáculo.

El caballo con la cabeza en alto y todo el brío del falo cortando el aire, trotando en círculos alrededor de la potra, lanzando relinchos espaciados, que oídos por Marina, la hacían sofocar y humedecer las entrepiernas, bien atenta a lo que sucedía, observó al caballo oler el sexo de la potranca y elevar el hocico al aire para llenarse los pulmones con el aroma denso de su vagina, que destilaba chorritos calientes de miel, en ese instante se sintió una yegua y el olor al sudor del caballo que le traía la brisa, le narcotizó los sentidos, le ardían las puntas de los pezones, por ratos perdía el aire y abría la boca para atrapar el oxígeno; por fin el equino montó la hembra y golpeó con todo el brío de sus poderosas ancas, Marina apretó los ojos y abrió las piernas, sintió en sus entrañas la carga de placer del salvaje y potente empuje, el resplandor del orgasmo brutal en que concluyó la cópula de los animales la dejo exhausta tendida bajo la mata de guayaba desde donde presenció la diversión sexual de las bestias.

Cuando retornó a la casa la vieja Leocadia la esperaba, el viento le traía a las narices el aroma agridulce de las hormonas de Marina y aunque sabía que la virginidad seguía intacta, todas las noches la palpaba con los dedos, le había tomado el pulso a la debilidad de la muchacha y entendió que si no agudizaba los sentidos, Marina caería y con ella todo el honor y la moral de la familia Pumarol, que permanecía integro a través del tiempo por la rectitud y capacidad de contención que tenían las hembras de la casa, todas, incluyéndola a ella, se casaron bien, y en la fama de mujeres honradas, se regodearon sus maridos. Ella era la guardiana fiel de aquel legado, y no iba a permitir que la última semilla cayera en mal terreno, desde aquel instante se convirtió en el custodio de la becerra de Zeus, aunque todos los tábanos de la concupiscencia aguijonearan a Marina; Leocadia no dejaría que su nieta tirara por el despeñadero la moral de la familia.

Por eso la mandó a llamar desde su asiento en la mecedora de guayacán, Polita salió a ver que deseaba, Leocadia la envío a buscar a Marina y cuando la negrita regresó con la muchacha, la despachó de nuevo y se quedó mirando a su nieta por un largo espacio, quería descubrir cuál era el defecto en aquel cuerpo hermoso y en perfecta simetría, de ojos profundos y verdosos como el charco de un río limpio, la chorrera de pelo negro bajaba impetuosa hasta morir en el remanso de la cintura rebelde, donde iniciaba el promontorio rocoso de las nalgas, dos columnas macizas y torneadas sostenían la estructura de piel bronceada por el sol bravo del campo; era la viva estampa de una Pumarol, que siempre fueron hermosas, no habían movido a la guerra a una nación como Helena de Troya, pero por ellas habían muerto dos caudillos disputándose a tiros el amor de Venecia Pumarol, la madre de Leocadia.

—¿Dónde estabas? —Le preguntó sin mirarla. —Buscando guayaba en el potrero. —Le respondió con voz casi inaudible Marina, sin atreverse a mirarla a los ojos. Leocadia se levantó de su asiento, le acaloraban las mentiras y los hervores de la rabia le subían al pecho, si era preciso le iba a sacar a golpes del pellejo todo el humor malsano que inducía a la nieta a la perdición, la tomó por un brazo y se la llevó casi a rastras al interior de la casa, la muchacha se dejaba llevar resignada a la suerte, a poco se escucharon los golpes secos y monótonos, sobre el cuerpo de la niña y las palabras ininteligibles que mascullaba la vieja cada vez que daba un azote: «Te dije… carajo… que a las Pumarol se respetan»; no le hablaba a la nieta, sino al cuerpo de esta, quería hacerle entender a la carne que a su estirpe no las vencen las tentaciones.

Las amapolas habían florecido y Leocadia sabía que cuando brotaban las amapolas, las mujeres eran susceptibles a los apremios del sexo; todas las Pumarol soportaron los ímpetus del deseo carnal y domesticaron la yegua salvaje que galopa en la cintura de las mujeres jóvenes, contuvieron en las caderas el fuego de las ganas para que lo apagara el macho que las mereciera.

Por primera vez la vieja temía, presentía, la debilidad de Marina y en sus ojos lánguidos de becerra adivinó el gusto que trae congénito el placer de la carne. Por eso no permitía hombres en el rancho, solo el viejo Lorenzo visitaba la casa, mientras que los peones de las labores de la finca se mantenían en los potreros, si alguna vez alguno tenía que ir a la casa, Leocadia encerraba a Marina para evitar que la vieran. —Ah pendeja que ta' Leocadia, esa muchacha lo que ta' e' falta e' macho, —comentó en la cocina de su bohío Lorenzo, el viejo trabajó toda su vida como peón de las Pumarol y saboreaba una taza de café que le coló Carmela. —Pero la cosa no son asina, la Pumarol se repetan, tú lo sabe ma' que nadie. —Los ojos socarrones de Lorenzo miraron a su mujer. —No to'a van a salí santa, una tiene que meté la pata. —Y le mostró los dedos de las manos curtidas por el trabajo en el campo y una mueca en el rostro, que para ser sonrisa le faltaba la dentadura. —Mira, ni lo deo de la mano son parejo.

Una mañana fría, el cuerpo tibio de Marina Pumarol se movía inquieto entre los pliegues de las sabanas, a su mente perturbada retornaron los reflejos de la escena en el potrero y con ella despertó el deseo. En dos días le llegaba el período menstrual y una inquietud ardorosa se reveló en su interior, cerró los ojos y se dejó llevar por el placer que le causaron sus propias caricias, apretó entre los dedos el pezón crudo y un relámpago de sensación le llenó de escalofríos el vientre. Nerviosa, se inclinó sobre la cama, se quitó la bata y empezó a recorrer con las manos su desnudez. El tacto suave buscó la proximidad del sexo y se detuvo en el sitio que más urgía, donde nace la flor. En un arrebato impreciso, intentó penetrar con los dedos el charco tibio que se formaba a la entrada de los efluvios, pero un agudo dolor lo impidió, así que deslizó la otra mano y hurgó entre los pliegues resbalosos de la orquídea y sintió en la yema rosa del dedo mayor el punto erecto y palpitante. Al principio no encontraba cómo hacerlo, poco a poco se fue acomodando, hasta que, perdida la noción del tiempo, se le nubló la razón y entre las sensaciones que empezaba a descubrir se le inundó de quejidos toda la habitación.

Leocadia bregaba con los asuntos de la cocina asistida por Polita, quien le ayudaba en la casa. Juntas preparaban el desayuno, Lorenzo acababa de llegar y esperaba las órdenes de la señora para iniciar las labores del día, fue él quien notó la ausencia de Marina aquella mañana. —¿Ta enferma la niña, que no la veo por aquí? —Entonces se percató Leocadia de que su nieta no se había levantado y se preguntó, si no le habría sucedido algo, Polita se disponía para ir al cuarto de Marina a despertarla, pero Leocadia la detuvo y le ordenó que cuidara la leche que estaba hirviendo en el fogón, ella se dirigió a despertar a su nieta.

Avanzaba hacia los aposentos, cuando escuchó unos quejidos extraños, el corazón se le aceleró de golpe, pensó que Marina podía estar enferma por los golpes que le había propinado últimamente, apresuró la marcha y a medida que avanzaba los quejidos se escucharon más fuertes; aunque Leocadia era vieja para ciertos trotes, podía diferenciar entre un quejido de placer y otro de dolor, así que se detuvo un rato y aguzó el oído. "Sí", pensó, aquellos eran quejidos de placer y la aprehensión le arrugó el alma, no quería imaginar que la descarada nieta había metido un hombre a su propia casa. De un rincón tomó el machete que tenía dispuesto para cualquier eventualidad, lo agarró con todo y baqueta, con la firme decisión de dejar tendido allí, a quien haya osado entrar a mancillar la honra de las Pumarol. Avanzó sigilosa hasta la puerta del cuarto de Marina, en el preciso instante en que esta descubría el estremecimiento sísmico del primer orgasmo de su vida entre un alarido largo y sofocado.

Cuando Leocadia entró con el machete en alto, encontró a su nieta desnuda con las manos entre las piernas, fue terrible para una mujer de su condición, bajo e indigno, no concebido por la decencia, y mucho menos, por la moral de una vieja Pumarol como lo era ella. Miró a su nieta con asco, Marina temerosa se recogió en la cama y cubrió con las sabanas los rastros de vergüenza que le quedaba en ese momento. Leocadia la escupió. —Sucia. ¿En qué fango te revuelcas, buena puerca? —La iba a golpear, cuando se dio cuenta de que tenía el machete desnudo en la mano, la rabia la hacía temblar y en el rostro se le acumuló la sangre, sus ojos parecían brazas intensas y la nieta temblaba, pensó que su abuela la iba a matar a machetazos, pero Leocadia soltó el hierro y comenzó a golpearla como una loca con el cuero de la baqueta, le pegó con tanta rabia, que los gritos de la muchacha perforaron la quietud de los cerdos y gallinas que hozaban y escarbaban en el patio; hasta las vacas levantaron la cabeza y por un instante dejaron de rumiar. Polita y Lorenzo corrieron hacia los aposentos, donde encontraron a Leocadia a horcajadas encima del vientre de Marina golpeándola con saña, con gran esfuerzo lograron sacarle de abajo a la nieta, mientras en el fogón se derramaba la leche espumosa.

—¿Uuuhhh… ute cree, siña? Eso tiene que ser cosa del enemigo. —Le comentó Carmela a Leocadia, sentadas en la galería, el día que fue a ver cómo seguía Marina, después de la golpiza que le propinó la abuela. —Ella dizque se sueña con demonios, que la ponen a hacer cosas— Le respondió Leocadia, balanceándose en su mecedora de guayacán. —Pero esas son sinvergüenzadas, las muchachas de ahora no sirven. —Carmela escupió largo hacia el patio, golpeó el cachimbo sobre la madera de las barandas de la galería para sacar el sarro y colocar un poco de picadura de tabaco, antes de añadir. —El mal exite siña, cuidao si a esa muchacha le echaron una *suciesa,* porque la Pumarol no son asina. —Dicho esto se levantó de la silla y se despidió de Leocadia.

Las palabras de Carmela abrieron un claro en la oscuridad de los pensamientos de la anciana, era cierto, en las mujeres de su familia nunca se había visto nada como lo que estaba sucediendo con la nieta. Mientras contemplaba a Lorenzo y Carmela trasponer la puerta del rancho, tomó la decisión.

Dos semanas después, Leocadia y Marina, acompañadas del viejo Lorenzo y uno de los peones de la finca, cabalgaban hacia el sur, se dirigían a la Jagüita, un pueblo de San Juan de la Maguana, próximo a Elías Piña, a visitar un brujo que le habían recomendado para el caso de la nieta. La fama del brujo Pití recorría toda la república, los seres con los que trabajaba el haitiano llegaban después de la media noche, así que tuvieron que esperar hasta entonces. Faltando unos minutos para las doce, se presentó el personaje, llevando un pañuelo rojo en la cabeza, desnudo del torso hacia arriba y con algunos colgajos en el cuello, vestía un pantalón de color indefinido atado a la cintura, con una cuerda de majagua. Sus ojillos de cuervo se posaron de inmediato sobre la virgen; Marina se estremeció, la mirada le recordó los demonios de sus pesadillas, el morbo lascivo hizo aguas en el paladar del haitiano, quien de inmediato recomendó un despojo especial, "para sacarle el daño a la *m'amuser*". La vieja Leocadia aceptó esquiva, pero había ido allí con la intención de acabar con aquello de una vez por todas, así tuviesen que desollar a la nieta.

Pití entró con Marina y dos ayudantes a la habitación donde tenía el altar, Leocadia quiso entrar, pero el brujo se lo impidió, por primera vez la abuela acataba la autoridad de alguien, estaba agotada de tantas luchas por la moral de la familia y sentía menguar las fuerzas. En el centro de la habitación, en un gran círculo blanco escribió el haitiano el nombre del Lúa que invocaría para exorcizar a la poseída, quien fue colocada dentro del mismo, Marina temblaba, la visión le parecía familiar y la forma en que el negro se enviscaba el galón de *triculí*, para luego mirarla, la ponía muy nerviosa. En un altar iluminado con velas negras, deidades africanas y santos asistían con las miradas vacías al ritual del despojo que se estaba perpetrando. Pití, le pidió a Marina que se quitara toda la ropa, pero la muchacha no quería desnudarse, a un gesto del brujo, sus ayudantes arrancaron a tirones las prendas de vestir, dejándola como había nacido, la intuición le cubrió los pechos con ambas manos a la joven y los ojos de Pití atraparon en sus pupilas la desnudez pura de un ángel, de sus gruesos labios brotaron los conjuros, mientras el sonido de una campana sofocaba el llanto de Marina.

El brujo Pití tenía que sacar el mal de aquel cuerpo, para extraerlo había que penetrar a buscarlo, la calamidad había nacido con ella y solo abriendo el camino para que salgan de allí todas las ganas, podía ser curada la nieta de Leocadia. Los ayudantes prepararon a Marina con baños de hojas aromáticas, ungiéndola de pies a cabeza con aceite de coco y cenizas, como era costumbre en este tipo de servicio, trataron de hacerla tomar un trago de *triculí*, pero ella expulsaba lo que le echaban a la boca, la sacudieron con ramas de Apasote y Ruda para que el mal aflorara hasta donde el falo del brujo la pudiera clavar cuando la penetrara y así extraer la raíz dañina del cuerpo torturado. Los dos ayudantes tendieron a Marina en el suelo en medio del círculo, esta se retorcía y pataleaba, peros sus fuerzas no eran suficientes para escapar de las manos que la sujetaban, el intenso sonido de la campanilla que hacía tintinear el brujo y el golpeteo de tambores tocados nadie supo por quién, más los olores manidos que despedían las ofrendas de comida y otras inmundicias que habían en el lugar, llenaron de mareos y nauseas la cabeza y el estómago de la muchacha, llevándola al borde de la inconsciencia. De repente, el brujo se desnudó y con el inmenso miembro semi erecto en la mano se aproximó a la víctima con la intención de penetrarla, en el rostro negro de mirada libidinosa, Marina descubrió la expresión de los demonios que la asaltaban para masturbarla en sus pesadillas, pero esta vez temió y se angustió por el pudor.

Leocadia, Lorenzo y el peón escuchaban entre el sonido del tambor y el tintinear de la campana los gritos de Marina, la abuela se movía nerviosa y Lorenzo trataba de calmarla. —Ya le tan haciendo la limpia, no se apure Leocadia, —le decía, aunque, por los sonidos que escuchaban parecía que dentro, más que un despojo, se libraba una batalla campal. De repente sonó un estruendo y cesaron los gritos en la habitación, los tambores enmudecieron y un silencio denso cubrió de inquietud el ambiente. Al rato salió Pití, maltrecho, sudoroso y renqueando de una de las piernas y exclamó exhausto. "El mal salió, pero el cuerpo no aguanta". Leocadia entró a la habitación seguida de Lorenzo y el peón, encontraron a Marina tirada en el piso, cubierta por los santos del altar derrumbados sobre su cuerpo, que mostraba las señales de los golpes recibidos. La anciana se dejó caer a su lado, la tomó entre sus brazos y por primera vez Lorenzo vio dos lágrimas brotar de los ojos duros y almendrados de Leocadia. La anciana revisó el cuerpo magullado de la nieta, por último, palpó con los dedos la zona de la vagina, luego la dejó al cuidado de sus empleados y salió con el machete de Lorenzo en la mano, iba cargada de rabia a ajustar cuentas con el brujo, avanzó como un fantasma monte adentro en la oscuridad y regresó exhausta al caer el alba, no encontró rastro del brujo Pití y sus ayudantes. A la mañana siguiente, junto a Lorenzo y el peón que llevaba las riendas del caballo de la difunta donde atravesaron el cadáver, emprendió el regreso al rancho de las Pumarol.

Marina Pumarol fue enterrada en el pequeño cementerio familiar, al velorio asistieron algunas de las tías y hermanas de la difunta con sus esposos, a los cuales Leocadia ocultó los detalles del fallecimiento de la nieta. La vieja vestía de riguroso luto y aunque en el rostro adusto se notaba la tristeza por la muerte de Marina, en el brillo de sus pupilas y los labios apretados había un dejo de satisfacción y orgullo que molestó mucho a Lorenzo, quien se atrevió a reprocharle. —Eso no fue ningún despojo, Leocadia, ese maldito brujo asesinó a su nieta. —El viejo sufría por la niña, a quien siempre quiso como a la hija que nunca tuvo, y le dolió la forma en que murió. —Yo sé que el brujo la mató. —Fue la respuesta seca de la anciana, endurecido el gesto por la intromisión de la servidumbre en asuntos personales… luego enfatizó, como para enterrar allí mismo el tema.

—Pero murió como una Pumarol. —Carmela, quien la franqueaba del otro lado, no pudo contener la curiosidad y la interrogó de nuevo.

—¿Y cómo e' que mueren las Pumarol, siña Leocadia?

—¡Defendiendo su dignidad, carajo, Carmela!

Este cuento, "El despojo de Marina Pumarol", fue mención de honor en el Concurso Internacional de Cuentos Casa de Teatro, 2007, y reescrito para esta compilación de *Cuentos erróticos*.

Bolívar Mejía. Nació en Villa Altagracia, República Dominicana, en el año 1962. Realizador y Productor de televisión, actor, guionista, con formación académica en comunicación, teatro y cine. Ha incursionado en la literatura, donde ha obtenido los siguientes premios: mención de honor en el Concurso Internacional de Cuentos Casa de Teatro, 2007, con el cuento "El despojo de Marina Pumarol"; mención de honor Concurso Internacional de Teatro de Casa de Teatro, 2011, con la obra teatral *Los colores de la violencia;* mención de honor Primer Concurso de Cuentos de Baseball Ministerio de Cultura 2008, con el cuento "El juego de los inmortales"; segundo lugar en la categoría cuentos del concurso Nacional de Literatura Gastronómica 2016, de la Fundación Sabores Dominicanos, con el cuento "Chocolate caliente". Actor: El agente Boli en las teleseries dominicanas: *Catalino el dichoso* y *Catalino en la boca de los tiburones*. General Estay en la película *Lilis*. Coronel asistente de Pedro Santana, en la película *Duarte*.

LA PERRA

por Ángel Santiesteban-Prats

Al principio se quejaba, ahora está casi tranquilo, como si las patadas de los guardias ya no le dolieran; también ha dejado de cubrirse el rostro. Tiene algunas cortaduras en las cejas y los pómulos, de la nariz le salen hilos de sangre que salpican los pantalones y la punta de las botas. Desde sus galeras los presos observan inquietos la golpiza a través de las rejas de la inmensa puerta de cinco metros que han escalado. El penal está sumergido en una extraña quietud, un silencio que la sirena de un barco rompe de repente, avisando su entrada a la bahía. Los guardias dejan de golpearlo porque se acerca el jefe Eleuterio, que llega, agacha su corpachón inmenso, lo agarra por los pelos con una mueca de asco, y le levanta la cabeza: te lo había advertido, pero eres testarudo, esta vez sí la cagaste.

Lo arrastran por los pies hacia la celda. A veces los soldados vuelven a pegarle cuando el jefe no mira o no quiere mirar. Va dejando un rastro de sangre en el recorrido. Entran en un pasillo oscuro y un guardia dice que abran la ratonera. Después que lo introducen en la minúscula celda se asoman por la ventanita y ríen: ahora sí estás cómodo; llegaste al pabellón del infierno. De esta nadie te salva, mejor te mueres.

Aún no ha logrado recuperar el conocimiento. Apenas se mueve y cuando lo hace, el gesto va acompañado de un quejido sordo. Escupe una saliva sanguinolenta. La Perra lo ha visto todo, y cada vez que entra al pasillo, se asoma para verle el rostro hinchado y se asusta. Piensa que se va a morir; nadie puede regresar a la vida después de estar tan alejado de ella. Y en la mañana, terminado el ajetreo del desayuno, la Perra comienza su trabajo con la limpieza del pasillo y escucha unos quejidos. Primero, mira hacia la claraboya, se asegura de que no proceden de los fosos de la fortaleza; después, se acerca a las puertas de las celdas, cuidando que algún sargento no la vea: quizá dos castigados están desahogándose sexualmente, se le despierta el morbo, las revisa todas tratando que desde adentro no le descubran sus intenciones y le griten hasta alarmar a los sargentos. Al llegar a la ratonera, se acuerda del preso que tiraron allí. Ya debía de estar muerto. Teme que al asomarse por la ventanita la hale por el cuello; pero piensa que no tiene fuerzas ni para sostenerse. Vuelve a asegurarse de que el Moro, un preso ayudante de los sargentos, no la sorprenda y quiera delatarla; le tienen prohibido husmear en el interior de las celdas, hablar con los castigados o hacerles favores, y se acerca lentamente. Está acostado, con la cara aún más hinchada, casi sin poder mirar; se acaricia los pómulos con la punta de los dedos sucios, se palpa las heridas, y cada vez que lo hace deja escapar un gemido de dolor. Todavía tiene el desayuno en el piso, la tisana se ha enfriado y será difícil beberla. Lo ve arrastrándose, arañando la puerta, buscando la poca luz que penetra por la claraboya. La Perra se asusta y huye.

Durante la mañana limpia las otras áreas asignadas. Pasa cerca del Moro que aprovecha la ausencia de los sargentos para empujarla y virarle el cubo con agua sucia en los lugares donde había terminado la limpieza. Ya no se revira, el tiempo en el presidio la convirtió en dócil, le enseñó a tener paciencia y saber esperar. Es la hora del almuerzo y se alegra porque teme que el Moro quiera hacerle otra de las suyas.

Cuando regresa en la tarde para volver a limpiar el pasillo, escucha los quejidos, ahora más altos. No puede evitar la curiosidad y se asoma, ve su rostro deshecho, las manos crispadas por los dolores. Intenta decirle algo que las heridas de los labios dificultan y la Perra no puede entenderlo y se aleja apresurada.

Pasa el día pensando en él. Por primera vez en su vida percibe hacia un hombre un sentimiento que no es sexual; más bien siente lástima, lo que siempre le ha estado prohibido por ser como es. Hace tiempo aprendió a no compadecerse de nadie, a esquivar los sentimientos nobles. Sin embargo, recuerda la imagen oscura dentro de la celda y repite que debe ignorarlo, puede traerle problemas y sufriría un tratamiento igual o peor, pero la imagen vuelve, aunque cierre los ojos para pensar en cosas más importantes, es inútil, siempre regresa a su mente aquel rictus de dolor, y siente que es cómplice de esa muerte irremediable. Entonces busca al Rojo, el enfermero, un colorado que lo persigue constantemente a cambio de algún favor femenino y le pide pastillas para los dolores: ¿tienes dolor de ovarios? No me jodas, estoy apurada. Así que favores con escopeta. Aquí el único que tiene escopeta, y de dos cañones, eres tú, corazón, y el colorado sonríe, enseña los pocos dientes amarillos que le quedan, busca las pastillas y se las entrega, le pide que lo toque, aunque sea un momentico, solo un apretoncito, mami, y la Perra abre una mano, palpa, acaricia el bulto con delicadeza, el colorado cierra los ojos, quiere obligarlo a que se agache, pero la Perra lo rechaza, y se aleja ante los ojos desesperados del enfermero.

Después de asegurarse de que los sargentos o el Moro no entrarán hasta allí, cruza con rapidez el pasillo y deja caer las pastillas envueltas en un papel escrito, donde le explica que son para el dolor. Él lo recoge, desconfía, no conoce a nadie que trabaje en las celdas y llegar es sumamente difícil y peligroso. De todas formas, no tiene nada que perder y se toma tres, cierra los ojos, se pregunta para qué cuidarse, si tiene sentido, nada le salvará la vida; al rato siente los primeros síntomas de alivio después de tantas horas de dolor.

La Perra pasa la noche pensando si hizo mal en auxiliar al desconocido. Sabe que fue un acto de locura. Si los sargentos la hubieran sorprendido iban a tratarla igual y nadie se apiadaría de ella, ni siquiera ese que ayudó. Asoma parte del rostro por entre los barrotes de una ventana, es su único pedazo libre, piensa. Respira el aire del mar, escucha el golpe de las olas contra los arrecifes, y como siempre, la soledad la abruma. Está confundida, de la vida solo ha recibido un rechazo general hacia su naturaleza, lo ha sufrido en carne propia desde niño, día a día, momento tras momento, nunca se ha detenido esa cadena de insultos. Nadie hizo un gesto generoso por ella, siempre la miraron como a un bufón. Cuando era un niño los otros alumnos le golpeaban, obligándole a que besara a Lázara, la más fea del aula, y ahora es igual o peor, tantas veces le sucedió, los hombres que encontraba por las calles de La Habana fingían aceptar el flirteo para golpearla y robarle en el primer lugar oscuro que encontraban; en los centros de trabajo le negaban las plazas de mujer a sabiendas de que era incapaz de levantar un saco. ¿Por qué tenía entonces que correr ese riesgo por un desconocido con el que no mediaba ningún interés sexual, sabiendo, además, que allí era imposible llegar a un contacto corporal, a lo sumo, un beso? No se interesará más por él, hará su trabajo sin buscarse problemas; sabe que no puede darse el lujo de ser sentimental. Cuenta los latidos del corazón entre los intervalos de la luz del faro del Morro. Una luz que envidia por el privilegio de llegar al horizonte. Y no puede evitarlo: vuelve a pensar en él.

Desde que amanece sigue repitiéndose que debe ignorarlo, nada en el mundo le hará perder ese trabajo que la libera de estar encerrada junto a esos hombres insaciables de sexo y abusos. Comienza a barrer lentamente, no quiere hacer ruido. Llega al final del pasillo, lo más alejado posible de la celda. Pasa la escoba con rapidez para poder regresar antes de que cambie de idea, porque la curiosidad por mirar hacia adentro se le hace insoportable. Entonces oye una voz que escapa de la ratonera: ¿quién te mandó? La Perra se asusta, no contesta y se apura hacia la salida. El Moro le pregunta por qué huye, ¿viste a una mujer?, y los guardias ríen. Le contesta que fue una rata y se pone la mano en el pecho, y al Moro la risa se le convierte en tos y escupe sobre la escoba que lleva la Perra, ¡qué clase de mariquita más jodida tenemos!, dice, mientras la Perra aprovecha para alejarse.

Por la tarde prefiere no limpiar el espacio final y así esquivar cualquier relación con él. Es la primera vez que huye de un hombre; siempre ha sido al revés, y esto la hace sentirse extraña, ajena. En la galera pasa la noche sin hablar con los que vienen a sacarle conversación: se nos ha convertido en una señorita de sociedad. Seguro tiene un novio celoso. Pero se mantiene sin hacerles el juego. El mandante envía al Jábico a buscarla y se niega, dile que hoy no, me siento mal; este la mira con ironía, pregunta si tiene la regla, y sonríe burlonamente. La Perra ya no le escucha, continúa pensando en él, ¡qué puta soy, mi madre!, ¿por qué me atrae lo prohibido?

Cuando está barriendo por la mañana escucha otra vez la voz que sale del interior de la ratonera, no me tenga miedo, le dice. La Perra suelta la escoba y se acerca a la ventana, le ve sentado en el piso con las manos cubriéndose la cara. Estoy mareado. Es por la comida, justifica la Perra, ni siquiera dándote la ración completa sería suficiente para reanimar ese cuerpo maltratado. Los dolores me volvieron a comenzar anoche. ¿Y las pastillas? Ya se me acabaron. Haré lo posible por conseguirte más. No te estoy pidiendo nada, solo quería corresponder al gesto humano, si fuiste tú, y punto. Se miran fijo unos instantes. La Perra recoge la escoba y termina de barrer, piensa que siempre los hombres le han pedido, exigido; conocía esos prejuicios machistas y cómo enfrentarles; pero este no era el caso y siente que está desarmada, sin respuesta, hoy no se rige por la mariconería, actúa con otro código que desconoce. ¿Por qué tenía que ser ahora la excepción de la regla?

Se encamina a la enfermería; los muros del castillo la hacen sentirse como un insecto atrapado que nunca podrá salir de allí; ve a los guardias que merodean las azoteas con sus armas largas, y se persigna y le pide a su virgencita Ochún que la aleje de todo mal.

Desde la puerta ve la silueta del colorado que inmediatamente sonríe y la invita a pasar. ¡Hola!, qué dice mi Rojito preferido. Que te extraño y te deseo más que a la mujer que dejé en la casa. Mentiroso, las tetas de esa negra halan más que una carreta. Tú no sabes cómo te agradezco que vengas a darme mi vuelta, qué quieres. Necesito más pastillas para los dolores y también vitaminas. El Rojo la mira serio: no te me vayas a envenenar, si alguien no te quiere, te juro que seré tu hombre, me caso y te pongo como una reina. Lo pensaré, dice ya con las pastillas en la mano y se va.

Los sargentos conversan en la puerta, afloja el paso, aparenta que nada la apura, cuando los rebasa, el Moro la hala por la camisa, ¿en qué andas?, me toca limpiar otra vez el pasillo de las celdas, ya terminé con el comedor y las oficinas del Orden Interior. El Moro la mira desconfiado, la Perra teme que registre y encuentre las pastillas y se las enseñe a los sargentos para ganarse méritos. Aunque diga que son suyas, que tiene dolor de muelas, no le van a creer, siempre ha sido un desastre diciendo mentiras. El sargento, con un gesto de cabeza, la autoriza a seguir su camino. El Moro se aparta y la mira con odio. Ella se mete las manos en los bolsillos para contener el nerviosismo. Traga en seco y siente las orejas calientes. Según va pasando por las celdas los otros detenidos la llaman, cosa linda, reina, ¿por qué no me das un besito?, muñeca, anda, princesa. La Perra los ignora, llega apresurada a la ratonera y lanza las pastillas. Él se levanta con dificultad, dije que no te pedía nada. Y la Perra le contesta que ya lo sabe. ¿Entonces por qué me traes las pastillas? Es que no quiero cargos de conciencia, solo por eso. Por las noches me pongo a pensar que te vas a morir sin yo haber movido un dedo; queda observando el rostro sucio que la mira desconfiado, buscando otra razón; además, es la única manera de joder a los sargentos y vengarme del Moro por sus abusos, ¿te imaginas cuando te vean listo para la pelea cómo se van a mortificar y lo que yo me voy a divertir?... Te aseguro que no es nada personal contigo. Él asiente y desvía la mirada. Te traeré jabón para que te quites la sangre del rostro, te ves espantoso. ¿Qué pastillas me trajiste? Se pasa la lengua por los labios para contestar, las blancas te calmarán los dolores y las rosadas son vitaminas. ¿Cómo las consigues? Amiguitos que tengo en la enfermería. ¿Con qué les pagas? Y la Perra se calla. Él hace un gesto de molestia, ese no es tu problema, no me traigas más pastillas, aunque me veas agonizando, para después no ser yo quien tenga cargos de conciencia. La Perra se mantiene mirando al piso en silencio, asiente y se va.

Por la mañana le lleva el desayuno escondido debajo de la camisa. Él lo rechaza, no puedo aceptarlo. La Perra dice que lo compró por dos cigarros, que, si quiere, cuando salga, se los pague. Y él pregunta: ¿con qué? Y la Perra se pone nerviosa, claro, con cualquier tipo de mercancía y con la cantidad que quieras. Él asiente, ya entiendo. Apenas agarra el pan, lo muerde desesperado, se lastima los labios y se queja sin dejar de masticar; de las heridas brota sangre que mancha sus dientes, pero no se detiene. La Perra siente su estómago vacío y cambia la vista del pan. Le da la pastilla de jabón, te ves horrible. De todas formas, no estoy de vacaciones ni hay mujeres a quien lucirle. Sí, dice la Perra, es verdad; al menos aséate para que desinfectes las heridas, puede darte fiebre; además, cuídate de las ratas, te garantizo que en tu caso te sacan cuando ya no exista la posibilidad de salvarte. Se percata de que alguien se acerca y agacha la cabeza fingiendo barrer. El Moro la mira, receloso, desde el otro extremo. Recorre el pasillo inspeccionando. En la mano lleva un tubo de goma negro propiedad de los sargentos. En el interior de las celdas hacen silencio al reconocer su desagradable rostro asomado al hueco de la puerta. Aunque es un preso tiene poder: los sargentos le utilizan y a cambio le dan comodidades. Cuando la Perra le pasa por el lado, hace un gesto rápido y la atrapa y la lanza contra la pared. La Perra casi no puede resistirse ante la fuerza de los brazos que la aprisionan por el pecho con el tubo y le impiden respirar. Siente encajada en su espalda la barbilla del Moro, que la empuja hacia un calabozo vacío. En la oscuridad escucha su respiración agitada, su sexo creciendo entre sus nalgas. El Moro la vira y obliga a que se agache, le pega el rostro al pantalón y la agarra por la cabeza, hasta que la Perra decide bajarle el zíper y el sexo sale erecto, con fuerza, y se lo pasa por la cara hasta deslizarlo dentro de su boca; de pronto, el Moro, con fuerza brutal, la alza, la inclina obligándola a apoyar la cabeza contra la pared y, desesperado, le baja el pantalón, le recorre con sus manos las nalgas y la espalda, y la penetra violentamente. El Moro acelera los movimientos, el tiempo parece eternizarse; la Perra se muerde la mano para no soltar un quejido de dolor y que él pueda escuchar. Apenas termina el Moro se sube el zíper y con ira y una mueca de asco la golpea con el bastón y la

Perra cae en medio de un grito que rebota como un disparo en el techo y en los oídos de cada recluso. Se retuerce en el piso, pero siente alivio porque ve al Moro alejarse apresurado. Cuando logra reponerse, mira para la ventanita, donde él se aguanta con dificultad de los barrotes. A pesar de todo, sonríe, le dice que ya está acostumbrado a esas salvajadas, hace un gesto de dolor al tocarse un costado, esta vez tuve suerte, y se aleja apoyándose en la pared.

Pasa la noche y los dolores apenas le dejan conciliar el sueño. El Jábico le avisa que el mandante quiere verla. Se niega, dice que está cansada. Jábico la empuja violentamente y casi cae de la cama, quién te has creído que eres, maricón de mierda, si el mandante te necesita tienes que ir. La Perra acepta asustada, dile que ya voy; Jábico sonríe y pide que no se demore o tendrá que regresar y le asegura que no va a gastar palabras. Se aleja y la Perra se pasa las manos por la cara, mira hacia el fondo de la galera, se consuela con que debe asumirlo como un oficio, busca en su jolongo talco y perfume, piensa que pondrá toda su sabiduría para satisfacerle con la boca y evitar que la penetre.

Desde que entra en las celdas, la Perra camina por el pasillo hasta el fondo donde está la ratonera, para darle los buenos días. Le trae parte de los alimentos que pudo reunir. Él los rechaza; pero ella insiste, tiene que alimentarse. No vale la pena, aquí voy a pudrirme. Y la Perra se pone triste, y da un paso atrás, y con aire marcial, la voz ronca y el dedo índice levantado: al paredón, pero con coraje, que por algo somos descendientes de Mariana Grajales, y él sonríe con ganas, y la Perra le mira con ternura, porque si eso ocurre le va a extrañar, dice; se miran serios y cambia la vista, tengo que limpiar.

Por las noches camina intranquila, deseosa de que amanezca para verlo, siente una ansiedad, una angustia que nunca antes había experimentado. Mira por la claraboya hacia la inmensa oscuridad, dibuja su silueta y sus labios. Cierra los ojos y estira el brazo como si pudiera tocarle, sentir la tersura de su piel y escuchar su risa que se apaga con un grito en la galera ordenando regresar a sus camas. Cuenta las horas y los minutos que pasan desde que la encierran, junto con el resto de los presos que trabajan en el penal, hasta el amanecer.

Cuando los guardias y el Moro se entretienen o duermen la siesta, la Perra aprovecha y le cuenta anécdotas personales, inventa otras. Él le pregunta cuál es su nombre verdadero. La Perra le mira sorprendida: mi madre me puso Manuel. Entonces te llamaré así. También puedes decirme Manuela o Perra, ya me acostumbré y no me molesta. Él dice que no, las personas tienen su nombre propio para que se les llame de esa manera. Te diré Manuel, y ella le interrumpe, mi madre es la única que me ha llamado así, desde niño tengo ese apodo porque soy loca de nacimiento; hasta ahora, nunca me había percatado de que tenía un nombre lindo, o será tu manera de pronunciarlo, y él tiene deseos de decirle que no le joda, que no se equivoque, de mandarlo bien lejos, pero se calla, espera que termine, y piensa que la vida es del carajo, que ese que tiene delante es todo lo que siempre ha rechazado.

Después del almuerzo conversan, le cuenta que la trajeron por travesti, me pongo que paro el tráfico; Dios fue muy injusto conmigo, y se mira el cuerpo con asco, resulta que tengo pelucas, vestidos, tacones, cosméticos, un caminar cadencioso que babea a los hombres y que es envidia de las mujeres, hace un gesto desagradable al pronunciar la palabra: cargo la picha hacia atrás, la escondo entre las piernas, repite el gesto de asco, a veces aprieto tanto los testículos que el dolor me obliga a empinarme más, haciéndome original, llamativa, ligo cuantos hombres quiero, por decenas; nunca dejo que me toquen delante, digo que tengo la regla, siempre escojo lugares incómodos, así evito que me quiten la ropa y me descubran, inicio un juego manual y les masturbo. El último fue un taxista, ya lo tenía acorralado, casi desnudito; su material, que no era nada del otro mundo, en mis manos, mis ojos colgando de sus bolsas, bailando en su bola rosadita, divina, yo estaba tan caliente que no me percaté de que su mano palpaba dentro del blúmer, y lo que sentí fue su gesto de sorpresa, inmediatamente un puñetazo, luego patadas en la calle, la peluca, la cartera y los tacones lejos de mí, ya no era nadie, me había convertido en una bruja cuando me montaron en el carro patrullero; los curiosos se divertían, un verdadero escándalo. Todavía recuerdo aquel momento con terror.

Él pregunta qué día es hoy para interrumpir la conversación, se ha excitado. ¿Te molesta que te cuente estas cosas? Queda sin contestar, mirándole, busca la manera menos hiriente de decirlo: es que he tenido una educación machista. ¡Como todo hombre de este país que no es homosexual! No es que tenga nada contra ellos, la culpa fue de mi padre que ni siquiera besaba a sus hijos varones, nada más complacía a las hembras. El caso es que siempre he preferido ese tema lejos de mí. La Perra da un paso atrás, sonriendo. Contigo es distinto. Se pone la mano en la cintura: ¿no me consideras uno de ellos? Es que lo nuestro es diferente, una relación humana. ¿Relación? Manuel, hoy te ha dado por jugar. Sí, no te imaginas cuán juguetona puedo ser. Ahora él prefiere no contestarle y hace un gesto de impaciencia. La Perra se pone seria y le pide disculpas, lo último que haría en la vida es molestarte. No pienses que soy cínica, no todos los maricones actúan igual ni les gusta lo mismo; además, a veces, aunque lo duden, también siento como los hombres. Y se va sin poder controlar el meneo de la cintura que el muchacho observa sin querer. Siente los latidos de su sexo; cuando se da cuenta, se asusta primero, después se molesta consigo mismo, se agacha y se golpea la cabeza con las rodillas. Decide masturbarse, busca en su mente los recuerdos lejanos y gastados sin lograr una imagen que le satisfaga, no puede controlar sus instintos. A veces le llega la imagen de Manuel y lucha desesperadamente por alejarla. Está largo rato pensando la forma de evitar que vuelva a ocurrir.

Al otro día, cuando la Perra le saluda y saca el pedazo de pan, él se niega, no puedo aceptarte más nada, Manuel. Al principio, la Perra piensa que es un juego o que le da pena porque sabe que es su pan, va a explicarle que ya desayunó, este lo había comprado, pero él hace un gesto para que no siga, es otra cosa: me llegaron comentarios por presos que han entrado en otras celdas, burlas, calumnias que dañan mi imagen de hombría ante el penal, lo siento, no regreses más. La Perra no quiere comprender, se mueve negando incesantemente, ese seguro que es algún bugarrón enamorado, puede ser el Moro, me odia y a la vez no soporta que ningún hombre se me acerque. Él insiste: seré el mayor perjudicado, por favor, entiéndeme, Manuel. Cómo pides que te entienda si eres mi única alegría, nunca tuve un amigo de verdad, me has hecho sentir distinta, útil, desde que te conocí soy otra, anda, no le hagas caso a esos envidiosos, ¿¡sabes cuánto les gustaría tocarme!? Y él continúa negando. Es que no puedo dejar de verte, ya no está en mí, deberías saberlo, este encierro se me ha hecho menos duro desde que tengo tu amistad. Es imposible esta amistad, ignórame. No me digas más que no venga, tú eres el que tiene que ignorar los comentarios. Ya te dije que no, y no voy a ceder. No se puede vivir con la gente. No insistas, vete. No me voy, te contaré las infidelidades de mi madre que es lo que más amo, y verás cómo ahorita se te olvida. No quiero saber nada. La muy puta, comienza con una sonrisa fingida como si no sucediera nada, se echaba los amantes en la propia casa. Él observa su fragilidad, la suavidad con que habla, sus uñas limpias, los labios mojados por una saliva transparente que brota de su lengua tibia, y se va de la ventana, se sienta excitado en el fondo de la celda, se tapa los oídos, no quiere escucharle, evocar más esas imágenes sucias que le obligan a no ser como él desea. Mientras mi padre trabajaba, yo era muy niño, ella me hacía dormir la siesta, lo que detesto todavía; sin embargo, son las horas en que más disfruto el sexo; entonces, en silencio, me ponía a mirar a través de las cortinas, el goce se reflejaba en su rostro al ser penetrada, así fue cómo descubrí la atracción por los hombres, por esa vara mágica que nos transforma en yeguas y mariposas, en lodo y viento. Desde el fondo de la ratonera, él grita que se calle, no le va a oír más. Mi madre se veía más bonita, sensual, y esa mujer dulce y refinada se transformaba en la descocada más gozadora, cambiando las posiciones, hacía desaparecer en su boca aquel trozo de carne sin dejar ni un milímetro afuera, como una maga tragaespadas, hacía de todo, era genial, seguramente desquitándose su insatisfacción con mi padre; terminaba con gritos lujuriosos, entonces yo corría a mi cama hasta escuchar los pasos del hombre y el abrir y cerrar de la puerta. Durante el día la alegría de mi madre se le reflejaba en los ojos y en sus movimientos, y era más cariñosa, se le abría el apetito y bromeaba. La mayoría de sus amantes eran amigos de mi padre que por la noche iban de visita a la casa; obligado por ella les llamaba tíos y me sentaba sobre sus piernas, frotándoles con mis nalgas sus sexos que a veces sentía crecer. Mira al interior de la celda sin poder ver su silueta. Acércate, le dice, vamos a olvidar lo que propusiste, tengo que contarte. Cuando mi madre no recibía sus visitas diurnas, entonces maldecía a mi padre, y me regañaba por las cosas más insignificantes, gritaba: eres insoportable. No me dirigía la palabra, lo mismo que me haces tú, ¿ves por qué no puedo soportarlo?, ¿ahora me darás la razón? Anda, háblame, déjate ver. De pronto siente los pasos del sargento y se apresura, finge que limpia, y este la mira, ve las lágrimas corriéndole por la cara, maricones de mierda, dice, trágicos, y queda merodeando para sorprenderla en algún movimiento con los reclusos y castigarla.

Desde entonces él no se asoma a la ventana, salvo para recoger la comida y a la hora del recuento. A veces siente el trapeador golpeando la pared del pasillo y las puertas de hierro. La Perra busca la forma de que vuelva a aceptar su amistad y se arrepienta y le diga: me he equivocado, Manuel; lo volvería a pronunciar lindo, discúlpame por retirarte la palabra, anda, háblame, yo soy tu amigo, hasta te extraño cuando no vienes.

Han pasado varios días. Al principio fue solo aburrimiento por no tener con quién entretenerse; después fue algo más, quizá una sensación de injusticia que le crecía por dentro, una lástima, una extraña tristeza que solamente la imagen de Manuel mitigaba. Los ojos se le humedecen y siente rabia consigo mismo, deseos de insultarse, cómo había podido ahuyentar al único ser humano que existía en aquel lugar, a la única persona que le socorrió arriesgando su seguridad personal; todo por aquel miedo ridículo de confundir a la Perra con una mujer, que hasta podía ser normal por el tiempo que ya llevaba encerrado. Cuando venga a limpiar la celda le dirá que tiene razón, que se ha olvidado de la gente y no le importa lo que hablen, que los demás se pueden ir al carajo, lo que importa es su amistad, ¿verdad, Manuel? Vuelve a recordar sus gestos amanerados, su voz melosa, la manera en que humedece los labios, y sus miradas dulces. Y siente unos intensos deseos de verle. Escucha unos pasos, con ansiedad se acerca a la ventanita y busca el rostro conocido de Manuel, pero tropieza con la mirada del Moro que sonríe con ironía:

—Qué, ¿pensabas que era la Perra?

Él se aleja en silencio de la ventana.

Este cuento, "La Perra", pertenece al conjunto de relatos *Los hijos que nadie* quiso, Premio Alejo Carpentier 2001.

Ángel Santiesteban-Prats. La Habana, 1966. Graduado de Dirección de Cine, reside en La Habana, Cuba. En 1989 ganó mención en el concurso Juan Rulfo, que convoca Radio Francia Internacional, y el relato fue publicado en *Le Monde Diplomatique*, *Letras Cubanas* y la revista *El cuento* de México. En 1995, envía al premio nacional del gremio de escritores (UNEAC), ganándolo en esa oportunidad; pero por su visión humana (o inhumana) hacia la realidad de la guerra en Angola, donde participaron los cubanos por espacio de 15 años, fue retenida su publicación. El libro: *Sueño de un día de verano* fue publicado en 1998. En 1999 ganó el premio César Galeano, que convoca el Centro Literario Onelio Jorge Cardoso. Y en el 2001, el Premio Alejo Carpentier que organiza el Instituto Cubano del Libro con el conjunto de relatos: *Los hijos que nadie quiso*. En el 2006, gana el premio Casa de las Américas en el género de cuento con el libro: *Dichosos los que lloran*. Ha publicado en México, España, Puerto Rico, Suiza, China, Inglaterra, República Dominicana, Francia, EE.UU., Colombia, Portugal, Martinica, Italia, Canadá, entre otros países. Es autor del *blog Los hijos que nadie quiso*.

SEÑORA EQUIS

por Félix Luis Viera

El primer farolazo me lo dio en la mesa de los perfumes y cosméticos. Yo estaba mirando unas colonias para hombres, Chanel; solo mirando, tanteando precios a ver si dentro de poco puedo comprar alguna. O dentro de mucho, porque esta colonia es cara. Y a mí últimamente apenas me alcanza para el comer y el pago del techo que me exige mi familia (parte de la renta, quiero decir). El Onecent suele repletarse los sábados en la tarde. Mucha de la gente que tiene trabajo no curra esa tanda.

El Onecent es una tienda mixta, una de las cadenas de tiendas "yanquis", uno de los ramalazos del "imperialismo" aquí en nuestra isla. Así dirían los comunistas con los que me he juntado y me junto a cada rato. Y tienen razón, pero no la tienen cuando le dicen a uno que este orden establecido hay que desmoronarlo a toletazo limpio. Arriesgando de por medio la vida. Mejor sería que buscaran una solución suave. Bueno, ya lo he expresado antes: echarse en una guerra así podría resultar en que uno se quede cojo o manco o hasta que le corten la pinga en una pelea y de este modo quede deshabilitado para penetrar en el prodigioso túnel de la muerte de las damas (es decir, para los que comenzaron a leer los relatos por esta página: la tarta, el coño, el bizcocho, el bollo, la brasa, la papaya...).

Ah, disculpen... me salí del camino... La mujer, decía, me destinó el primer farolazo cuando estaba al otro lado de la mesa de los perfumes. Mi alma sintió la mirada, levanté la vista y la mujer dio como un brinco con los ojos, apenada.

Está vestida de azul, dos tonos: el de la blusa, leve, y el de la holgada falda alguito más fuerte.

Es maciza. Se nota.

La blusa le cubre solo un poquito más allá de la cintura.

Está acompañada de un hombre garboso, alto, muy blanco. Y una niña de unos cuatro años.

En tiro directo estábamos separados acaso por tres metros cuando la descubrí mirándome. De modo que con toda nitidez pude ver el color de sus ojos. Verdes. Y rasgados.

Y en automático miré la muñeca izquierda del hombre: lleva un reloj Ultramar —de los más costosos, parece.

Es muy positivo fijarse si los hombres o las mujeres llevan relojes y explorar de qué marca y modelo. Eso da una pista sobre su estamento. [Mas, tomen en cuenta que hay ciudadanos como yo: exhibo un Ultramar de modelo avanzado, pero falso, de imitación, cuesta solo tres pesos (aun así, es un lujo, como está de cuesta arriba la vida): soy una cátedra en eso de diferenciar lo original de lo falsificado].

Me hice el comemierda y continué caminado al otro lado de una a otra de las mesas que ellos observaban. La mujer entendió mi juego y me echa miradas de medio lado y, cuando caemos de frente, me las tira por el mismo medio. Pero breves. Después de fijarse disimuladamente si el hombre que va con ella —el marido, sin duda— no lograría captar.

Siguieron, seguimos hasta el fondo de esa bofetada del "imperialismo yanqui" que es el Onecent. Por un momento pareció que se iban a la cafetería, que corre a todo lo largo de un lateral, adonde suele merendar la gente que tiene trabajo o que no necesita trabajar porque tiene dinero dado por Dios, negocios, estafas, robos o herencias o lo que sea. Raro es ver un negro en una de las banquetas de la cafetería; dicho sea de paso.

A la entrada del Onecent siempre hallaremos unos cuantos limosneros extendiendo la mano y aun en ocasiones alguna puta pesetera. La policía viene, les quita de ahí. Pero ellos vuelven. Y así sigue el juego.

Perdón por la interrupción: Ya saben que esto de la ideología, la desigualdad social y todo ese tema me llega de metrallazo.

Seguí "custodiando" a la mujer de los ojos verdes y rasgados, su marido y a la que indudablemente era la hija de ambos.

Algunas veces la niña se cerraba de paso y la mamá la conminaba a continuar, inclinándose, y entonces me miraba en línea de abajo hacia arriba. No lo duden: miradas calientes; no sé si calientes solo por lo furtivas, o porque ella les ponía ardor. Esto siempre será muy difícil de precisar en esta vida.

El marido llevaba dos bolsas en la mano izquierda. Con la derecha, en ocasiones palpaba a su mujer por el talle. En una de estas ella se volvió hacia la izquierda, hacia mí, y me miró de modo manifiesto, libérrimo.

Yo le puse un extra a mis ojos. Un extra que podría traducirse: me enloqueces, beldad, sería tuyo, princesa, quisiera que fueras mía, reina de los bosques, los valles y los ríos y etcétera… o también: qué rica estás, mami, como para comerte de meñique a meñique, cabrona, te lo estaría libando toda una vida, hasta que la lengua se me hiciera humo, te la enterraría hasta donde la razón y el falo se fundieran…

Dependería, digo, de la calaña de ella, su familia, su crianza, su religión aun. Quizás, quizás la mujer tradujo mi mensaje con parte y parte de las dos posibilidades antes referidas. Quizás. No se sabe.

Dialogaron mientras el hombre apuntaba hacia la cafetería. Pero continuaron el camino entre las mesas de mercancías. Dieron medio corte a la derecha y se metieron en el saloncito donde se hallan los discos de música.

Yo les seguí la ruta. Siempre observando para el otro lado, pero de paso en paso, con una pizca del rabillo del ojo, hacia ellos.

Menos mal: el marido no miraba hacia la izquierda, solo adelante.

Advierto lo anterior porque ya me colmaba el pánico por si el hombre se daba cuenta del tiroteo. Podría descubrir mis miradas, no las de su mujer, que, si bien se encontraba más cerca de él, paradójicamente sus ojos no se hallaban en el cono visual del marido.

O sea, si él se daba cuenta de la persistencia, lo abrasador de mis farolazos, podría desafiarme. Y ya ustedes imaginan lo que yo haría en ese caso, o lo que no haría.

Se detuvieron en la mesa de los discos "imperialistas". Es decir, donde se encuentra la música en inglés; en inglés estadounidense, se entiende.

Yo les sobrepasé y me detuve en la siguiente. Música cubana. No debía arriesgar tanto, aún más si consideraba que por la banda de la mesa en que ellos se hallaban solo permanecía otra persona. En suma, sería yo muy detectable: ¿acaso el marido no se habría dado cuenta al menos un poquito y ya se le montaba que era demasiada casualidad que yo cayese de nuevo junto o frente a ellos?

Asimismo, me dio por preguntarme: ¿tendría yo facha de tipo con tocadiscos? Bueno, mi facha no es de horror, pero sí de empleado promedio con camisa de dos pesos y zapatos de cuatro pesos con setenta y cinco centavos.

De mis conocidos y amistades, que yo recuerde el único que tiene tocadiscos es mi amigo del alma Héctor Calcines. [No olviden que está pendiente mi relato sobre la manera tan cruel en que le pegaron los tarros. Bien, siempre es cruel que a un hombre le pongan los cuernos, pero lo de Calcines fue, digamos, increíble. Luego lo cuento.]

Estuve mirando unos discos de Los Chavales de España, Panchito Riset, Barbarito Diez con la Orquesta de Antonio María Romeu y Abelardo Barroso y la Orquesta Sensación, entre otros... todos unos caballos... Están en mi lista priorizada para cuando tenga tocadiscos; un sueño que aún no me atrevo a degollar.

Y esperaba por ellos. O por la mujer. El marido había llamado a la vendedora. Le pagó par de discos que esta metió en una bolsa de nailon roja. No sé si esto de la bolsa y su color resulte importante, pero así fue.

En el Onecent, esa confortable madriguera "imperialista", las personas empleadas en la venta son mujeres. Y la paradoja: están uniformadas de negro, de falda y blusa. Si bien de un negror suave, que no debe pesarles demasiado dentro del aire acondicionado.

¿Por qué dije "paradoja"? Pues porque están uniformadas de negro, pero son blancas; no pocas de ellas rubias bien sean naturales o teñidas. Y todas con un mínimo de galanura.

Es decir: a quien halle en un Onecent una empleada negra, le pago en oro lo que pese la negra.

Y ellos se acercaron. Yo había tomado el sitio exacto para, de acuerdo con la dirección en que se iban moviendo, fuesen a dar junto a mí. A la mujer le correspondió "caer" a mi lado, a mi derecha.

Ella ahora llevaba la bolsa con los discos comprados en su mano izquierda. Y entre la bolsa y ella, yo.

Son gente de plata: de Larga Duración el par de discos.

Puse cara de musicólogo mientras leía las contracarátulas, despacio, como si escrutara cada palabra, dedicando con la cabeza gestos de asentimiento o de negación a la par que "leía". Dándoles vueltas a los estuches, de vez en vez, como para reconsiderar.

La mujer es de pechos altos. De esos que en todo momento parecen estar pidiendo guerra. Con el filo de mis ojos miro sus pechos. No lleva escote. El marido se cruza con ella algunas palabras. Yo estoy concentrado aparentemente en los discos. Ella es alta. Y ahora se yergue. No me mira, pero se yergue para así enviarme algún mensaje.

¿O son ideas mías? La niña —lleva una peineta en el lado izquierdo de la cabeza, que, si no es de plata pura, está cerca de serlo— zapatea contra el piso y se queja de no sé qué y la madre se vuelve hacia ella, inclinándose. Es mi momento. El gran momento de mi vida, pienso. El gran momento de mi vida. Corro el dorso de mi mano y rozo las nalgas de la mujer. Muy ligeramente. Son compactas, me imagino más bien porque el roce no da para un dictamen. Pero son compactas, me digo. En esa microfracción de segundo sentí pánico. Ella podría reclamarme, decirle al marido. O tal vez ni lo sintió, pues en casos así quien siente es quien prodiga, puesto que está preparado para sentir, no quien recibe. Es de un blancor vigoroso, no arranado como el de tantas mujeres de la patria cubana. Los faroleos con intermitencia y como al desgaire: el reloj del hombre efectivamente es un Ultramar legítimo y de los más caros. Ella lleva anillo de casada en la mano derecha —al parecer de rubíes—; él igual, de oro oscuro, el bueno. Sé que esto solo durará acaso dos o tres minutos. La mujer es de culo levantado. Dios. Aun con la falda azul oscuro de plises en el dorso, se nota ese fenómeno que hay debajo. Dios santo, ¡cuánto hay bajo esa ropa que no es mío!, ¡cuánto hay que yo nunca veré! ¡Ay! Los senos son medianos. La blusa también tiene plises, así que todo es a cálculo de ojo, y de ojo subrepticio. Ella emite un suspiro y mira hacia la izquierda. Hacia mis manos, me gustaría pensar. El marido le dice algo. Ella se vuelve. Si yo fuese más temerario fingiría un desmayo y caería sobre la mujer. El marido me recogería. Y quién sabe si hasta me llevarían a Urgencias del hospital. Nos haríamos amigos y posteriormente yo comenzaría el asedio. Siento el palpitar de la mujer en mi oído derecho. Miro sus pechos. Se ha erguido de nuevo. O, es decir, se mantiene erguida por unos momentos. El marido dice algo mientras toma un disco, otro, lo regresa a la mesa, toma otro. Ella se vuelve a la izquierda. O sea, hacia mí, y me farolea a quemarropa. Yo igual. Y nos quedamos unos dos segundos infinitos mirándonos. Sus ojos verdes y rasgados son asimismo brillantes. Me los remachó hasta la nuca. Padezco una erección principiante. Pero que podría notarse si alguien me observara la entrepierna. Recuesto mi vientre contra la mesa para ocultar el levante. Quisiera preguntarle a la mujer: y tú, ¿acaso te has mojado?, ¿tienes una mojadura por mí?, ¿mediana, vasta, chorreante?, ¿te anega el blúmer?, ¿se han tensado tus pezones?, ¿pensarás en mí en el próximo coito con tu marido?, ¿imaginarás que te poseo yo mientras él te posee?, ¿te vendrás con él pensando en mí? El marido dice vámonos. Y los tres comienzan a andar.

Miami, febrero de 2016

Este relato, "Señora Equis", es texto independiente de *Traicioneras, 2017*.

Félix Luis Viera. Poeta, cuentista y novelista cubano, nació en Santa Clara, en 1945. Ha obtenido en dos ocasiones (1983 y 1988) el importante Premio Nacional de la Crítica concedido en la Isla a los mejores libros de cada año. En el campo de la narrativa tiene publicados los libros de cuentos *Las llamas en el cielo* (considerado un clásico del género en Cuba) y *En el nombre del hijo*; y las novelas *Con tu vestido blanco; Serás comunista, pero te quiero* e *Inglaterra Hernández*. Su novela *Un ciervo herido*, publicada por la Editorial Plaza Mayor en 2003, fue traducida al italiano en 2005, con una acogida controversial y extensa en la crítica literaria de Italia.

En 2010, su novela *El corazón del Rey,* fue publicada por Innovación Editorial Lagares, en México. Y la Editorial Iduna, en conjunto con Absalón Ediciones, publicó en Miami su poemario *La patria es una naranja*. Actualmente vive en Miami.

EL CUENTO DE HADA

por José Hugo Fernández

Hada no conoce el amor porque conoce demasiado a los hombres. Y porque está marcada. Desde muy atrás y muy adentro, aunque siempre a ojos vista, como un lunar, tira de un signo de exclusión que es herencia de casta. Mientras que todas las demás sueñan con el mágico toque de singularidad, ella lucha a brazo partido por ser una muchacha corriente. Y de nada le vale. Nadie puede saltar fuera de su propia sombra. Tal vez por eso Hada no consigue librarse de aquello que la desemeja. Pero tampoco se rinde.

Al cumplir 16 años de edad supo que su vida amorosa sería ímproba y sufrida. Igual que su madre y que su abuela y que la madre de la madre de su abuela, Hada había nacido con cierta insuficiencia congénita que los ginecólogos definen como estrechez del introito vaginal, pero que las viejas deslenguadas de la familia prefieren llamar chocha tupida.

Hada se hizo médico. Confiada en que existe una cura para cada mal, quiso aceptar con sólido conocimiento de causa las herramientas de su felicidad. Y fue esperanza vertida en saco roto, puesto que los seis años que pasó hincando los codos en la universidad no le reportarían mayor beneficio que aquel que se obtiene con una simple visita a la consulta de ginecobstetricia. Y es que todo está dicho sobre la estrechez del introito vaginal. En muy pocas palabras: falta de capacidad que imposibilita de por vida a una mujer para recibir sin un dolor extremo la bendición del sexo opuesto. Claro que las viejas deslenguadas de la familia no se muestran de acuerdo con el empleo de términos tan vagos para resumir un caso tan triste. En principio, porque según dicen, se trata del fruto de una maldición, que ellas describen como el mal que impide al vehículo entrar por la boca del túnel, sea camión, automóvil o motocicleta, y que convierte el amor en un infierno, *donde estamos obligadas a arder perpetuamente, pero sin derecho al punto de ebullición.*

Por su parte, Hada rechaza la hipótesis del maleficio que presuntamente cayera sobre su familia hace doscientos años por echar al mundo solo hembras boconas, cerebrales y porfiadas. Tampoco las tiene todas con la ciencia médica. Se resiste a aceptar que el único remedio pueda llegarle mediante una intervención quirúrgica que resulta de muy difícil acceso para ella y que además no la tienta, por la misma razón que jamás toleró el preservativo o el consolador, calificados por las viejas como artificios fríos que nada más sirven para hacer cosquillas. Así, pues, Hada resuelve deshacer a su modo los entuertos de la naturaleza. Y empezará por lanzarse a probar hombres como quien entresaca tornillos, buscando uno entre un millón para una tuerca sui géneris. Tarea sudorosa y al final inútil. Hada constata que en lo relativo a las dimensiones del miembro viril masculino tampoco existen reglas fijas. Ni la estatura del sujeto guarda siempre proporción con el tamaño del objeto, ni los dedos de las manos son como esas ramas que adelantan la robustez del tronco, ni es verdad que los intelectuales alinean siempre por debajo de la media. Tampoco los descendientes de chinos son tan exiguos como suele afirmarse, ni los adolescentes tan tiernos, ni tan serias las teorías que vinculan la magnitud del fenómeno con el color de la piel, la medida de los pies o la forma de la nariz.

Desengañada y ahíta, Hada intenta probar con las mujeres. Otro proyecto fallido. Porque no puede concentrarse. Ni una vez. No se lo explica, pero todo cuanto hacen ellas para excitarla le parece muy cómico. Y se desternilla de la risa. Sin embargo, Hada sabe que vivir es ser excitado. Así que no se da por vencida. Ni repara en las fórmulas o en los medios. Ya que esta dolencia la inhabilita para sentir amor, ya que encierra bajo siete llaves los instintos cósmicos que duermen dentro de su ser, por lo menos que no la prive del derecho al consuelo. Aunque eso sí, en lo adelante no admitirá ser penetrada por algo que no armonice con su justa estructura. Adiós martirio. Cierra las arcas y declara estricta restricción para lo que no sea blando, húmedo y amoldable. Hada precisa de un sitio entre los vivos. Y ha hincado espuelas para su conquista, a como dé lugar.

Y así andará cuando oiga hablar por vez primera de Sai Baba. Le cuentan que este fabuloso taumaturgo hindú elimina los padecimientos más cerreros con apenas rozar con su túnica el cuerpo del enfermo. Le cuentan que posee manos providenciales y que con ellas crea, a partir del vacío, de la nada, una especie de gofio que devuelve la vida al moribundo, la alegría a los tristes y el sosiego a los desesperados. Le cuentan vida y obra del único mortal que es capaz de leer los pensamientos de sus iguales y hasta de transformarlos sin pronunciar una palabra, únicamente con el reflujo de su mente milagrera. Le cuentan, cuentan, cuentan... y Hada escucha con la boca hecha agua, mientras se le desparrama el horizonte. Ya se ve acariciada por la mirífica palma de Sathya Sai Baba. Se ve otra, que no debe ser otra más que ella misma, pero remudada, libre al fin y dueña de ella misma. Hada busca y rebusca en el temblor de sus aguas subterráneas, hasta que se descubre, intacta, tierna, como nalguita de recién nacido. Sin embargo, la India queda lejos. Y doblemente lejos desde Cuba, esta isla remota, piensa Hada, que es más isla y más remota cuánto más isla. Su disyuntiva apunta hacia la emigración. Hada llena una planilla para probar suerte en la rueda de la fortuna, el proverbial *Bombo*. Es 1998. Tres años después, recibirá la noticia que con mayor ansia espera su generación desde hace tres generaciones. Acaba de ser favorecida por ese sorteo que realiza la Oficina de Intereses de los Estados Unidos en La Habana para ofrecer visado a potenciales emigrantes legales, solamente unas pocas hormigas entre el hormiguero. Nubes negras se posan sobre la cabeza de Hada. Ella sabe que el gobierno de su país impide a toda costa que los médicos proyecten salidas de interés personal hacia el extranjero. Y que no los autoriza a emigrar sino cinco años después de que hayan solicitado el permiso. Es demasiado.

Hada cavila. Ahora dispone de tiempo para hacerlo. Una vez que anunció su propósito de irse a vivir al Norte, el Ministerio de Salud Pública la ha declarado no confiable. De modo que ya no puede seguir relacionándose con sus pacientes habituales. Solo le permiten cubrir guardias médicas de urgencia, veinticuatro horas ininterrumpidas cosiendo puñaladas y aplacando infartos en el policlínico de Punta Brava, un pueblo ubicado a unos 50 kilómetros de su casa, en la Habana Vieja. Pero al menos dedica el largo viaje a rumiar sus elucubraciones. Y a capturar los últimos rumores que ruedan por las calles.

De esta forma se entera de que los jóvenes del pueblo y de otras localidades vecinas, igualmente cercanas a la costa, están logrando escapar en lanchas rápidas que envían los familiares desde la Florida. Hada infla otra vez sus burbujitas. Le han dicho que a bordo de tales embarcaciones uno empieza a untarle mantequilla al pan en la Isla y termina de comerlo en Miami. Es justo lo que necesita para ir arrimándose al milagro hindú antes de que sea demasiado tarde. Lo malo es que la travesía cuesta ocho mil dólares por cada pasajero. Y ella no tiene ni un centavo, ni parientes en la otra orilla. Hada cavila. Ninguna de sus amistades puede prestarle dinero porque no lo posee. Las viejas de la familia están peladas. No hay propiedades, ni prendas, ni herencias, ni guanaja echada de los que pueda extraer tanta plata. En su órbita no giran contactos ni alternativas que le faciliten iniciar algún tipo de negocio salvador. Hada cavila. Su nueva enfermera le ha contado lo bien que le va rifando cosas, desde un pollo vivo hasta el reloj despertador, con lo cual refuerza la maltrecha economía doméstica. Esta variante no solo arroja utilidades que multiplican el precio real de lo rifado, sino que, según Digna, la enfermera, también deja abierta una rendija para que el premio se quede en manos de la dueña y entonces la ganancia sale doble. Hada cavila. Claro que ni reuniendo todas sus pertenencias, incluida la ropa que lleva puesta, Hada conseguiría organizar una rifa que le reporte por lo menos un tercio de la suma que necesita. Es que ni metiéndose ella misma dentro de la tómbola. Aunque, eso de meterse ella misma va y no resulta tan disparatado. El que quiere ser gancho a tiempo se joroba. Es lo que siempre le advierten las viejas de la familia. Además, la peor gestión es la que no se emprende. Hada cavila. Y al comentar sus cavilaciones con Digna, ésta no solo le concede respaldo en el acto, sino que presta su embullo y su cascabelero ingenio para servir como organizadora, anfitriona, garante y responsable de publicidad en la rifa. En Punta Brava, deduce, hay unos cinco mil hombres dentro de las edades de máxima demanda sexual. Si solo cuatrocientos compran boletos, a razón de veinte dólares cada número (o su equivalencia), será suficiente para redondear los ocho mil. Hada considera que deben vender los boletos a menor precio. No serán muchos los que cuenten con dólares disponibles para un antojo de este género. Para Digna, en cambio, unos dólares más o menos no determinan la cantidad de aspirantes. El que puede, puede —sentencia—, y el que no, ve poder. Según ella, la posibilidad de convertirse en cliente especial, mimado y consentido de la bella doctora de veintisiete años, es una auténtica ganga en ese precio, y por toda una noche, algo que no se da frecuentemente. Las amazonas de la Quinta Avenida no cobran menos de 40 o 50 dólares por un rato. Y no son más lindas, ni poseen mayores encantos. Algunas son quizá más jóvenes, pero están mucho más usadas y marchitas.

Sin embargo, Hada no se confía. Presiente que por nada del mundo puede dejar pasar esta oportunidad. El momento ha llegado. Se lo sopla una voz desde sus más profundas entretelas. Y es ahora o nunca. Por eso dispone que el precio sea de diez dólares por cada boleto para la rifa. Incluso, previéndolo todo, admite que entre los aspirantes al premio participen también las mujeres. A Digna le chisporrotean las pupilas. Abre la boca como un caimán en ayuno. Pero termina tragándose sus reparos. El entusiasmo la trae desbordada y los pies la empujan por delante del cuerpo, hacia la calle, a las gestiones.

Así que, transcurrido un mes, hay ya más de novecientos números vendidos. Todo está listo entonces para organizar la rifa. Y en unas pocas horas llega la noche de la premiación.

Hada ha quedado a solas en la casa de su enfermera. Está nerviosa. A cada minuto, despegando apenas los labios, lanza al piso mínimas porciones de saliva. Una mala maña. Escupir es defecto de hombres, según las viejas de la familia. Pero no puede aguantarse. Lo hace siempre que se siente insegura. A las doce en punto vendrá el ganador. Es lo acordado. Se come las uñas. Escupe. Da paseítos. Mira fijo al techo, ruega que no sea muy bruto, ni muy gordo, ni muy hablador, ni muy maromero, ni muy desesperado, mucho menos uno de esos guajiros cimarrones que se gastan un majá Santamaría entre las piernas. Ríe de su propia ocurrencia, con gelatina en las arterias. Escupe. Camina. Músculos palpitantes, huesos rígidos. Se detiene frente al librero. Toma un libro. Lo abre al azar. Lee: "Aquellas cosas que antes de sabidas le parecían las más terribles de oír, las menos fáciles de creer, una vez que eran ya sabidas se incorporaban por siempre a sus tristezas, las admitía y no podía imaginarse que no hubieran existido antes". Aparta la cara del libro. Escupe. Le traquetean las mandíbulas. Trata de calmarse pensando que todo transcurrirá según el orden lógico de lo natural. Individuo por individuo, la diferencia no pasa de unos pocos centímetros más o menos, o unas pocas letras en el nombre. Escupe. Asume como justo que el mayor sufrimiento recaiga en el órgano que va a recibir los mayores beneficios. Pero no aparece el sosiego. Está yerta, los labios amoratados. Como si muriera. ¿O renaciera? Escupe. Pasa otra vez la vista sobre la página abierta: "Los desaires le habían dado tiesura, como esos árboles que nacidos en mala posición al borde de un precipicio no tienen más remedio que crecer hacia atrás para guardar el equilibrio". Sonríe. Más bien intenta sonreír, pero le sale una mueca roñosa. Equilibrio, qué cabrona palabra, balbucea. Se deshace del libro de un tirón. Escupe. Y entonces tocan a la puerta.

No es un ganador, sino una ganadora. Al menos eso piensa Hada ante el primer tiro de ojo.

Mujer madura, fina, hermosa como a su pesar, con aura de monja. Hada le calcula unos cincuenta años, mientras la invita a sentarse y cree ver que por debajo de su turbación fluyen corrientes apacibles. Sin dar un paso, la mujer presenta mil disculpas y explica, atropelladamente, que, aunque su número resultó favorecido en la rifa, no viene a cobrar el premio de cuerpo presente, sino a rogarle que se lo entregue a su hijo. Confiesa que compró cincuenta boletos ella sola. Mis ahorros de muy largo tiempo, dice. Y dice más: el hijo, de veintiocho años, está condenado. Lo estigmatizó su padre. Y con la menos disimulable de las marcas. El problema es aquí, señala con pudor el sitio de los genitales. Demasiado breve. Una minucia. Poco más que nada. Como en las estatuas de los angelitos. Igual que cualquier otro, solo que en miniatura. Es de nacimiento. Herencia. Funcionarle sí le funciona, pero... figúrese usted. Y está sufriendo mucho. No hay novia que le dure más de una semana. Las prostitutas le sueltan la carcajada en la cara. Ñato, suelen llamarle, y pirulí. Lleva ya tres intentos de suicidio. Nada lo entusiasma. Nada lo tienta ni lo excita. Nada lo distrae. No halla consuelo en nada.

La mujer detiene su carga por un instante. Busca un gesto, una leve expresión, un monosílabo. Entrechoca los dedos, los hace sonar, inquieta. Pero ve que Hada está esperando. No le queda más que concluir lo empezado: Ignoro sus motivos —añade— y no me importan, sé que es una buena persona, me dediqué a estudiarla durante casi un mes, en su consulta del policlínico. Puedo notar diferencias entre las mujeres que se dedican a vender su cuerpo y las que son capaces de venderlo. Nada más ruego que le dé una oportunidad a mi hijo. Usted es médico. Conocerá el modo de hacerlo sentir un hombre. Por única vez. Al menos una. Solamente quince o veinte minutos. No tiene que ser toda la noche si no quiere. No le pido más. La dejaremos descansar. Con el último punto, la esbelta silueta femenina se deslíe en la calle sin luces. Va en busca de su hijo. Hada queda lela, tiesa en medio de la sala. No entiende, no se lo explica, no cree que todo esto esté pasando verdaderamente. Transcurre el tiempo. ¿Segundos? ¿Horas? Hada levanta las manos a la altura del rostro, detalla cada surco y cada vena. Escupe. Mira al suelo. Descubre que la saliva ha caído sobre el libro abierto. Lo recoge. Mientras se dispone a frotar la página con una esquina de su falda, lee: "Hemos llamado a todas las puertas que no llevan a ninguna parte, y la única practicable y que hemos buscado en vano durante cien años, se abre ante nosotros al tropezar casualmente con ella". Esta vez sonríe sin haberlo intentado. ¿Se burla? Nada es casual, carajo, replica. Y cuando va a escupir, lo ve parado en el resquicio.

Este relato, "El cuento de Hada", pertenece al libro *La isla de los mirlos negros* (Linkgua Ediciones, Barcelona, 2007).

José Hugo Fernández (La Habana, 1954). Escritor y periodista. Durante la década de los años 80, trabajó como periodista para diversas publicaciones en La Habana, y como guionista de radio y televisión. A partir de 1992 se desvinculó completamente de los medios oficiales y renunció a toda actividad pública en Cuba. Tiene 20 libros publicados. Obtuvo el Premio de Narrativa Reinaldo Arenas 2017, con su novela: *Nanas para dormir a los bobos*. Actualmente reside en la ciudad de Miami.

Y SIN EMBARGO

por Pedro Crenes Castro

Solo se pierde lo que realmente no se ha tenido
Roberto Arlt

Para Joaquín Sabina.
Y para Marga Collazo, por el título

Habían sido amigos toda la vida y, sin embargo, muerto él, Daniela lo llora con unas lágrimas que no le corresponden, con un pesar confuso. Mira por la ventana para llenarse de silencio, para distorsionar, como la llovizna precipitada sobre los cristales, el paisaje del recuerdo de esa tarde de entierro. Distorsionar, no olvidar, eso no, se dice, prefiero un recuerdo distorsionado a un olvido preciso, negando con la cabeza, reflejada en la ventana.

La llamada no la va a olvidar, cuatro semanas antes, ni a él convocándola donde siempre, en *"La taberna del cura"*, con urgencia inusual, y ella llegó puntual diez minutos antes y él demorado, como siempre, su color de llegada a las citas, cinco después de las seis en punto de la tarde cuando le dio la noticia. Don Pío trajinaba tras la barra, la saludó al entrar, ¡hola bonita!, y se sentó a esperarlo, siempre tarde, demorado, rio, y él me dio al llegar dos besos de amigo, de "amigo y pico" como solía decir, y que a Rubén no le gustaba oír, porque siempre le pareció que tenía algo más conmigo, pensaba Daniela, y la llovizna confusa se hace granizo y la ventana crepita para apartarla del recuerdo.

Confundir la muerte con el recuerdo y la ausencia. Malabares mentales, pero no olvidar, prepararle al olvido una emboscada para que no se crezca, para que no se tome la casa y la habite por todos los rincones.

Desde dentro, Daniela se empuja, venga, vamos, hay que ir desahuciando sentimientos, porque sabe que en el alma le está creciendo algo muy parecido al amor, a la tristeza irremediable por la ausencia del amante, ¡qué fuerte!, ¡qué rotundo! y se imagina la palabra cincelada en una esfera de mármol y a él lo ve sentarse delante de ella después de los dos besos, sin quitarse ni el abrigo ni la bufanda, sobre en mano, urgente, seguro, gallardo, dueño a mi pesar y al de Rubén, arrancando la conversación, como siempre cuando se pone íntimo o sentencioso conmigo: de sobra sabes que eres la primera…

Y luego la noticia, la cara oculta de la luna, el derrumbe.

El "y pico", eso era lo que no le gustaba a Rubén y le traía por la calle del santo reproche, muy al principio de lo nuestro. Es mi amigo, le decía yo, cargada de todas las razones del mundo, y fin del arrebato, tú sabrás, me contestaba Rubén, y yo sabía, claro que sí, siempre lo supe, es mi amigo y punto. Él me llamaba y yo iba y venía, y yo a él y el mundo me lo hacía cercano, me lo achicaba para hacérmelo más abarcable. Tantos años de cariño, de amistad, de abrazos cuando las calabazas eran tantas que podía poner un puesto, "como yo", me consolaba él, y éramos tan nuevos en los sentimientos que comenzamos a querernos más allá de lo obvio entre un hombre y una mujer. Eso creí siempre, hasta esa tarde…

Daniela se esfuerza por mirar entre el granizo que cae recio sobre el cristal de la ventana, que suena como las patas de un perro que pide entrar con urgente tristeza, como si ese apedreamiento fuese un ritmo de catarata que amenaza con anegarlo todo.

Todo está gris-frío en la ventana, sin paisaje.

Don Pío gritó desde la barra, recuerda Daniela en pleno inventario de memorias, separando el grano de la paja, ¡uno con leche y un cortado para la pareja! pero él pidió un ron, torciendo la rutina, rectificando la realidad, dejando en fuera de juego a Don Pío que corrige sobre la marcha, con disimulo de reportero televisivo sorprendido en directo, pero, *show must go on*, ¡marchando uno con leche y un ron para la pareja! y esa reiteración de *pareja* la recuerda Daniela ahora, después de la tierra y el llanto de esta tarde, como una sentencia premonitoria, sí, asiente, y su reflejo en la ventana igual, dándose la razón.

Guarda justo el instante en el que él le dijo —después de recordarle lo que para Daniela era de sobra conocido, a pesar de sus novias y amantes de medio tiempo, a pesar de Verónica, su actual pareja—, con la mano derecha encima del sobre boca abajo para ocultar su procedencia y con la izquierda sosteniendo el inesperado ron, que se moría. Echó un trago lento, mirando dentro del vaso, y esperó mi reacción. No la hubo. Me muero, sí, me muero, interrumpió el silencio desconcertado de Daniela, y palmeó con mimo y sin rencor el sobre. La mirada de él, dos soles negros clavados en ella, congelada en su silencio de segundos eternos, sin reacción, sorprendida.

Morir. Hay muchas formas de hacerlo. Y lo hizo.

¡Venga ya!, dijo Daniela reprochándole, asustada, dándose distancia para verle la cara y pillarle la broma asomando en un gesto, no juegues con esas cosas, y él echó la segunda parte del trago de ron que le quedaba, más lento que la primera, dejando luego el vaso sobre la mesa. Daniela, no es un juego, y mi nombre en su voz, en ese instante, sonó completo, compacto, lo dijo así solo ese día, comprendiendo que la muerte había venido para esperarlo en una esquina, que nada más era cosa de unos pasos hasta encontrase con ella. Porque a ella jamás se le había muerto nadie cercano y ahora él anunciaba sin paliativos que se moría, y volvió a dar palmaditas al sobre, palpando la noticia.

Verónica lo supo después que ella.

Daniela preguntó, y no quería hacerlo, ¿de qué?, la voz me temblaba y yo también, y en la ventana su reflejo vuelve a hacerlo como aquella tarde de la noticia. Qué más da, morirse es morirse, no estar, no verte, no ver a la gente —responde él mirándola sin desesperación ni rabia—, no padecer este mundo estúpido pero querido, ¿morirse de qué? da igual querida, la cosa se acaba y yo no sé si estoy preparado… y los puntos suspensivos de su pausa reflexiva los llené con …si es cáncer hay muchos tratamientos experimentales, buscaremos una segunda opinión, ¿buscaremos?, pensó Daniela, si él tiene a Verónica, ya más de cinco años juntos, ellos buscarán, pero apartó ese pensamiento y siguió llenando la pausa reflexiva de él con esperanzas médicas y milagros farmacológicos, de esos que te venden por internet y que en *Facebook* llenan *post* esperanzadores hasta lo inverosímil… pero él cortó la ráfaga con un solo disparo: es de páncreas, un par de semanas.

Rubén está en la cama, furioso y triste, con la confianza agrietada. Me dejó allí, en el cementerio, salió herido por mis lágrimas. Está dolido, lo sé, pero se ha muerto él, piensa Daniela, en la ventana el paisaje desdibujado por la lluvia y el granizo que cae con fragor compacto sobre la ciudad. Él, que me acompañó en mis deslices, en mis cabreos hasta la ruptura. Él, que me recogió en más de una borrachera. Él, que me guardaba los secretos y los deseos. Él, que me miraba en silencio queriendo tantas cosas sin decirme ninguna porque ya estaba todo dicho y sentido. Él, que pondría patas arriba el mundo entero para buscarme lo que hiciera falta. Rubén tiene que comprenderlo, se insiste Daniela, seguro que lo comprende, pero lo cierto es que en Rubén se está operando una retirada del mar de los afectos hasta una distancia que solo hace presagiar un tsunami que arrasará todo.

En la ventana se hizo el silencio.

La tarde cede a las farolas que ribetean las calles llovidas de una luz sucia. Avanza hacia la noche.

Daniela se echó a llorar, de páncreas, fulminante, y su cerebro repasó en fracciones de segundo casos y gentes y comentarios e historias de personas fulminadas desde dentro por la enfermedad que ya estaba en marcha y le llevaba toda la ventaja del mundo. Se levantó como una explosión, lo recuerda bien, y se le echó encima, tiró el café y lloró muy alto y hubo silencio de vasos y copas en "*La taberna del cura*" y cuchicheos, don Pío les miraba con conocimiento de causa y él no la abrazó, sintiendo el pecho agitado de Daniela hacerse trizas de lágrimas. Un no, no, no, bajito, de letanía, oyeron ella y él. Le dije, seremos fuertes, los dos, Verónica no pinta nada, pensó, y le prometí que comenzaría a mover el mundo por él, que tantas veces lo movió por mí. Me dijo que no, Daniela empezaba a llorar ante el recuerdo, la frente apoyada en la ventana, que no perdiéramos el tiempo, que fuéramos felices hasta el punto final. Lo que necesites, le respondí y me soltó la frase, el deseo: hazme el amor… Daniela no iba a renunciar a ese momento que iba desde el "hazme" hasta después de los puntos suspensivos en el inventario para el olvido, esos instantes se quedan.

Le sorprendió y no, aquella petición, tan seria e implorante, venida de los labios de quien sabe que en pocas semanas no estará, que será vacío, "lo que se van a comer los gusanos que lo disfruten los cristianos", se recuerda que pensó y que era tan vulgar y barriobajero, y los segundos en que la petición quedaba sostenida, comenzaban a ser largos y ella le iba a contestar… que no mujer, sonrió él apartándola de sí para mirarla, con una sonrisa dolorida y apergaminada, una broma de las suyas, creo que se vio sorprendido, Daniela recuerda, y cuando quiso darle la respuesta él rectificó, se hizo el distraído y me agradeció que quisiera mover el mundo por él pero no había caso, se iba.

Algo se enrareció en el aire de esa otra tarde.

No le dije nada a Rubén al volver de mi cita con él, recuerda, la cena ya casi estaba lista y ella no tenía hambre, no me apetece nada, estoy cansada y Rubén la abrazó y Daniela echó de menos, por primera vez, aquella piel que nunca fue suya, la piel de él, que apenas rozó con conciencia fraterna. Ya en la cama, le contó todo menos la petición, y Rubén me miró con extrañeza, como si supiera lo que me estaba creciendo por dentro.

Hace un buen rato que es de noche y Daniela sigue asomada a la ventana. Cree que la brisa que mueve las ramas limpia la ciudad de sus espantos, empujando lejos las nubes de ausencias. Recuerda cómo los últimos días fueron raros, haciendo guardia en el hospital, sonriéndole con optimismo fingido y él, dueño, y ella queriendo ser dueña, conversaban y se miraban delante de Rubén y de Verónica aislándolos, convirtiéndolos sin darse cuenta en meros espectadores de una historia que pudo ser, actuando como si les quedara toda la vida y el amor por delante.

Serían cerca de las tres de la mañana, Daniela tiene un nudo en la garganta al recordar. Él se fue, sin agonías terribles, sin despedidas dramáticas, sin palabras solemnes. Lo último que le alcanzó a oír es lo que le dijo a su madre: estaré bien, vete a descansar. Yo me fui también y al regresar, ya estaba a pocos pasos de la muerte. Verónica le miraba con amor infinito. Me dejó despedirme a solas, le dije al oído todas las cosas que hubiera querido oír de mí, del amor, de nosotros, que en cada duda pondría un verso sin tequila. Daniela ató fuerte el llanto, allí sí pudo.

Y se apagó, yo estaba sola con él, recuerda en la ventana y llora sin pudor, alto, sin importarle que Rubén la escuche desde la habitación de la que no sale desde que se fue del cementerio, rogándole en el llanto comprensión, el mundo se ha quedado a media luz, la madrugada y su silencio funeral se tragaron todo. Llamó a Verónica y se abrazaron, llamó a Rubén y le dijo entre sollozos que en la más estricta intimidad lo enterrarían a medio día de mañana. Todo estaba listo y velarlo fue una agonía ensordecedora.

En el cementerio, Rubén la sostuvo, tragada como estaba por una tristeza infinita, sin consuelo, recuerda Daniela delante de la noche, asomada a la ventana, la mirada desencajada, el llanto sin contener, eran amigos de toda la vida y, sin embargo, esas lágrimas eran de alguien que amó y fue amado como nadie en el mundo y Verónica no lo comprendía, dos viudas y un único féretro, cómo podía ser, todos estos años, cinco, y no supo nada, pero la viuda consoló a la otra viuda, a la imposible y Rubén no lo soportó, no pudo ver a su mujer llorarle a él como si hubiese sido suyo y se fue, caminando firme entre el mármol de las lápidas hacia su casa, dejando a los espectros del dolor ensimismados en su negro luto, buscando aliviarlo la una en la pena de la otra.

Ahora en la ventana, la luna matutina se apaga como un tizón gris imposible sobre el azul escaso del alba.

Daniela ve amanecer las casas, las calles limpias que comienzan a llenarse con lentitud del barullo de la vida, una vida que continúa sin él, fingiendo que nunca ocurrió la muerte, pasando de largo junto a su dolor.

Siente pasos que se acercan, lo específico del peso de cada pie sobre el suelo trayendo a Rubén hasta el salón, acercándolo a la ventana en la que se refleja junto a ella. "Lo superaremos", la abraza por detrás, en un susurro al oído y, sin embargo, Daniela prefiere en el fondo su recién estrenada tristeza.

Este relato, "Y sin embargo", forma parte del libro *Cómo ser Charles Atlas,* que ganó en Panamá (2017) el Premio Nacional de Literatura Ricardo Miró.

Pedro Crenes Castro (Panamá, 1972). Colaborador habitual en el diario panameño *La Prensa* y la revista *Literofilia,* de Costa Rica. Es autor de los cuentos de *El boxeador catequista* (Sagitario Ediciones, Panamá, 2013) y de los microrrelatos de *Microndo* (Editorial Casa de Cartón, Madrid, 2014). Forma parte de los libros colectivos *Nocturnario. 101 imágenes y 101 escrituras. Collages de Ángel Olgoso* (Editorial Nazarí, Granada, 2016) y de *Cuatro cuentos recientes sobre las relaciones de Panamá con Estados Unidos* (Fuga Editorial, Panamá, 2016). Ha sido incluido en las antologías *Los recién llegados (*Sagitario Ediciones, Panamá, 2014); *Lectures du Panama,* de la Universidad de Poitiers (Francia, 2014); *Puente levadizo: veinticuatro cuentistas de Panamá y España* (Sagitario Ediciones, Panamá, 2015), en la que es antólogo de la sección española; en *Resonancias. Cuentos breves de Panamá y Venezuela* (Sagitario Ediciones, Panamá, 2016) y en *Culpa compartida. Antología de narrativa panameña y colombiana* (Fuga Editorial, Panamá, 2017). Su último libro de cuentos, *Cómo ser Charles Atlas*, obtuvo por unanimidad el Premio Nacional de Literatura Ricardo Miró en Panamá (2017).

MANOJILLO DE ESCARCHA

por Claudio Rodríguez Morales

1.

Desde el principio, usted me miró en menos. Cuando me animaba a hablarle por necesidad o simple arrojo, erguía su cuellito y enfocaba con los ojos por encima de sus lentes, haciéndome sentir casi a ras de piso. Para dejar su incomodidad más clara, arriscaba la nariz, como si creyera que no me perfumaba ni me lavaba los dientes ni usaba desodorante.

De mi ropa no tengo nada que decir, pues no disponía de dinero para cambiar el pantalón, la camisa y los zapatos del liceo, ni la chaqueta dada de baja por papá. Pero eso no importaba si, a fin de cuentas, mi aspiración era que acabáramos el uno sobre el otro, sin prenda que estorbara, solo nuestros corazones en sincronía.

No estoy seguro si alguna vez me sorprendió espiándola cuando se acicalaba. Sin embargo, creo haber reaccionado a tiempo cuando presentía que sus ojos podían coincidir con los míos y me conformaba con aspirar ese aroma tibio de su plancha eléctrica que avanzaba por los cubículos de las oficinas, imaginando que era su piel desnuda que exudaba deseo sobre mi cama.

Le voy a recordar el día en que nos conocimos, porque de seguro usted ya lo echó al olvido. Esperé toda la tarde en un pasillo largo y helado del tercer piso, frente a las oficinas de los departamentos de Ingreso y Despacho. La vi salir por una puerta, taconear hasta donde yo estaba, mirar en derredor con desconfianza y pararse de brazos cruzados delante de mí. "Me dijeron que yo lo atendiera —comentó muy fuerte, como para que el resto la escuchara—. Soy de Despacho, pero en Ingreso no hay nadie. Pase por acá".

Me despercudió poder admirarla con ese vestido azulino, sin mangas, que siempre parecía a punto de estallar y donde sus caderas me recordaban la carretera panamericana en el kilómetro de angostura —si no le gusta la comparación, le cuento que se la robé a papá cuando ve en televisión *Las 40 sabrosuras,* una vez que mamá ya se ha quedado dormida. Me puse de pie y seguí el tac, tac, tac de sus tacones por el pasillo hasta su oficina. Tomé asiento sin que me lo dijera y me examinó de nuevo por encima de sus lentes. Me preguntó, desganada y mirando la hora a cada rato, un par de datos con los cuales llenó mi ficha como practicante del convenio entre la institución y el Liceo Industrial de Recoleta. Mientras guardaba el archivo en la memoria de su computador, frustró mi intento de hacerme el simpático contándole algo que la hiciera sonreír con un inexpresivo: "Gracias, es todo".

A partir de ahí, su indiferencia mayúscula coincidió con mi interés superior. Apenas terminaba la jornada de trabajo, corría al Metro para encerrarme en el baño de casa. En este mundo paralelo, usted se desprendía de la ropa de a poquito y me la lanzaba a la cara y yo me quedaba varios segundos con el rostro tapado, oliendo su vestido, su calzón y sus medias, una delicia de dulce sebo después de un día ajetreado de trabajo. "¿Cómo quiere que me ponga, mi niño?", me preguntaba y yo le respondía: "Como una perrita encañonada". A mis avances y retrocesos con mis manos apoyadas en sus bordes, con una que otra nalgada que la hacía aullar de gusto, me iba sintiendo como una autoridad, esa a la cual usted rendía pleitesía en sus horas de servicio mientras yo oficiaba como el don nadie de los mandados.

Una vez liberado de tanta carga emocional, con el ímpetu de las bestias, nos abalanzábamos sobre los escritorios. Las fotocopias, libros de novedades, archivadores, pantallas de computador, vasos de café, teclados y *mouse* se volcaban en el piso alfombrado con nuestras idas y venidas. Con usted ya mansita recostada sobre mis piernas, extendía más el rollo de papel higiénico, manchando la pared, las cortinas y las baldosas.

Si no era por los golpes de mamá en la puerta que me preguntaba si estaba enfermo del estómago que me demoraba tanto en salir del baño, con gusto la habría acompañado hasta el amanecer. Una vez que mamá se daba por vencida, se retiraba hacia su pieza y apagaba todas las luces de la casa. Yo aprovechaba la oportunidad para salir corriendo del baño y deslizarme de un salto dentro de la cama. Debajo de las sábanas, no sé bien por qué, me envalentonaba. Me sentía lleno de ánimo para sincerar mis sentimientos hacia usted y, de tanto pensarlo, me vencía el sueño.

2.

La luz del día traía de regreso la realidad y, con ella, la frustración. Imagínese lo doloroso que era para mí que no me considerara merecedor de una palabra suya en las decenas de veces en que intenté generar algún diálogo: que el papel, que el timbre, que la firma, que el correo electrónico. Apenas me respondía con un sonido de garganta lo más parecido a una eme, guardándose debajo de su escote lo que pensaba de mí.

Déjeme esbozarle una idea que, estoy seguro, calza perfectamente con la realidad: usted me consideraba un cabrito cualquiera que se tomaba más confianza de la debida y que dentro de unos meses acabaría sumándose al listado de otros cabritos que pasaron por estas oficinas, sin pena ni gloria. Puede que en lo primero tenga razón, pero en lo segundo, si sigue leyendo estas líneas, se dará cuenta de que se equivocó rotundamente.

Nunca un beso cuneteado ni menos un abrazo esponjoso para mí, pues esos obsequios los guardaba para el regocijo de la casta superior. Aún recuerdo el momento preciso de ese cóctel de aniversario —donde a los practicantes se nos obligó a oficializar de garzones con la excusa del compromiso, la evaluación y cuánta otra mierda más—, en que uno de los viejujos, ese que tiene una oficina con vista al cielo desde antes que usted y yo naciéramos, tomó vuelo con su mano rugosa para violentarla en su nalguita izquierda. Era la misma por la cual yo habría dado uno de mis ojos con tal de palpar a cuero pelado, con mucha más delicadeza eso sí, puede usted estar segura. "Aquí se arma la grande", pensé esperando lo peor. Sin embargo, con la risa estentórea que tuvo usted como reacción —risa por la cual el resto de las mujeres de la oficina hacían comentarios en su contra, apenas usted daba vuelta la espalda— instó al agresor a seguir actuando con toda confianza. Y así procedió.

Tanta fue mi rabia, que hice a un lado mis obligaciones, dejé la bandeja con bebidas en el suelo y corrí por el pasillo hasta el baño. Me paré frente al espejo mientras mi rostro se volvía rojo de aguantar la respiración y me retorcía un brazo con otro imaginando el cuello del viejujo. El exceso de fuerza acumulada, más encima pensando en usted paseándose pomposa entre sus admiradores, hizo que mi entrepierna se volviera una roca pesada. Me encerré en uno de los cubículos y tomé entre mis manos mi erección con la idea de liberar su recuerdo por el desagüe. Sintiendo que me elevaba hacia el techo, en el momento culminante pronuncié su nombre con voz temblorosa, como si con ello lograra atraparla de un abrazo. Al intentar asirla y no encontrar nada más que aire, resbalé y di con mi espalda en la puerta. Oí la voz de uno de mis compañeros de práctica preguntarme si me sentía bien. Lavé mis manos y salí al pasillo. Le dije que me sentía de lo mejor y di un suspiro para demostrarlo. "Apúrate, entonces, que nos esperan con la torta", dijo él.

Pero como en todo lo que tiene que ver con usted, la calma fue pasajera. Mi regreso a la ceremonia significó verla con su mejor risita, su mejor pestañeo, el gesto del pelo hacia el lado, el vaivén de su culito de zapallo, el pelo ahora hacia el otro lado, todo dedicado a un mundo del cual yo estaba al margen.

3.

No es que ese día haya mantenido intacto el arrojo que me nacía en el sabaneo antes de dormir. Aún más, apenas puse los pies bajo la cama y apagué el despertador, la habitual confusión dominó mi cabeza. Por eso me pilló de improviso. Imagínese, primera vez que me preguntaba algo. Le manifesté mi desconocimiento con una risa estúpida y, al verla darse la vuelta y salir de la oficina, lamenté haber perdido tamaña oportunidad. Bajé la mirada y me encontré con su celular vibrando sobre mi escritorio. Tras pensarlo unos segundos, decidí seguirla para devolvérselo. No sé por qué, pero todo se dio como en sueños: usted caminaba lento y yo corría con mis piernas larguiruchas y, pese al esfuerzo, nunca lograba alcanzarla. Nuevamente mi entrepierna acusó recibo. Opté por dejarme llevar por su cola ascendente, pero guardando las distancias. Por entonces desconocía el reglamento que prohibía subir esas escaleras y cruzar las mamparas que desembocaban en la oficina con vista al cielo.

No se culpe usted de haber dejado la puerta abierta y que yo iniciara el registro fotográfico cuando el viejujo se le lanzó encima para besarla en el cuello. Puedo decir a su favor que, al principio, se mostró un tanto reticente, pero después definitivamente resignada. Comenzó a jugar al chupete con la pinga del veterano y, después, usted misma puso sus nalgas a su servicio. Con la precisión de una máquina eléctrica, fue acelerando el trámite de acuerdo a la capacidad de su contraparte, quien culminó con un aullido de perro chico. Con los pantalones en las rodillas, apenas podía mantener el equilibrio lo que me causó mucha gracia. Con gusto le habría dado un pequeño empujoncito para que se viniera abajo como palitroque. Sin embargo, más apiadada que a gusto, usted le ayudó con el cierre y la correa del pantalón. Él se sentó en un sillón y palmeándose las rodillas, la invitó a sentarse sobre ellas. Usted, como siempre, obedeció. Mientras todo aquello pasaba, aproveché el anonimato para liberarme de mis emociones en una de las paredes recién pintadas de ese piso.

Sé que usted lo consideró una especie de chantaje. De lo contrario, no se explica que, tras recuperar su celular con el registro de sus andadas con el correspondiente respaldo, me invitara a quedarme hasta más tarde en la oficina, cuando ya nadie se encontraba merodeando. Agradecí su generosidad, que se desnudara más fácil y rápido que en mi inframundo y, al ver mi falta de entusiasmo, optara por un masaje oral que, de verdad, evitó que dañara más mi autoestima. Pero, créame, estas líneas y las fotografías, que ya circulan en la red, son para denunciar el abuso del que usted fue víctima y no una venganza. Regresaré a rescatarla cuando tenga mi título del liceo en la mano, y no solo mi erección, para darle a esta historia un final feliz.

Este cuento, "Manojillo de escarcha", fue escrito especialmente para esta compilación de *Cuentos erróticos*.

Claudio Rodríguez Morales. Nació en Valparaíso, Chile, en 1972. Periodista de circunstancias, con ínfulas de historiador y escribidor, además de lector voraz y descriteriado. Influenciado hasta la médula por el cine, los cómics, vinilos, literatura, fotos en blanco y negro, entre otros cachivaches, es autor de la novela *Carrascal boca abajo* (Das Kapital, 2017). Casado con Lorena y padre de Natalia.

BOCA AMARGA

por Rosa Marina González-Quevedo

Siento aún su mano deslizarse por mi vientre. Siento aún su dedo presionando mi vulva para entrar, con violencia, en mi vagina.

Le encantaba mirarme a los ojos cuando ejecutaba ese desagradable ritual que él llamaba "juego preliminar": "¿Te gusta?", me preguntaba... Yo le respondía que sí.

Pero se daba cuenta de que le estaba mintiendo. Y para demostrármelo, sacaba el dedo de mi interior y me sujetaba la cara por el mentón, obligándome a mirarlo fijamente:

—¡Qué te va a gustar, si eres frígida!... ¿Ves? Estás más seca que una piedra puesta a hornear, —me decía. Y me restregaba el dedo por la boca, haciendo todo lo posible por humillarme. —¡Puta...! Ya te enseñaré lo que es bueno...

Yo sentía una ola de sangre golpear mi rostro; no podía saber si era ira o vergüenza. Lo cierto es que mi turbación le excitaba, hasta precipitarse sobre mí como un animal salvaje:

—¡Toma, cerda!, —repetía, mientras me poseía con la fuerza de un toro.

Y así, tiraba de mi cintura una y otra vez pronunciando frases que, más que estimulantes, eran despiadadas. Luego, tras darme repetidos encontronazos contra el colchón, eyaculaba (al hacerlo, emitía un ronquido bestial). Y al final, lo de siempre: caía boca arriba, rendido.

Entonces llegaba el momento de levantarme de la cama. Me tiraba la bata por encima y en puntas de pie entraba al baño. Me lavaba dos o tres veces... Y aprovechando que él estaba profundamente dormido, iba al salón, me acostaba sobre el sofá, encendía el ordenador, me conectaba a *Youtube*... y buscaba lo mejor de esos vídeos calientes que me invitaban a acariciarme toda, desencadenando por fin mi placer contenido.

◆◆◆

Por la mañana se iba a trabajar. No regresaba a casa hasta muy tarde: "No me esperes a cenar, que todavía tengo mucho que hacer en la oficina", era ese su pretexto favorito. Y sin crearse por ello cargos de conciencia, aparecía a las tantas preñado del olor de otra mujer, fragancia que yo había aprendido a distinguir muy bien... *J´adore*, de Dior usaba la zorra... *J´adore* y carmín bermellón, etiqueta indeleble en el cuello de las camisas de mi marido:

—¿Puedo saber qué es esto? —se me ocurrió preguntarle mientras ponía la ropa a lavar.

—¿Eres tan idiota que no sabes que es pintalabios? —respondió con sobrado cinismo.

Y lloré durante el día y parte de la tarde. Era domingo y esa noche íbamos a reunirnos con su jefe y otros colegas (y con sus respectivas mujeres, por supuesto):

—Mira a ver cómo haces para quitarte la hinchazón de los ojos, que van a pensar que te he maltratado.

Y me retoqué con dos capas gruesas de base de maquillaje. Me pinté la cara como para ir a un concurso de máscaras. Me puse un vestido de noche, tacones altos… Sabía lo que me esperaba: una conversación insulsa, una velada con sabor a plástico y un regreso a casa enfrentando algún reproche: "¿Quién coño te mandó a preguntarle al jefe por mis vacaciones? ¡Eso a ti no te importa!… Total, sean cuando sean, nos iremos de viaje igualmente".

◆◆◆

Seis meses de noviazgo fueron suficientes para creer que nuestra vida conyugal iría a pedir de boca. Nos casamos por la Iglesia, como Dios manda; un mes antes lo habíamos hecho en la oficina del Registro Civil. Y allí estaban todos: parientes, amigos, vecinos allegados.

—Ese chico es buen partido. —Mi madre aceptaba con beneplácito nuestra relación.

Pasamos en Roma nuestra luna de miel. Recuerdo que caminábamos sobre el puente que atraviesa el Tíber, robando el encanto de pintorescas callejuelas en el Trastévere, recorriendo el *ghetto ebraico*[1] con sus románticos mesones, merodeando bajo el Pórtico de Octavia (donde dicen que pasea el alma de la lujuriosa Berenice[2])… Noches de estrellas en las que tomados de la mano atravesábamos *Piazza di Spagna* y lanzábamos monedas en la Fontana de Trevi. Tardes fantásticas

---

1 Gheto hebreo.
2 Referencia a Berenice de Cilicia, hija de Herodes Agripa I, rey de los judíos (conocido como rey Herodes en los "Hechos de los Apóstoles").

y atardeceres peregrinos, crepúsculos que parecían ser tan eternos como aquella ciudad: es este el único período feliz que recuerdo. Porque a pocos días del regreso, nuestra vida de pareja comenzó a cambiar.

Él se tornaba cada vez más extraño; sobre todo por aquello de esconder pertenencias, las cuales debían quedar fuera de mi alcance en aquel cajón del secreter.

—¿Qué guardas ahí, cariño?, —por fin me aventuré a indagar, esperando una satisfacción de su parte.

Pero, para mi sorpresa, mi pregunta fue el detonante de su primer gran desplante:

—Son cosas mías que no te incumben, —respondió con enfado.

Y juro que no quería develar su misterio. Pero el diablo andaba rondando por nuestras vidas... y su descuido de aquella mañana en la que dejó abierto el misterioso cajón del secreter fue la estocada que desencadenó su infierno interior. (No tuve tiempo de cerrar de nuevo el mueble antes de que regresara a la habitación).

Entonces supe que él no podía amar a nadie (ni a mí, ni a esa que se jactaba de ser su amante manchando sus camisas con lápiz labial), como tampoco podía regalarme rosas, ni escribirme cartas de amor, ni susurrarme al oído palabras tiernas. Supe que no podía existir amor en las tinieblas del miedo.

Aquella mañana había descubierto los fetiches de una Era terrible. A partir de entonces, todo cambió. Y ver pasar el tiempo llegó a convertirse en eficaz alternativa de supervivencia: "la vida tiene que ser de otro modo", era mi esperanza.

Pero entre nosotros el reloj marcaba horas de agonía. Su humillación quedaba atada a una oscura adolescencia, atrapada en los brazos de quien le había obligado a descubrir con crueldad su condición de hombre, congelada en escenas de felaciones y masturbaciones disfrazadas de protección materna. Y la mía, mientras tanto, sonreía temblorosa a la espera del merecido castigo, arrodillada deshaciéndose en súplicas: "¡Por favor, NOOO!... ¡Por detrás NOOO!". Y aguantando, sin piedad, el dolor y el odio.

Y ahora que él ya no está en este mundo, me pregunto si habrá alcanzado al fin la paz.

Por mi parte, no le guardo rencor, pues su cruel condena me permitió saber que en un rincón de mi alma seguía oculto el deseo de seguir viviendo. Puedo hasta perdonarle el no haber sido feliz: su tormento era el de un animal herido y sediento de venganza.

Pero haber vivido con la boca amarga, haber visto amanecer tantas veces desde el sofá, lasciva y solitaria… ¡eso sí que no se lo perdono!

Al menos, no en mis sueños.

León, España, marzo de 2018

Este relato, "Boca amarga", fue creado especialmente para esta compilación de *Cuentos erróticos,* y también se encuentra en el *blog* de la autora: *Los días de Venus en la Tierra.*

Rosa Marina González-Quevedo (Cuba, 1962). Licenciada en Filosofía (Universidad de La Habana, 1984) y en Lengua y Literatura Española y Latinoamericana (*Università degli Studi "L'Orientale",* Nápoles, 2008). Ensayista, narradora y poeta. Buena parte de su obra literaria ha visto la luz en revistas internacionales y en su *blog* personal. Entre sus ensayos, mencionamos: *Teilhard y Lezama: Teología poética* (Ediciones *Vivarium,* 1994) y *San Manuel Bueno, mártir: leyendo con Unamuno* (IF Press, 2008). Su obra poética está contenida en el poemario (inédito aún) *Entre el mar y el cielo.* Recientemente ha publicado su relato *Breve historia al margen,* en la Antología *Historias para hacer historias* (PiEdiciones, 2016). Trabajos suyos han aparecido en diversas publicaciones periódicas internacionales, tales como *Vivarium, Información Filosófica* y *Palabra Abierta,* entre otras. Actualmente reside en León, España, donde es miembro del colectivo literario "Mil 9".

FANTASÍA DE UN ALACRÁN

por Erwin Dorado

El alacrán vio caer al lagarto cuando terminó de copular en la rama; lo vio quedarse tieso y aletargado en el suelo, y comprendió que en ese estado de catalepsia sería fácil matarlo. El lagarto se había pasado medio día mostrándole la gorguera a la hembra para seducirla y ahora después de montarla, había caído en un plácido estado de coma poscoito. Vio venir al alacrán, y supo que estaba muerto.

El alacrán contempló al lagarto una vez más, lo había visto copulando en el árbol y había experimentado por su causa una envidia venenosa. De ahí que lo matara con saña, clavando la ponzoña en sus órganos genitales.

Pero la imagen del lagarto copulando en la rama no pudo quitársela de la cabeza al día siguiente, cuando le llegó el turno de parearse y probó, durante la danza nupcial, seducir a la hembra, ondulando la cola como el reptil, lascivamente, mientras sus muelas buscaban bajo el vientre de ella, el orificio apropiado para descargar su savia. Se la imaginó cambiando de color al contacto de su cuerpo, sacando, al igual que una lagarta, la lengua húmeda tras cada acometida de su sexo, una, dos, tres, cuatro, cinco, seis... Chorreó el esperma, excitado por la imagen, y sintió, justo en ese instante, el abrasivo aguijón de la hembra que atravesaba la parte blanda de su cuerpo.

Había olvidado en su fantasía que las hembras caníbales de su especie aprovechaban, después del coito, el menor descuido de los machos para asesinarlos. Había olvidado no olvidarse de sí.

(copyright 2013)

Este cuento, "Fantasía de un alacrán", es inédito y pertenece a un libro en preparación. Fue reescrito especialmente para esta compilación de *Cuentos erróticos*.

Erwin Dorado. (Guantánamo, 1953). Se licenció en Filología en la Universidad de Oriente (Cuba), en 1979. Desde 1970, hasta la fecha, ha trabajado como actor, director y guionista en diferentes canales de televisión y emisoras radiales, tanto en Cuba como en EE.UU. (CMKC y CMKW, Tele Rebelde, Cuba Visión, Telemundo, Univisión y América TV, entre otros.). Desde 1989 a 1992 trabajó como actor y director en el Cabildo Teatral, en Santiago de Cuba. Fue director, editor y presentador del noticiero *El Mundo Hoy*, en la emisora internacional de radio CVC LA VOZ, con sede en Miami. Fue miembro invitado a publicar su poema disidente OSIRIANA UNO, en la revista *El Grupo,* del conjunto de Escritores y Artistas Independientes, conocido como El Grupo, fundado en Santiago de Cuba, en 1991. Actualmente se desempeña como profesor de actuación y comunicación escénica en la academia de arte Taller en Acción y en el Instituto Hispano de la Iglesia Metodista en el sur de la Florida. Ha publicado en diferentes diarios y revistas, así como en las antologías poéticas *Pablo Armando Homenaje en sus 60* y *Postales Guantanameras.* Ha recibido varios premios provinciales y nacionales en los concursos Caracol UNEAC, como director, actor y guionista de programas dramáticos de la televisión. Obtuvo el premio de poesía en el Concurso Nacional Regino Boti (Cuba), en 1980, y Mención Especial en la edición de 1981 en la categoría de poesía para niños.

ADONIS PARDO[3]

por Alfredo Villanueva-Collado

Para Clara Lair

Nunca se le hizo justicia.

Un novelista hizo fama y fortuna a base de mentiras que complacían el gusto morboso de la chusma. Después vinieron las películas y los libros eruditos, intentando explicar, mezclando y confundiendo leyendas irreparablemente. La verdad no se ha dicho. Me alegro que al fin alguien se arriesgue a preguntar. Yo sí que me atrevo a contar su vida, al fin y al cabo, tan inexorablemente atada a la mía.

Antes de conocerlo lo presentía y lo deseaba confusamente, sin poder precisar lo que echaba de menos. A los seis años me tiraba al patio en noches de luna llena y me paraba junto al limonero cargado de gallinas, mirando al cielo, gozando del momento prohibido, aturdiéndome con el viento y el paso apresurado de las nubes. Tiraba la cabeza hacia atrás y pretendía que unos dientes me rozaban la piel y me perforaban el cuello. Me daba miedo y corría otra vez a casa, teniendo cuidado de no hacer ruido.

---

[3] El título se refiere al poema "Pardo Adonis", escrito por Clara Lair, famosa poeta modernista puertorriqueña.

Tirado sobre la cama iba quedándome dormido con los ojos empapados del fulgor blanco de esa luna grande que parecía seguirme por todas partes. Y soñaba. Sueños que infundirían pavor en otros pero que me llenaban de gozo y de asombro. Uno en particular recuerdo. Era una casa antigua con patios rodeados de habitaciones. Y era de noche; cada pared y cada mueble despedían su propia luz, hasta el aire brillaba con una interna transparencia.

Por los cuartos y los corredores deambulaban criaturas de mirada fija y pisar afelpado buscando sustento.

Los observaba metido en una enorme canasta de mimbre, o quizás detrás de una puerta. Pensaba, deben haber mordido a todo el mundo. Pronto pasaban amigos, sirvientas, mis padres. No sentía angustia sino envidia, salía de mi escondite y me iba a caminar entre ellos. Nadie me hacía caso. Era curiosamente, tristemente invulnerable. Me decía con amargura que eso me pasaba por ser un muchachito incapaz de atraer la atención de los adultos, y juraba que algún día sería admitido en esa cofradía nocturna.

Más tarde, asistí a las películas y poco a poco fui absorbiendo la imagen popular de un hombre alto y seco, de mirada dura y ensangrentada, rodeado de telarañas, ratas y ruinas. Representante del mal. Encarnación del mal, definido como una subversión del ciclo, nacer, reproducirse, morir. Las víctimas, siempre vírgenes tontas. Ello produjo un ligero desencanto, y después una identificación vicaria que terminé por descartar. El otro único camino hubiera sido la locura de un Renfield.

Como desquite, aprendí de memoria las formas de combatir y eliminar mi obsesión. La cruz le marcaría, le haría huir. El agua bendita le quemaría. Una estaca en el corazón, la luz del día, le reduciría a polvo. Hubo una cruz en la puerta de mi cuarto, y al picaporte fue a parar el viejo rosario que mi madre me había regalado, amuleto poderoso ya que había pertenecido a mi abuela. En la mesa de noche quedó una botellita de agua de Lourdes. Debajo de la mesa, un palo de escoba roto en un extremo. Dormía atento al olor de carne putrefacta que anunciaría su presencia. Era un capricho, o un juego.

Y como pasa con los juegos, quedó atrás. Seguí asistiendo al cine, pero ya como cínico espectador, analíticamente saboreando los desbarres de Hollywood, los cambios que señalaban la perversión, la comercialización de la leyenda. Llegó el momento en que Bela Lugosi y Christopher Lee dejaron de impresionarme. Cuál no sería mi sorpresa cuando una tarde, escapado de los idiomas muertos y refugiado en la penúltima fila del Paradise, habiendo llegado el coche al castillo, la cámara subió lentamente por una pared hasta una ventana, y la pantalla se llenó con un rostro de belleza excepcional, grandes pupilas azules, boca roja y petulante, pelo rizo y rubio. ¿A quién se le había ocurrido tan brillante idea? Ahora el encanto fatal hacía sentido al original, como la necesidad que lo inspiraba, en concretos atributos. Cuando las inevitables doncellas comenzaron a sufrir la suerte inevitable, me levanté para largarme. Algunas cosas no habían cambiado.

Fue entonces que un vaho húmedo me rozó la nuca y una voz susurró: "Amor *vincit omnia*". Me di la vuelta, seguro de encontrarme con alguien que, como yo, prefería los vampiros al latín. Pero no. Lo primero que se me ocurrió, mientras se me desquiciaba el corazón y se me helaban las manos, fue que no se parecía en absoluto a nadie que hubiera imaginado. Un Tyrone Power criollo. Pelo negro, ojos negros, piel esplendorosamente canela, rostro terso, pero surcado de arruguillas, un verdadero Adonis Pardo. La sombra de una barba, una expresión juguetona, casi pícara. Camisa blanca, reveladores Levis. Sonrió. Dientes ligeramente separados. Pensé: no lo conozco. Y, tengo que hacer que me invite a una cerveza. Y: ¿ahora qué hago? Pero no fue necesario. Tocándome el hombro, me indicó que lo siguiera

Cuando llegamos al cuartito de la pensión me dispuse a cualquier cosa. Nada me había preparado para el lento, agonizante, delicioso impacto de sus labios, el hipnótico olor a especias y tierra mojada de su piel, o la entrega total, más allá de todo terror y de todo deseo, mediante la que me convertí en su alimento.

Bebió sin prisa y no sentí asco ante mi propia sangre. Con una mano le acariciaba el pelo y con la otra me aferraba a la almohada. Vivir no me importaba. Desde que me tomó por las orejas y me torció la cabeza delicadamente, todo el pasado se convirtió en un sendero que llegaba hasta sus manos. Lo que llaman "la víctima aprende", durante los momentos en los que, mediante el sacrificio de su líquido vital, se acoge a la metamorfosis irreversible, el verdadero sentido del poder.

El otro era un niño de pecho encogido sobre mí, nutriéndose, olvidándolo todo en el éxtasis que yo le proporcionaba. Yo, con los ojos abiertos y fijos, experimentaba pequeños espasmos de un placer generalizado que se hacían más lentos, más débiles, a medida que un frío inevitable me adormecía, sabiéndome el centro de su total envolvimiento, ven y bebe mi jugo, licor, sangre, semen, ambrosía.

Escuche los latidos mortecinos de mi corazón. Caí de espaldas por un túnel infinito, sin voluntad de luchar, cubierto de velos. Pero entonces me arrojó de sí, se rasgó la camisa, con una uña se abrió la piel bajo la tetilla izquierda y me apretó el rostro contra su pecho. Lamí lo que allí brotaba a la superficie.

Poseído de la angustia de querer vivir, con un hambre de vida nueva para mí, me aferré al rasguño, lo ahondé con los dientes y bebí, sintiendo como el músculo recobraba su ritmo y el calor me regresaba al cuerpo. Experimenté el placer rabioso del carnívoro sobre la presa, el orgasmo del macho sobre la carne rendida, el éxtasis del comulgante cuando digiere al dios. De su garganta brotaba un arrullo o un ronquido que se mezclaba con el sabor salado y la textura de su sangre, que también era mi sangre, no una sino dos veces.

Al fin descansé, mi cuerpo todavía agazapado sobre el suyo. Supe sin preguntar que le había pertenecido de una forma u otra desde que le llamase aquella noche de mi infancia en lo que creí haber sido un sueño. Lo que se dice de nosotros es mentira. El sol no nos destruye ni la cruz nos espanta. Nuestros ritos son los más antiguos, y una galletita de almidón o un sorbo de vino barato son pobres substitutos.

El cuento, "Adonis Pardo", pertenece al libro inédito *Cuentos todavía absurdos,* en homenaje a su tío Alfredo Collado Martell, modernista puertorriqueño, quien murió a los 29 años, para dejar atrás un solo libro: *Cuentos absurdos.*

Alfredo Villanueva-Collado. Nace en Puerto Rico el 16 de octubre de 1944. Sus padres emigran a Caracas, Venezuela, en 1945, donde el poeta se cría en la Parroquia La Candelaria y asiste a la Escuela Experimental Venezuela. En 1958 le envían de nuevo a su país natal con el propósito de terminar la secundaria. En 1960 entra en la Universidad de Puerto Rico. Sus padres regresan definitivamente a la isla en 1961. Termina el Bachillerato en Artes en 1964, y la maestría en inglés y literatura comparada en 1966. Marcha a Binghamton, Nueva York, para sus estudios de doctorado en literatura comparada. En 1970 regresa a Puerto Rico donde trabaja en la Universidad por un año. En 1971 se muda definitivamente a Nueva York. Está actualmente jubilado, con el título de Profesor Emérito del Colegio Comunal Eugenio María de Hostos, University of New York City. Cuenta con trece poemarios publicados. Tanto su poesía como su prosa se han publicado en numerosas antologías. Se le encuentra en *Wikipedia* [en español e inglés].

EL HUECO

por Raúl Ortega Alfonso

Hace seis meses era tan pobre que no me tenía ni a mí mismo. Lo que más duele de la pobreza es que nadie se fija en ti. Sí, claro, cualquiera vierte el cubo de limosna o de lástima sobre tu indigencia; yo me refiero a que nadie te mira con deseos, con pasión… Finalmente, con el paso del tiempo, los pobres van perdiendo la visión de tanto mirar y mirar con esas ganas de tener lo inalcanzable. Hay que ser sinceros y dejar el romanticismo: cuando uno tiene el bolsillo vacío, la belleza te utiliza como alfombra para bajar de la limusina. A mí nunca me dolió pasar hambre o frío o tener que dormir a la intemperie; la verdadera punzada aparecía cuando una mujer y su camión de adjetivos, escupía su indiferencia sobre mi poca cosa. Así, sin anestesia, la belleza pasaba y, de un solo golpe, me abría de arriba abajo, como si fuera el puerco que soy. A veces, mientras ella se alejaba con su meneo de tortura china, podía ver, desde el otro pedazo que quedó de mi cuerpo, la mitad de mi corazón oxidado. Además, nadie cree que los pobres tienen corazón. Dicen que los que tienen corazón son los ricos cuando se apiadan del pobre y le introducen una moneda en su miserable ranura. Bueno, basta de lamentarse. El caso es que ahora yo soy millonario.

La verdad es que nunca he creído en la suerte. Los pobres la convocan, pero sé que no existe. La suerte debe ser una especie de gordo encerrado entre las cuatro paredes de su confort, comiéndose un buen trozo de carne, tomándose un buen vino y avivando el fuego de la chimenea con los pedos que va dejando escapar. Lo mío, no; estoy seguro de que lo mío fue casualidad y esa angustia que provoca el hambre cuando uno se levanta y desconoce con qué ha de calmar la jauría que tiene en el estómago. Aún recuerdo esa mañana cuando corría detrás de una rata que, finalmente, se metió en su agujero. ¡Adiós mi desayuno!, me dije. Y sin pensarlo, de pura rabia, arranqué de un tirón el hueco donde vivía el pobre animal y me lo eché dentro del hueco del bolsillo de lo que alguna vez fue un pantalón. A los pocos minutos, sentí que el hueco comenzaba a moverse y lo saqué y por instinto lo puse sobre la vidriera de una panadería y mi mano traspasó sin dificultad el cristal que me separaba de mi necesitado desayuno.

Son tantas que, a estas alturas, desconozco todas las utilidades de mi hueco. Tuve que abrir un pequeño despacho, después una oficina y actualmente soy propietario de varios edificios, diseminados por las grandes ciudades del mundo. Claro, empecé desde abajo. Primero lo alquilaba para que algún desgraciado pudiera burlar el cerco que la policía tendió alrededor del banco que robaba; otras veces, venía un retrasado mental, como yo, y me lo alquilaba para mirar por el hueco a la vecina que se bañaba en el departamento de al lado, o para que un asesino escondiera su cadáver o para que un borracho se acurrucara en algún rincón de la noche… Fíjense qué cosa más extraña: al contrario de muchos, el dinero fue ennobleciendo mi alma y comencé a utilizar mi hueco con otros fines: para enterrar a un tipo que no tenía donde caerse muerto, de tragante para que lo utilizaran en una inundación, para hundir un barco de guerra, para sacar a los sobrevivientes de un terremoto, de calabozo para encerrar a un violador, para que una mujer terminara de parir sin tener que recurrir a la cesárea, para que un mago desapareciera delante de los niños, de túnel para que cruzara por debajo del mar, de gasoducto, de agujero en el hielo para que los esquimales pudieran pescar, de respiradero, de cerradura, de uretra, de refugio antiaéreo, de claraboya para convencer al ermitaño de que existe la luz…

El negocio marchaba sobre ruedas hasta que ella apareció. Y no es que los hombres o las mujeres seamos los culpables; se trata del mítico flechazo que viene a desequilibrarlo todo. La tranquilidad escapa de tu cabeza como si estuviera perseguida por un animal hambriento; se agitan las neuronas formando grandes marejadas y el placer de la agonía y la alucinación se adueñan del cerebro.

Reconozco que me volví un egoísta. Al principio, me conformaba con tenerlo a mi lado durante los fines de semana. Pero, después, aunque lo tuviera alquilado en Australia haciendo de pozo para suministrar el agua de un incendio forestal, ordenaba su regreso sin excusa ni pretexto. No podía soportar la idea de tenerlo lejos de mí, sabiendo que podía transformarse en cualquiera de los orificios del cuerpo de esa mujer que me rechazaba. Impagable se volvía mi hueco cuando se convertía en el laberinto nacarado de una de sus orejas o cuando hacía de los hoyitos que se formaban en su cara cuando se reía, o de su boca, sí, de su boca. Primero me embriagaba con su voz… La voz de la mujer que uno desea, se convierte en la madre de todos los sonidos, en la sed insaciable de la oreja. Para sobrevivir, si la carne está lejos, uno tiene que aprender el valor de la palabra suspendida en el aire. Pero no tenía que preocuparme por esa sobredosis de mi imaginación. Aquí tengo su boca, digo, mi hueco, digo, sus labios que me trago y me vuelvo a tragar como si fuera una pastilla contra las ausencias, como si masticara los bordes de un suspiro. Si el mundo tiene ojos, debe ser tuerto. Y no porque la maldad le haya sacado el otro de una cuchillada; no, es tuerto porque el ojo del mundo es el ombligo de una mujer. En la desquiciante planicie que puede ser un vientre, ese agujero mágico es el oasis, el vigía que te recibe y te entrena y te da las instrucciones para el descenso final por la pared más peligrosa del Gran Cañón del Colorado. Por supuesto, mientras más bella es una mujer, más caprichosa se vuelve. Mi hueco lo sabía y por eso se aprovechaba. Cuando yo le rogaba desesperadamente que se convirtiera en el ombligo de ella, me decía que tenía que descansar y alimentarse, y que me iba a complacer si yo le preparaba un sándwich y un vaso de café con leche. Todos, aunque sea una vez en la vida, nos hemos vuelto esclavos de la belleza. ¡Mírenlo! ¡Mírenlo! Es un abusador. Se ha tirado en la cama más abierto que nunca. De sus labios chorrea esa baba-diamante que se utiliza para construir la puerta de los manicomios. Le ruego que retroceda o que avance en el tiempo, o sea, que se detenga en el segundo día en que ella está menstruando. Pero mi hueco se ha negado. El viaje alrededor del mundo se le ha subido a la cabeza. Es un escrupuloso que olvida sus orígenes. Su ingratitud no quiere recordar que yo lo recogí cuando era el agujero inmundo de una rata. Una mujer menstruando tiene que ser mimada, es una herida abierta que camina; filamento que sangra, que sufre su inutilidad siendo tan útil… Yo pondría mi semen y pegaría los pedazos de coágulos para formar la vida. Pero mi hueco se ha negado. Ríe, se burla, salta, huye, se esconde en la forma perfecta de su sexo; se transforma en el aro incendiado que debe traspasar el animal de circo. Si la vida de un hombre dura trescientos años; trescientos tres se los pasa persiguiendo al deseo. Finalmente es la vida. El regreso al origen. La obsesión que nos salva…

Llevo más de tres meses sin dejarlo salir, encerrado en mi hueco, prohibiéndole que pueda convertirse en otra cosa. Amarrado lo tengo. Mi lengua es su alimento y mi comida es él; quiero decir: estoy hablando de ella. Todas las peticiones han sido canceladas y la quiebra de mi negocio está muy cerca. Pero yo estoy contento. No ha variado la exorbitante suma que tienen que pagar los soñadores, para conseguir un gramo de esa cosa invisible que todos llaman la felicidad.

A veces me lo engancho en el cuello y salimos un rato a tomar el sol. Recuerdo a un joven que pasó por mi lado, con su disfraz de irreverente, y me propuso comprarme esa medalla extraña que lucía sobre el pecho. Cuando vio que estaba viva, que brillaba, que chorreaba, se alejó, asustadísimo, junto con los curiosos.

Mi hueco se ha escapado. La rabia que me habita no justifica la traición. Quizás, mañana, cuando la soledad me devuelva su odiosa dentellada, me ponga a razonar que se me fue la mano, que la obsesión de tener a tu lado la gente que se ama, puede ser tan dañina como el cáncer. Siempre hay que dejar una rendija para que la otra parte tenga su propia luz, se llene los pulmones de ese segundo aire que no, necesariamente, tiene que ser tu aliento.

Por último, yo quise que mi hueco fuera mi propia casa, que sus paredes siguieran lubricando esa manía que me entró de regresar al útero, de convertirme en feto y solo alzar la mano para besar su clítoris como si fuera el timbre de la puerta de entrada al Paraíso. Mi hueco se escapó, dejándome el polvo de las alas que yo le recorté. No se puede encerrar lo que uno ama porque se enquista y muere.

Después de mucho tiempo, he vuelto a ver mi hueco. Sí, estoy seguro que era él; lucía más hermoso, cada vez más hiriente. Hacía de sombrero sobre el rostro de ella.

Este cuento, "El hueco", pertenece a un libro de cuentos, inédito, titulado *La mujer se mueve y es redonda*.

Raúl Ortega Alfonso. La Habana, Cuba, 1960. Poeta y narrador. Reside en México desde 1995. Ha trabajado como corrector de estilo, editor, profesor de literatura y español en varias universidades. Fue columnista de la sección "Noterótica" de la edición Mexicana de *Playboy* y del suplemento cultural "Sábado", del periódico *UnomásUno*. Entre sus libros publicados están los poemarios *Las mujeres fabrican a los locos, Acta común de nacimiento, Con mi voz de mujer, La memoria de queso, Sin grasa y con arena*, y las novelas *Fuácata, Robinhood.com, El inodoro de los pájaros* y *La vida es de mentira,* esta última Premio Ediciones B & Playboy de Novela Latinoamericana 2013, publicada por Ediciones B, México. En 2014 obtuvo el VII Premio Internacional de Poesía Blas de Otero, Bilbao, España, con el libro *El caballo no tiene zapatos,* publicado en 2015 por la editorial Devenir, Madrid. La editorial madrileña EforyAtocha, en su Colección de Literatura Hispanoamérica, publicó en 2015 una antología de su poesía titulada *A punta de palabras (1987-2014).* Poemas y cuentos suyos han sido traducidos al alemán, al inglés y al italiano. Actualmente trabaja como periodista e imparte clases de español para extranjeros en la Riviera Maya.

TAN AMIGOS

por Odette Alonso

Ya estaba atardeciendo cuando tocaron a la puerta. Tres golpes de aldaba. Firmes. Me sorprendió ver a Waldo, el novio de Arlene, mi mejor amiga.

—Eh, ¿qué tú haces por aquí, muchacho?

Me eché a un lado para dejarlo pasar y cerré la puerta para que los vecinos no le fueran con el chisme a mi mamá como otras veces. Waldo es el tipo más bello de la facultad y el más bello que haya conocido, incluso en el cine. Con un cuerpón, un pecho, unos brazotes y, como si fuera poco, simpático y buena gente... Un asco.

—Dando una vuelta —dijo, pero como mi cara era de "a mí no me engañas", ensanchó esa sonrisa prodigiosa que tiene y completó. —Es que quiero hablar contigo una cosa ahí. Busca unos vasos, anda, que traje este roncito.

Y sacó del cartucho una botella de *Bucanero*. La abrió en lo que yo iba a la cocina y, cuando regresé, le vi echando el primer chorrito a los santos, detrás de la puerta.

—Para Elegguá —me dijo—, que me va a tener que tirar tremendo cabo.

Puse los vasos sobre la mesita y él sirvió dos líneas en cada uno. Levantó el suyo y se lo echó al gaznate en un solo movimiento.

—Coñó, qué bueno está...

Yo había dado el primer trago y sentía que un fuego me bajaba por la garganta, incendiaba el estómago y me robaba el aire.

—Buenísimo —afirmé.

Se hizo un silencio. Lo miraba desde el sofá y él sonreía, dueño del butacón. Con la camisa abierta y esos pelos asomándosele desde el pecho. Con la patilla larga, bien cortada, y la sombra de la barba. "¡Qué bueno está Waldo!", pensé. Él se sirvió otro trago y lo vació como si fuera agua. Después, volvieron su mirada y su sonrisa.

—Chico, ¿qué te pasa? ¿Cuál es la miradera? Acaba de decirme a qué viniste.

—A hablar contigo.

—Pues empieza a hablar, que pa' luego es tarde —y me bebí lo que quedaba en el vaso con ese gesto de desagrado con el que se toma el ron.

—Es que no es fácil... —se frotaba las manos inmensas y bajaba la vista, como apenado— Acabo de terminar con Arlene.

Arlene es mi amiga desde la secundaria. Qué digo mi amiga, mi hermana. Como vivimos cerca, siempre hemos andado juntas para arriba y para abajo. Mi mamá la quiere como a una hija y, en su casa, a mí me consideran de la familia. Nos convertimos en inseparables en el pre y entramos a la universidad a estudiar la misma carrera. Allí conocimos a Waldo, que se volvió el tercer inseparable. Incluso después de que se hicieron novios, seguí yendo con ellos a todas partes. Los malpensados dicen que somos un trío.

—¿Cómo que terminaste con Arlene? ¿Tú estás loco?

—'Pérate, déjame terminar: esta noche, dentro de un rato, me voy en una balsa con mis primos.

Me quedé muda. Todavía me quedo muda cuando recuerdo ese momento. Pensé en lo que iba a sufrir Arlene cuando lo supiera, pensé en que ya no seríamos el trío inseparable, pensé en los tiburones comiéndoselo en medio del mar, pensé en que no lo veríamos nunca más, aunque llegara vivo. Los ojos se me aguaron.

—¿Cómo va a ser, Waldo? —fue lo único que pude decir antes de que saltara el par de lagrimones y a esos le siguieran otros dos y otros dos ríos y los mocos aflojándose…

—No te pongas así, todo va a salir bien. ¡Es que ya no aguanto esta mierda de país!

Me paré a buscar un pañuelo. Cuando regresé, estaba en el sofá. Me senté a su lado, me dejé abrazar y apoyé mi cara sobre su enorme y duro pecho. "¡Qué suerte tiene Arlene!… ¡Arlene!", pensé asustada, como volviendo a la realidad.

—¿Se lo dijiste a Arlene?

—No. A ti es a la primera y a la única persona que se lo diré.

—Pero ¿qué le dijiste entonces?

—Que estoy enamorado de otra.

—¿Y por qué le dices eso?

—Porque es verdad.

Levanté la cara y le miré de frente.

—A ver, ¿rompiste con Arlene porque te vas o porque estás enamorado de alguien?

—Por las dos cosas. Porque me voy y porque antes de irme le diré a esa otra persona que la quiero. Porque en mis últimas horas en esta isla de porquería no quiero pegarle los tarros a ella, ni que la otra se sienta traidora.

Se inclinó hacia delante y volvió a servir ron. Me dio uno de los vasos y vació el suyo de un solo movimiento, como las veces anteriores. Lo puso sobre la mesa con un golpe.

— ¿Quién es la otra? —pregunté con un hueco de terror en el estómago.

El vaso empezó a temblarme en la mano. Sentí que se me cerraba la garganta, que se me oprimía el pecho.

—Tú.

—No me jodas, Waldo... ¡No juegues con eso!

—No estoy jugando, me tienes loco desde hace mucho tiempo.

Quise zafarme de su abrazo y me aguantó. No debí dejarlo entrar. Mira que mi mamá me ha insistido en que no deje pasar a nadie cuando ella no está...

—¡Suéltame, coño! —le grité y me paré del sofá.

Estaba de pie en el mínimo espacio que quedaba entre él y la mesita. Sus piernas me cerraban el paso. Me pegué a la pared.

—Te lo juro, Karina. Mientras más te conozco, más me gustas. Ven, siéntate aquí, no te voy a hacer nada.

Me senté en la otra punta del sofá. Temblaba por dentro. No sabía qué decir y no podía decir nada. El hombre más bello del mundo diciéndome que estaba enamorado de mí... El hombre más bello del mundo, que era el novio de mi mejor amiga, me estaba mirando con esos ojos color miel que derretían y diciéndome que se iba a echar al mar en unas horas a que se lo comieran los tiburones.

Waldo estiró la mano y le di la mía.

—No podía irme sin pedirte que me des un beso, uno solo, que, si mañana me muero en el mar, ese será mi último consuelo.

No podía hablar, no podía responderle. Estaba muda, helada. Quité mi mano de entre las suyas y alcancé el vaso. Tomé lo que quedaba. Casi no sentí el ardor que se abría paso desde el esófago. Me eché sobre su pecho y lloré desconsoladamente.

—No te vayas, Waldo —balbuceaba— No quiero que te pase nada; no te vayas, es muy peligroso...

Él me acariciaba el pelo sin decir palabra. Su mano levantó mi barbilla y me besó. Un beso que se me metió como un elíxir por la boca y me estalló en el pecho. Un cosquilleo insoportable me bajaba del estómago hacia el vientre. Él me besaba el cuello, los hombros. Me acariciaba el pecho, las caderas.

—Me encantan tus tetas, me vuelven loco...

Metió las manos bajo mi blusa, desabrochó con maestría el sostén y las acarició. Puse mi mano cerca de su entrepierna y lo sentí palpitar.

—Quiero meterla entre tus tetas.

Me quitó la blusa y acomodó entre mis pechos aquel pedazo de carne dura.

—Vámonos al cuarto —le propuse, temerosa de que nos oyeran los vecinos o alguien pudiera vernos por la ventana que daba a la calle.

Nos acabamos de desnudar en el trayecto. No podía creer que gracias a aquellos pechos voluminosos que había odiado toda la vida estuviera clavada en aquella estaca milagrosa que Waldo metía y sacaba haciéndome perder el control y la conciencia y la voluntad, convirtiéndome en un mar de sensaciones, arrastrándome a un remolino vertiginoso que estalló por fin en una apoteosis que me dejó desmadejada, sin fuerzas, sobre su pecho.

—No quiero sacártela —me dijo alzándome sobre sus muslos y volvió a embestir. Como si hubiera tocado con la punta de su carne el ojo del huracán, despertó el remolino de la sangre y la furia del deseo y reboté contra su vientre una y otra vez hasta que sentí de nuevo ese fuego queriéndose salir de mis entrañas y vi en su rostro que él sentía algo igual y gritamos los dos al unísono y nos quedamos muy juntos, sintiendo las contracciones, hasta que caímos, todavía abrazados, sobre el colchón.

—Me tengo que ir —dijo y regresé del mundo de brumas y sopores en que me había dejado.

—No te vayas —volví a pedirle y sonrió, me besó, se levantó de la cama.

Cuando le alcancé en la sala, ya estaba vestido.

—Nunca voy a olvidar esto, Karina —me volvió a besar y abrió la puerta. Ya en la calle, me dijo "Cuídate mucho" y se echó a caminar con paso firme hacia la playa.

A la mañana siguiente, cuando llegué a la facultad con el susto de imaginarlo luchando con las olas y el solazo y de lo que iba a sufrir Arlene cuando lo supiera, los vi abrazados, besándose, en el banco de siempre. El corazón me dio un vuelco que no alcancé a definir si era la alegría de saberlo vivo o un presentimiento. Ya me iba hacia otro lado cuando me hicieron señas.

—¿A dónde vas, muchacha? —saludó Arlene— Pareciera que andas huyendo.

Los dos me besaron, como era costumbre. Di una explicación absurda y me senté a su lado.

—Ahora vengo —dijo Arlene y caminó hacia los baños.

—¿Tú no te ibas en una balsa? —pregunté cuando nos quedamos solos. Sentí sus ojos clavándose como taladro en mi rostro, pero no le miré. Le oí reírse. Trató de echarme el brazo sobre los hombros, pero le empujé—¡No te atrevas a tocarme, Waldo! Eres un hijo de puta...

Se volvió a reír, como si le estuvieran contando un chiste.

—Ya no podía más —me dijo muy cerca del oído—, hubiera inventado cualquier cosa para estar contigo.

Le miré a los ojos, esos ojos preciosos color miel.

—Eres un cínico, un miserable, un mentiroso...

—Nunca olvidaré un solo detalle de lo que pasó anoche —me interrumpió—. Y no te pido perdón porque sé que gozaste tanto como yo y que tampoco lo olvidarás.

En eso tenía razón. Ahora estoy sentada en el borde de esta cama en la que ayer fui tan feliz, preguntándome si podré volver a mirar a los ojos a Arlene, si tendré el coraje de confesarle lo que hicimos.

Este cuento, "Tan amigos", pertenece al libro *Hotel Pánico*, Xalapa, Universidad Veracruzana, 2013.

Odette Alonso. Nació en Santiago de Cuba y reside en México desde 1992. Su cuaderno *Old Music Island* ganó el Premio Nacional de Poesía LGBTTTI Zacatecas 2017 e *Insomnios en la noche del espejo* obtuvo el Premio Internacional de Poesía Nicolás Guillén en 1999. Autora de doce poemarios, el más reciente *Los días sin fe* (Cancún, 2017), de la novela *Espejo de tres cuerpos* (2009) y de los libros de relatos *Con la boca abierta* (2006) y *Hotel Pánico* (2013). Sus dos décadas de quehacer poético fueron reunidas en *Manuscrito hallado en alta mar* (2011) y *Bajo esa luna extraña* (2011). Compiladora de la *Antología de la poesía cubana del exilio* (2011).

Made in the USA
Columbia, SC
18 August 2023